U0525471

寻古中华

叶灵凤 著　李广宇 编

当代中国出版社
Contemporary China Publishing House

图书在版编目（CIP）数据

寻古中华 / 叶灵凤著；李广宇编． -- 北京：当代中国出版社，2024. 12. -- ISBN 978-7-5154-1506-2

Ⅰ. I267.1

中国国家版本馆 CIP 数据核字第 2024ND7740 号

出 版 人	蔡继辉
责任编辑	乔镜蕫　李默涵
责任校对	贾云华　康　莹
印刷监制	刘艳平
封面设计	乔智炜
出版发行	当代中国出版社
地　　址	北京市地安门西大街旌勇里8号
网　　址	http：//www.ddzg.net
邮政编码	100009
编 辑 部	（010）66572158
市 场 部	（010）66572281　66572157
印　　刷	北京利丰雅高长城印刷有限公司
开　　本	880 毫米×1230 毫米　1/32
印　　张	14.75 印张　2 插页　301 千字
版　　次	2024 年 12 月第 1 版
印　　次	2024 年 12 月第 1 次印刷
定　　价	268.00 元

版权所有，翻版必究；如有印装质量问题，请拨打（010）66572159 联系出版部调换。

出版说明

叶灵凤是中国现代著名作家、翻译家、编辑家、画家和藏书家。一九〇五年五月十二日（旧历四月初九）生于江苏南京。原名叶韫璞，后名叶灵凤，另有笔名佐木华、昙华、秦静闻、任诃、叶林丰、霜崖等。一九二四年进入上海美术专科学校学习西洋美术。一九二五年加入创造社，参与编辑《洪水》，开始文学创作，并从事期刊、图书装帧。一九二六年起，主编《幻洲》《戈壁》《现代小说》《现代文艺》等。一九三〇年加入中国左翼作家联盟。后任职现代书局，负责图书编辑出版，并参与编辑《现代》，主编《文艺画报》。一度加入时代图书公司，并与人合编《万象》《六艺》等。在此期间，积极提倡新兴木刻运动，热衷藏书票研究与搜集。抗战爆发后，当选上海文化界救亡协会理事，并任《救亡日报》编委。一九三八年三月赴广州参与《救亡日报》复刊，广州沦陷后定居香港。连任中华全国文艺界抗敌协会香港分会干事，并主编《立报·言林》，参编《耕耘》，积极投身抗日文艺宣传，旗帜鲜明地与汪伪"和平救国文艺运动"作斗争。一九四一年日军占领香港后，秘密从事地下工作，曾被日军逮捕关押三个多月。沦陷期间，先后主编《大同》、《新东亚》、《大众周报》、《华侨日报》副刊《文艺周刊》等。战后，进入《星岛日报》，先后主编《香港史地》《艺苑》《星座》等副刊，并曾任《星岛周报》编委。曾应邀到北京出席新中国成立十周年庆典，出席李宗仁回归记者招待会。长期为香港左派报刊撰稿，热情讴歌新中国建设成就。一九七五年十一月二十三日，病逝于香港养和医院。

叶灵凤早期主要从事小说创作，以浪漫、唯美为显著特色，后转向创作以都市生活为背景的心理分析小说，并在通俗长篇小说创作上作过有益尝试。著有短篇小说集《女娲氏之遗孽》《菊子夫人》《鸠绿媚》《处女的梦》《灵凤小说集》，长篇小说《红的天使》《时代姑娘》《未完成的忏悔录》《永久的女性》等。叶灵凤擅长散文、随笔，早期散文细腻抒情，后期书话自成一体。著有《白叶杂记》《天竹》《灵凤小品集》《忘忧草》《读书随笔》《文艺随笔》《北窗读书录》《晚晴杂记》，并有多人合集《新雨集》《新绿集》《红豆集》《南星集》等。叶灵凤长期从事文学翻译，出版译著多部，包括《白利与露西》《新俄短篇小说集》《九月的玫瑰》《蒙地加罗》《世界短篇杰作选》《木乃伊恋史》《红翼东飞》《日安，忧郁》《阿柏拉与哀绿绮思的情书》《故事的花束》等。叶灵凤还开创了香港史地和掌故风俗研究先河，生前出版过《香港方物志》《香江旧事》《张保仔的传说和真相》。逝世后由友人编辑出版了《香港的失落》《香岛沧桑录》《香海浮沉录》等。叶灵凤还有《书淫艳异录》《世界性俗丛谈》等著作行世，并选编过《凯绥·珂勒惠支画册》《哥耶画册》等。

除了生前已经出版的单行本外，叶灵凤还有大量集外佚文，其中尤以中国书写和名画鉴赏这两类最为独具特色和价值。为了全面展示叶灵凤的创作成就，还原一个完整丰富的叶灵凤，本社特别邀请叶灵凤研究专家李广宇先生精心选编了《寻古中华》和《名画之旅》这两本选集，并选配了大量珍贵插图，以提高读者的阅读感受。

所收诸文多半是首次结集，成文较早。作者是老一代文人，由于时代变迁，行文中一些语言文字，与现今的阅读习惯已有不同。我们在编辑过程中，除了改正明显的误植，对部分人名、地名、作品名按照通译进行统一之外，在保持作者原意和写作风格的前提下，按照今天的通用语言，对个别字词也做了少量处理，并在必要处加了"编者注"，以方便读者阅读理解。

当代中国出版社

目　录

不尽长江滚滚流 / 1

题夏珪《长江万里图卷》/ 25

江·河·山·关 / 31

寒夜卧游 / 39

万里长城 / 43

塔的历史和传说 / 55

岭南群塔 / 71

江苏之塔 / 77

记南京的"天下第一塔" / 81

有关南京琉璃塔的新发现 / 87

记甘露寺铁塔的被毁 / 93

鸦片战争与江南文物的劫难 / 97

紫禁城史话 / 117

曲阜孔林 / 129

记唐代雕刻艺术杰作昭陵六骏 / 133

马可·波罗笔下的卢沟桥 / 141

牌　楼 / 147

中国建筑的装饰物 / 151

中国建筑上的鸱尾和屋脊装饰 / 155

"虎踞龙盘"的出典 / 159

新洛阳访古 / 163

西安的碑林 / 173

宋王台沧桑史 / 179

宋王台与《宋台秋唱》 / 187

龙年谈龙 / 195

叶氏龙谈 / 199

屈原·楚辞和民俗 / 203

端阳竞渡 / 217

萧尺木的《离骚图》 / 221

重阳节的典故·风俗和意义 / 225

古今中外的财神 / 231

三百六十行的祖师 / 241

花蝴蝶的恋爱故事 / 245

古器释名 / 253

古玉图释 / 259

中国古俑精华 / 263

我国佛教石窟艺术遗迹 / 267

千佛洞及其壁画 / 273

永乐宫壁画的画家题名 / 279

五台胜迹 / 285

慈悲妙相 / 289

十八应真罗汉像 / 293

五百罗汉 / 297

读《光孝寺志》 / 301

石刻画像趣味 / 305

汉武氏祠画像石刻小传 / 309

中国古镜鉴赏 / 313

从陈三谈到磨镜 / 317

拓本——我国独有的艺术品 / 325

吴哥窟浮雕拓片和中国的拓印技术 / 331

年画与门神 / 335

新年画和旧年画 / 339

桃花坞和杨柳青的版画 / 343

剪　纸 / 347

外国人与我们的京戏 / 353

过去的"梨园"时代 / 357

改七芗的《红楼梦》人物图 / 363

秘戏图说 / 369

中国的雕板艺术 / 375

中国书籍装帧艺术 / 385

《四库全书》与文渊阁 / 395

藏书票与藏书印 / 403

脉　望 / 409

北京南苑的"四不像" / 413

南山古木 / 419

梅花消息 / 423

杜　鹃 / 427

鼎湖吊钟 / 429

漳州水仙 / 433

插图目录 / 437

后　记 / 451

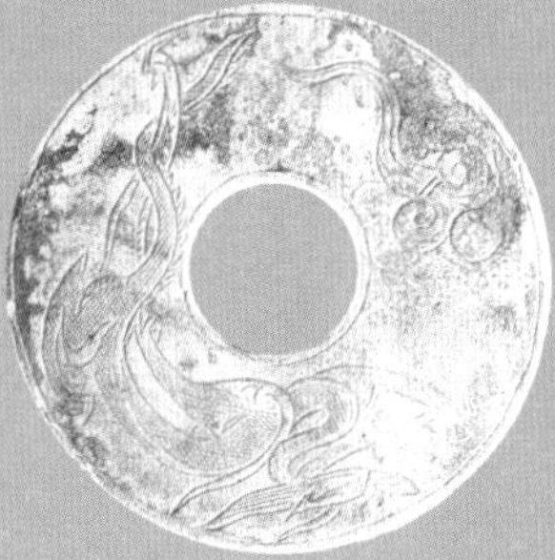

长江边上的夔府城门

Ivon A.Donnelly

不尽长江滚滚流 [①]

长江名称之种种

"故人西辞黄鹤楼，烟花三月下扬州。孤帆远影碧空尽，唯见长江天际流。"

这是中国文学史上以歌咏长江著名的唐朝大诗人李白的有名诗句。凡是到过长江，在长江上旅行过的人，都应该觉得李白这首绝句不仅描写了长江特有的风貌，而且写出了那伟大的气概。

长江是中国的第一条大河，也是亚洲的第一条大河。《尚书·禹贡》所称"岷山导江，东别为沱"，所指的就是长江。相传大禹治水，导江水东流入海，也是他的治水目标之一。因此长江古时就简称为江，有时又称为大江，所谓"大江流日夜""月涌大江流"，就是指此。古时的长江，在今日镇江扬州一段的江面，又称为扬子江，那是因为当时这一带有名的渡口扬子津而得名，今日外国人就喜欢称长江为扬子江（Yangtze River），其实这

[①] 编者注：本文原载于《新中华画报》第11、12期，1952年。收录时部分有删节。

不过是一部分江面的名称。我认为最适当的名称应该是我们惯用的长江，这个名称不仅够通俗，而且也能表明长江的特性，那种万里长流的气概。

长江的上游，在四川的境内，古时又称岷江，再往上去，到了云南境内，则称为金沙江或丽水，千字文上的"金生丽水玉出昆冈"，就是指此，但这已经快到江的源头了。

长江的源流

长江的真正源流，当在青海以至西藏境内，但古来多以岷江为长江本流，谓源出于岷山，对此早已有人加以辨证。《江源总论》云："江水出岷山，东南至天彭山，又东南过成都郫县，又东南过阳江，又南过嘉州犍为县，又南过戎州僰道县，又东南过巴郡江州，又东过涪州忠州万州。言中国之江水，信得其源矣。然岷山在今茂州汶山县，发源不一而亦甚微，所谓发源滥觞者也。及阅《云南志》，则谓金沙江之源，出于吐蕃异域，南流渐广，至于武定之金沙巡司……然后合于大江，趋于荆吴。又《缅甸宣慰司志》，谓其地势广衍，有金沙江，阔五里余，水势甚盛。夫以缅甸较之茂州，其远近为何如；以汶山县之发源甚微者，较之缅甸阔五里余者，其大小又何如。况金沙江源出于吐蕃，则其远且大也明矣，何为言江源者止于蜀之岷山，而不及吐蕃之犁石，是舍夫远且大者，主近且微者，以是论江之源，吾不知也。"

巫山风光　　李流丹木刻

其实，金沙江和岷江一样，不过是长江源流的一部分。真正的来源，可以追溯到西藏青海边境的唐古拉山脉①，经过黄河源流星宿海附近的巴颜喀拉山，成为木鲁乌苏河，一名布赖楚河，沿着巴颜喀拉山脉流入西康省②，成为通天河③，再往下就是金沙江，这已经到了云南境内，然后再曲折于云南、四川两省边境，汇合了雅砻江和岷江，从川边的宜宾县④（《江源总论》所说的僰道县）流下，这才成为长江的本流。

---

① 编者注：目前确定的长江源头在青海省南部的三江源国家级自然保护区。
② 编者注：西康省，中国旧时省治，1955年撤销，部分地区归四川省，部分地区归西藏自治区。
③ 编者注：这处通天河指青海省囊极巴陇至玉树市区结古镇东巴塘河口这一段长江源头干流河段，与《西游记》所写的通天河，以及湖北省武穴市通天河景区都不是一回事。
④ 编者注：今宜宾市叙州区。

长江流域的区分和三峡风景

长江自源流以下,因为流域太长,地理学家向来都将其所经过的地域分成三段,即上游、中游和下游。中外地理学家对分流的地段各有不同的意见,但一般说来,多数人赞同将四川宜宾县以上的江流称为源流,从宜宾以至湖北宜昌的一段称为上游,从宜昌以至江西九江的一段称为中游,从九江直至吴淞口出海称为下游。长江一带的居民惯称某些人为上江人,某些人为下江人,就是习惯地根据这个分野,将九江以上的人称为上江人,将自九

长江风景　Ivon A.Donnelly

江以下的人称为下江人。

长江上游水流湍急，水道中有许多滩石，夏季涨水期和冬季退水期的水位涨落相差很大，因此船只航行很困难，但是从风景上说，闻名世界的三峡都在这一区域内。到了中游，因为地势平旷，不仅舟楫便利，就是水势也浩荡广阔，在大平原上迂回曲折地向东流去，江面辽阔的地方，一望千里，烟波浩荡，使人有置身海洋之感。江水在这里经过古来著名的云梦泽，容纳了洞庭湖的余水，就构成了中国文人所艳称的"落霞与孤鹜齐飞，秋水共长天一色"的胜景。

从九江以下，江面又从平阔渐渐变得狭隘，但是地势平坦，因此水流也很缓慢。鄱阳湖的水就在九江附近归入江中，从这里以下，两岸有很多高山，但是绝不像上游诸山那样峻峭。江流曲折处又多洲渚，遍生芦荻。渔舟出没，水鸟成群，充满了江国水乡的特色，这就是白居易所歌咏的"枫叶荻花秋瑟瑟"的情调。

自武汉以下直至镇江扬州一带的长江流域，在人文史上，又惯将芜湖安庆以上的两岸分为江左江右，自南京以下一带又改称为江南江北。不仅中国历史上有许多大事件的记载是根据这种说法来划分的，就是人物文化风俗也好像具有这样的区别。

著名的长江上游风景，完全是由山峡和滩石构成的。在壁立千仞的两面悬崖之间，江水随着地势的下降，自高处流入两岸高不见天日的山峡间，俗语谓之入峡，这时水势便格外湍急，真是瞬息千里。《宜都记》①说，自西陵溯江西北行三十里，入峡口，其山行周回隐映，如绝复通，高山重障，非日中夜半，不见日月也。江中又有许多大小高低的滩石，随着水位的高低涨落，时隐时现，不仅水势变得格外奔腾飞溅，同时也使得上下游的航行特别危险，尤其是下游的船只，若卷入旋涡失去控制撞上礁石，随时有粉身碎骨的可能。因为这一地带的风景特别险峭逼人，自古以来就成为骚人墨客的歌咏中心。

所谓三峡，普通是指瞿塘峡、巫峡和西陵峡，但也有人认为这样划分范围太大，因为瞿塘峡在四川，西陵峡则在湖北，因此也有人将宜昌附近的明月峡、西陵峡、黄牛峡称为三峡。黄牛峡的得名，是因为峭壁悬崖上仿佛有人牵着黄牛，人黑牛黄，所以称为黄牛峡。这是从宜昌上航，因为滩多水急，走得最慢最吃力的地方，古谚"朝发黄牛，暮宿黄牛，三朝三暮，黄牛如故"，所指的就是这个地方。

以巫山神女的传说而为人称艳的巫峡，可说是三峡风景的中心。巫山有十二峰，重峦叠嶂，隐天蔽日，据说船走在这样高削的山峡中，仅在正午或半夜才有机会见到日月。巫山十二峰的名称，据《方舆胜览》所载，为朝云、望霞、翠屏、松峦、集仙、聚鹤、净坛、上升、起云、飞凤、登龙、聚泉。其中最著名的望霞峰，又名神女峰，据说就是宋玉《高唐赋》中所记楚襄王梦见神女的地方。

---

① 编者注：全称为《宜都山水记》。

巫山神女

巫峯行雨祠

圖傳九十六

巫山神女 清王翙绘《百美新咏图传》

过了巫峡上溯,就到了瞿塘峡,两峡江中有几堆大礁石,就是著名的滟滪堆。夏天水涨时,堆石隐到水中,形成了一个个汹涌的旋涡,旧时帆船必须小心地随着水涡旋转,宛转而过,否则就很容易触到石块。冬天水落,水底的岩石暴露出水面,险象环生,行舟更不容易。所以俗谚有"滟滪大如象,瞿塘不可上。滟滪大如牛,瞿塘不可留。滟滪大如马,瞿塘不可下。滟滪大如袱,瞿塘不可触。滟滪大如龟,瞿塘不可窥。滟滪大如鳖,瞿塘行舟绝"。

除了著名的三峡之外,从重庆到宜昌之间,还有许多著名的山峡,名称都极古怪别致,如鹿角滩附近的牛肝马肺峡,因为岩壁被风化水蚀得斑驳空巉,恍如牛肝马肺。到了兵书峡,可见半山上凌空有石块搁着石函,相传是诸葛亮藏兵书的地方。瞿塘峡附近又有风箱峡,上面有风神庙,是舟子①到这里祈祷顺风的地方。因为在这里遇到顺风,便可以如诗人李白所描写的"朝辞白帝彩云间,千里江陵一日还。两岸猿声啼不住,轻舟已过万重山"了。三峡虽以风景著名全国,但是如果利用峻急②的水力发电,也可以成为中国一大利源。

吴云楚山和江南风光

从三峡流出来的江水,经过西陵峡,流入宜昌境内,就算出

---

① 编者注:舟子,旧时船夫的称谓。
② 编者注:峻急,指河流湍急。

长江红船　唐纳德·曼尼摄

了峡。湍急的江流到了这里，古人形容它势如建瓴，奔腾澎湃，顷刻千里。从这里以后，江水则渐入平野，水势便舒缓静穆，因此宜昌又名夷陵，表示从四川东下，到了这里，无论是江上的行旅或是江流本身，从此出险就夷了。

可是，水势虽然和缓了，但是因为两岸地势平衍①，不再像在峡中那样有两旁高山的约束，容易满溢漫流，因此每年一到夏秋之交，上游水涨的时候，这一带便很容易泛滥成水患。这里古属荆州区域，所以江水在这里又称荆水。古来都认为长江之患，就在这荆襄一带。这里沿岸本筑有很多堤防②，但是年久失修③，早已失去效用。最近在这里所进行的荆江分洪工程④，便是用来控制水涨期间的洪流，想从根本上免除这祸患的。

从宜昌以下，江水经过鄂、湘、赣三省境界，流至九江。这一带两岸都是广阔的平原低地，称为江汉平原。湖泊沼泽特别多，纵横交错，星罗棋布，这是古称云梦泽的遗址，后来泽地渐渐起了变化，有的干涸变成了陆地，有的变成了独立的湖沼，所以成了今日的情状。分布在这一块大平原上的无数湖沼，对于吸收余剩的江水，灌溉田亩和补助农村交通，具有很大的作用，可是一旦到了江水大涨超过了容纳量时，却又成了一种灾祸。过去，这一带的地方当局和老百姓，为了对付这变化无常的水性，

---

① 编者注：平衍，指平缓。
② 编者注：堤防，指防止洪水泛滥的堤坝。
③ 编者注：这处指旧时堤坝年久失修。
④ 编者注：指新中国成立后始建于1952年的荆江分洪工程。

赤壁怀古 明新安汪氏《诗馀画谱》

除了沿江铸造了许多座镇水铜牛以外,更有各地在各自的辖境内建筑防水堤坝,实行自私的"以邻为壑"的政策,因此水患问题始终不能解决,而且越来越严重。可是荆江分洪工程完成以后,涨水期间的江水有了严密的控制,今年①秋天已经第一次免除了

---

① 编者注:指1952年。

水的威胁。相信将来若长江上游利用水力发电的工程完成以后，江水在三峡区域内就有了控制，则下游的每年水患将永远可以免除了。

长江在这一段流域中，与两个著名的大湖发生了联系。一个是湖南的洞庭湖，另一个是江西的鄱阳湖。这两个大湖的地势，都比长江略低，因此在夏秋水涨期间，从上游奔腾而来的洪水，都倒灌入湖；到了冬季减水期，洞庭和鄱阳的湖水又分别回流入江；这样的调节吞吐作用，使得长江免除了许多可能的泛滥。可惜因为过去的政府忽视沿湖的水利工作，久不疏浚，湖底沙泥太多，沿湖的居民又筑堤为田，以致湖面日狭，调剂长江水量的作用被减低了不少。

在涨水和减水期间，洞庭鄱阳的面积变化很大。在水涨期内，因为江流倒灌，湖水浩渺无垠，一望千里，成为江汉最美丽的风景地带。古来诗人歌咏这两座大湖的很多，尤其是对于洞庭湖更为赞美，面临洞庭湖的岳阳楼更是天下登临胜地之一。杜甫的"昔闻洞庭水，今上岳阳楼。吴楚东南坼，乾坤日夜浮"；孟浩然的"八月湖水平，涵虚混太清。气蒸云梦泽，波撼岳阳城"，都是形容洞庭湖水浩荡气概的。

鄱阳湖古称彭蠡，它的通长江的出口称为湖口，在九江附近，这里有古彭泽县址，也就是著名田园诗人陶渊明不肯为五斗米折腰的地方。鄱阳湖里有大孤山，又名大姑山或鞋山，与马当附近大江中的小姑山成为对照。

在洞庭与鄱阳之间，沿江著名的城市，最重要的当然要算武汉三镇了，其次该是九江。汉口以上的嘉鱼县，有赤壁山，这就是《三国演义》上所说的周瑜大破曹操、火烧赤壁的地方。苏东坡著名的《赤壁赋》，其中也提及曹操率军东下，舳舻千里，旌旗蔽空，临江横槊赋诗的故事，可是据后人考证，苏东坡所游览的赤壁，实际是黄州的赤壁，而不是曹吴当年交兵的赤壁。武汉三镇的另一名胜乃是黄鹤楼，楼在武昌的蛇山，唐朝诗人崔颢所咏的"昔人已乘黄鹤去，此地空余黄鹤楼。黄鹤一去不复返，白云千载空悠悠"，就是指此。可惜原来的黄鹤楼早在清末就毁于火灾了。

九江古名浔阳，据说古时长江至此分为九支，所以称为九江。九江又名江州，白乐天的《琵琶行》末句所说"座中泣下谁最多？江州司马青衫湿"，就是因为他当时正谪居在这里为江州司马的缘故。九江距离著名的避暑胜地庐山已经很近了，在九江市内的高处随时可以抬头望见庐山。只是山顶时常被云雾遮住，很难有机会见到它的"真面目"。

湖口附近的石钟山，也是一处很有历史的名胜。苏东坡的《石钟山记》中说，山下有石穴，"空中而多窍，与风水相吞吐，有窾坎镗鞳之声，与向之噌吰者相应，如乐作焉"，所以称为石钟山。

从九江以下，长江两岸又渐渐多山，不过并不像上游那样有许多山峡。这些延绵的大山，在江流回折处往往构成很险要的形势。所以从古以来，这一带就成为东下长江或自北而南的军事争夺要地。著名的要塞有马当山、东西梁山，以及牛渚山和采石矶。

白居易像

　　三国时代①，东吴为了防备晋军南下，曾在长江险要处用铁索横江作防御工事，后来被晋将王濬用楼船火炬将铁索烧熔，顺流东下，吴王孙皓只好递表投降。刘禹锡的《西塞山怀古》诗："王濬楼船下益州，金陵王气黯然收。千寻铁锁沉江底，一片降幡出石头。"所咏的就是这段史事。

　　过了采石矶的太白楼，江流到这里就开始进入所谓江南区域。无论在风俗人情或在语言物产上，江北江南的差异都很明显。回顾历史，甚至在政治文化上也差不多如此，这正是"长江

---

① 编者注：晋军南下灭吴时，曹魏、蜀汉已亡，已不成三国鼎立之势，此时称三国时代并不确切。

江州司馬青衫淚

天堑"这一名词的由来。

　　江南的名胜，南京城外临江的燕子矶，远不及镇江的金焦北固三山有名。从九江以下，沿江的名胜多与三国有关，那是因为当时他们分割了江表领域而统治的缘故。北固山的甘露寺，题为"天下第一江山"，正是当年刘备招亲的地方。著名京戏老生马连良最拿手的《龙凤呈祥》（一名《甘露寺》），所演的就是这段故事。东吴的周瑜想用招亲的诡计来骗刘备，哪知诸葛亮为刘备安排，将计就计，真的招了亲回来，并且杀败了周瑜的追兵，弄出了"周郎妙计安天下，赔了夫人又折兵"的笑话。

　　镇江对岸的瓜洲，是古代江北重要渡口之一，因为这里正是运河的入口。诗人所咏的"潮落夜江斜月里，两三星火是瓜洲"的风光，目前因为两岸的沙洲太多，江流有了改变，但还依稀可以领略。

　　从镇江以下，远自巴蜀而来的万里长江，到这里已逼近入海口。因为这一带地势平坦，江流便越来越阔，而且冲积的泥沙变成了许多沙洲，看来好像是大海中的许多岛屿。下游的江面，到了江阴，就更为辽阔，几乎形成江海不分的情势，直到江口的崇明岛，将江流分成南北两支，南支在吴淞口汇合了自上海流出来的黄浦江，一同趋入黄海，完成了它的万里长流。在长江出口处，江面有些地方阔至四十余里，一望浩荡，极为壮观，月满潮涨时更是海天相接，实现了诗人所咏"春江潮水连海平，海上明月共潮生"的风光。

长江的神话和传说

一条万里长江，不仅培养了中国的民族文化，提供了民生需要，而且在历史上留下了许多有关的史迹，在民间也产生了无数有趣的神话和传说。

在长江风景中心的三峡地带，巫峡十二峰便是著名的巫山神女故事的产生地点。据宋玉的《高唐赋》所说："昔者，楚襄王与宋玉游于云梦之台，望高唐之观，其上独有云气，崒兮直上，忽兮改容；须臾之间，变化无穷。王问玉曰：'此何气也？'玉对曰：'所谓朝云者也。'王曰：'何谓朝云？'玉曰：'昔者，先王尝游高唐，怠而昼寝，梦见一妇人，曰：妾，巫山之女也，为高唐之客，闻君游高唐，愿荐枕席。王因幸之。去而辞曰：妾在巫山之阳，高丘之阻，旦为朝云，暮为行雨。朝朝暮暮，阳台之下……'"

至今巫山县内还有朝云台，山上也有神女庙，而巫山神女，朝云暮雨，也就成了古来文人惯用的香艳典故。

据《博雅》载，江神名为奇相。另有《列仙传》所记解佩的江妃，则是湘江女神，不是长江女神。牛渚山附近的采石矶，相传是诗人李白捉月沉江的地点，也是温峤燃犀照江的地方。据《晋书》所载，温峤至牛渚矶，江水深不可测，有人告诉他，其下多怪物，唯燃犀角可见，"峤遂燃犀角而照之，须臾见水族覆火，奇形异状，或乘马车着赤衣者。峤其夜梦人谓己曰，与君幽明道别，何意相照也"。

神话剧《白蛇传》剧本唱词选刊封面　　上海合作剧团，1954

甘露寺　杭穉英绘

著名的南宋韩世忠大破金兀术的故事，就是在镇江一带江面进行的，韩世忠的太太梁夫人就曾在焦山亲自擂鼓助战，至今京戏还搬演这一段故事。与焦山对峙的金山，现在虽已在长江南岸，但是在江心的沙洲未使长江改道以前，金山同焦山一样，也是在江中心的。这里是著名的民间传说白蛇为了解救她的情人许仙，与法海和尚斗法的地点，《水漫金山》的民间戏剧，便是演的这个故事。距离金山不远的江中有一座小岛[①]，相传这是有未卜先知能力的郭璞墓，墓下江流湍急，据说其下就是中冷泉，也就是所谓"天下第一泉"。至于今日金山寺前面在陆地上的中冷泉水，根本是和尚凿了来骗人牟利的。中国的笔记野史上记载有许多具有品评水味能力的人士，喝一口就可以辨别是不是真正的中冷泉水。著名的品茗专家陆羽更只要用勺舀起来看一下水色就知道。

九江彭泽附近是小孤山，是一座大石，屹立江中心，山上还有庙，又有炮台和水师祠。因为鄱阳湖有一座大孤山，所以它名为小孤山，但不知为何，现在竟讹呼为小姑山，又因为附近的彭泽有一块石矶名为澎浪矶[②]，遂发生了小姑嫁彭郎的民间传说。这个传说曾见于宋人所著《归田录》，可见由来已经很久了。

---

① 编者注：此岛为云根岛，原来在江中，现在位于陆上的塔影湖中。
② 编者注：时人讹传为"彭郎矶"。

诗人与画家笔下的长江

中国古代诗人对于长江最有感情的,不用说,第一要推唐朝大诗人李白了。这因为李白是四川人[①]。对于三峡风光有乡土之情,而他晚年的抑郁生活又是在江汉流域和江南度过的。民间甚至传说他的死,乃是在当涂江边的采石矶上赏月,喝醉了酒,想入江中捉月,因而溺死的。不论这传说是否可靠,但李白的墓却在今日当涂的青山麓,采石矶上也有太白楼,祀着李白的塑像,成为中国诗人瞻仰的圣地。

李白的诗,除了乐府古风以外,最拿手的是绝句,而这些又多是描写长江景物的。最为人爱诵的七绝《黄鹤楼送孟浩然之广陵》和《早发白帝城》两首在前边已经引用过了,还有描写峡中峭险风景的,如"天门中断楚江开,碧水东流至此回。两岸青山相对出,孤帆一片日边来",恰能写出长江峡中特有的奇景。

诗圣杜甫有关长江的名作,我且录他《登岳阳楼》的五律一首:

昔闻洞庭水,今上岳阳楼。吴楚东南坼,乾坤日夜浮。亲朋无一字,老病有孤舟。戎马关山北,凭轩涕泗流。

[①] 编者注:李白的出生地尚有争议,一说出生于绵州昌隆县(今四川江油市),一说出生于西域碎叶城。

李白像 清殿藏本

　　其他诗人有关长江的作品太多，前面文中已间接的引用过几首，因为篇幅关系，这里只好略去不提了。

　　中国画家以长江为题材的作品也很多，除了片段取景的以外，《江山无尽图》《长江万里图》一类的作品，也屡见于各种书画收藏记录。其中以南宋画家的作品最多，这大约因为当时中国正遭受侵略，僻处江南的画家对于祖国河山特别珍爱的缘故。流传至今的南宋画家这类作品，以夏珪的《长江万里图》最为有名。这是三丈余长的手卷，后面有柯九思等人的题跋，现藏台北故宫博物院。因为各家著录的夏珪《长江万里图》共有三本，长短各有不同，有些鉴藏家怀疑故宫所藏的那本是赝本或摹本。但是根据复制的影本看来，这个手卷描写长江的景物，从上游的澎湃激流直至江南的寥阔平流，其间山光帆影，草木村落，都画得墨色淋漓，颇有神韵，显然是很精心的作品。诚如《江村消夏录》中载的王穉登跋语所说："其水势欲溅壁，石欲出云，树欲含雾，人物舟楫，楼橹室庐，种种悉具气韵，但用水墨，而神采灿烂，如五色庄严。"无论是真是摹，作为描写长江万里风光的巨构，都是值得我们欣赏的。

夏珪《长江万里图卷》之一段　台北故宫博物院藏

题夏珪《长江万里图卷》[①]

最近从摩罗街的冷摊上买得影印本夏珪《长江万里图卷》，北平故宫博物院出版，为一巨册。几年前，在上海举行的参加伦敦中国艺术国际展览会出品预展会，此图曾参加陈列，后来商务印书馆编印《参加伦敦中国艺术国际展览会出品图说》，也曾将此图收入，在第三册中。今持出与故宫博物院影印本参看，才知道图说本就是用这作底本缩小重印，并非另行摄影的。原画是水墨绢本，高八寸四分，影印本的尺寸几乎与原画差不多。原画出国展览不久，战争旋即发生，下落如何，至今传说纷纷。今后要想再见到原作，怕不是一件容易事了。同时，离开长江流域也快近十年了，想到青年人的头发已经白了，江水该仍是无言滔滔地向东流，对着夏珪的这杰作，虽然只是影印本，也觉得悠然神驰，不尽感慨。

几年前，我答复一个杂志社所提出的关于个人写作计划的问题时，曾写道：

[①] 编者注：本文原载于1944年5月14日《华侨日报·文艺周刊》。

"我在从各方面收集题材,想以黄河,扬子江,西北的高原,塞北的长城和沙漠为主题,以综合的手法写一部创作,描写祖先艰苦开国的经过,从神话到现实,从兴盛到衰落,一直到这一次他们所身受的民族解放战争的经历。这些山川河道,她们不仅是中国的资源宝库,同时也正是中华民族的守护神。她们的身上,每一寸都烙印着几千年以来我们民族的苦难以及从苦难之中所争得的光荣。"

夏珪《长江万里图》,正是使人看了能够加强这种启示的作品。

夏珪字禹玉,南宋钱塘人,对于他的生卒年月,各种画传画史都没有记载,《参加伦敦中国艺术国际博览会出品目录》中说他约生于公元一二〇八年(宋宁宗嘉定元年),未知是何根据。但他曾任宁宗朝待诏,则是诸家一致的记载,关于他的风格,《画史会要》上说:"院中人山水,自李唐以下,无出其右。"《山水家法》上说:"夏珪夹笔作树,梢间有丁香枝,树叶间有夹笔,人物面目,点凿为之,衣褶柳梢,间有断缺。楼阁不用尺界,只信手为之,笔意精密,奇怪突兀,气韵尤高,故曾为一代名士。"《宝绘录》上也说他"善画人物山水,酝酿墨色如传染,笔法苍古,气韵淋漓,足称奇作"。本来,中国的山水画,到了南宋时,南北宋的派别已定。夏珪虽是画院出身,但他的作品实倾向于南宋,注重神韵气魄,并不像一般的院画。所谓"刘李马夏"南渡画院四杰名次的排列,只是年齿关系,并不是艺术高下的品评。而在事实上,夏珪的用墨纵横淋漓,其成就实在马远等人之上。

南宋山水画，喜以长江为题材，虽是一时风尚所趋，而当时大江以北，胡骑遍地，仅是倚靠了这一条天堑，才保得江南一角干净土，所谓"残山剩水，半壁偏安"，画家特别喜欢描写它，正含有无限珍惜的至意。宋人的《长江万里图》《江山无尽图》之类，流传至今的很多，就是夏珪的这卷《长江万里图》，见诸著录的就有三幅。三幅的尺寸都不同，据汪珂玉的《珊瑚网》所载，一长二丈四尺，一长六丈四尺。又有一卷，据厉鹗的《南宋院画录》所载，"绢本，高七寸许，长三丈三尺，水墨画。款在起首右上，臣夏珪三小字，前后有天历玺印，至元后六年立冬日，柯九思观于复古斋"。现在故宫博物院所据以影印的原本，就是这第三种。卷后柯九思的题识尚在，只是前面的款，因为印章累累，已经看不清了。影印本的前面说此卷"长三丈四尺八寸，高八寸四分"，与厉鹗所录载的微有出入，大约是尺度不同，或是先后又经过装裱吧。

《长江万里图》的题跋，各种书画题跋记所收录的，也有好几篇，如董其昌、高士奇、陆深、王汝玉、陆完、王穉登等人，都曾写过跋语，甚至明太祖为了审讯胡惟庸贪赃枉法，发现有人曾将此图作贿，遂将这事经过，也写了一篇跋。只是因为见诸著录的图卷共有三种，而现存的只有三丈的一种，诸家的题跋究竟哪一篇是从哪一幅上录下来的，各书记叙往往互相矛盾。在现存的这一卷的卷末，据高士奇的跋语说，原有王汝玉等三跋，可是重装时为人割去。更使人不解的是，高士奇既明知这是《长江万里图》，同时却又巧立名目，引用吴立夫的题诗，改用《巴船出峡图》。这难怪梁国治等人在高士奇的跋后,说他"舍实证而事附会,士奇素称鉴赏家,何若是之疏且拙耶"。

夏珪笔下的长江,究竟是什么样呢?我以为王汝玉的跋语,有几句写得最恰当:"夫大江发源于岷山,而珪画泉流回互,跳珠喷雪,可骇可愕。至于滥觞之后,直下一泻,舟楫纵横,旅店隐见,渡口渔舠,林边鸦点,烟峦云树,成楼城郭,无不极其精妙,所谓李唐以下无出其右者非耶。"

曾被人称作"马半边、夏一角"的他,以神来之笔,洋洋洒洒,为长江留下了这不朽的写照,使我们至今展开图卷,仍觉得"水势欲溅,壁石欲出",实在是一件痛快的事。

同黄河一样,千百年来,长江是我们生活的威胁,同时又是我们生命的泉源,我们文化的摇篮。在这次的战争[①]中,他的胸上该又镌刻了不少可歌可泣的史迹。几时才能够见到他的雄姿呢?对着夏珪的图卷,我不禁神往了。

---

① 编者注:指抗日战争。

民国年间九江江岸之风景

长城景色　William Alexander, 1796

江·河·山·关

中国有许多在地理上、历史上、或是风景上很有名的江,如金沙江、澜沧江、长江、珠江、钱塘江、乌江、富春江等都是。但是如果单说一个"江"字,这个"江"字所代表的,却是专指长江这条"江"了。长江又称扬子江,俗称大江。"浪淘尽,千古风流人物"的大江,所指的就是它了。

这就好像谈到花一样,中国虽然有千百种争奇斗艳的名花,但是单说一个"花"字,这个"花"就不是指别的花,而是指牡丹。"洛阳花似锦",决没有人会误会所说的是桃花或芍药,谁都知道是指牡丹而言。

同样,中国大的河流虽多,但是单说一个"河"字,这个"河"就一定是指黄河而言,绝不是指运河或别的河。许多河都可以泛滥成灾,但是自古以来,"河患"所指的总是黄河泛滥所成的灾。"治河",所治的也是黄河。

山呢?中国有名的大山自然也很多。除了五岳之外,风景幽深的有雁荡山和黄山,成为宗教圣地的有峨眉、五台和九华,谈到高度还有喜马拉雅山。可是如果单用一个"山"字,这座

渡黄河　明黄凤池等辑《六言诗画谱》

"山"就一定指的是泰山。

泰山并不算高,也不大,可是它是五岳之首,称为东岳。它是古代封建帝王封禅之处,是孔子登临而小天下[①]的地方,因此它一向就成为群山之首了。

说到了"湖",中国惯说三江五湖。但是单说一个"湖"字时,就不是说那些有名的大湖,如洞庭湖、鄱阳湖、洪泽湖、太湖,而是指范围不大,却以风景甲天下的杭州西湖而言了。

当然,说到水势之盛,太湖有三万六千顷;说到历史、水利、物产之盛,洞庭、鄱阳自古就十分有名。不过数到人物风流之盛,却怎样也比不上西湖。因此说到"湖",就不能不推小小的杭州西湖坐第一把交椅了。

还有万里长城,也是中国"城"的代表。这是中国首屈一指的城,也是世界首屈一指的城,作为城的代表,自可以当之而无愧。

万里长城是历史名迹。至于说到中国几个大都市的城郭建筑的坚固和雄壮,那就要数西安、南京和北京了。这三处都是在中国历史上屡次建都的地点,因此城的建筑规模特别大。可惜西安在过去兵燹中破坏得很厉害,南京城墙也拆毁了大部分,现在保存最好的是北京。

万里长城是中国古代边防的要塞,设立了许多关口来控制出入往来的要道,因此,我们出入长城内外,从不说"出城""入

---

① 编者注:《孟子·尽心上》:"孔子登东山而小鲁,登泰山而小天下。"

城"，而是说"出关""入关"，可见其郑重。长城东起山海关[①]，西迄嘉峪关。西陲已经是古代人烟稀少的荒漠地带，因此我们历来说到"出关""入关"，这个"关"总是指山海关而言。

我一向认为，中国的这些有名的江湖山河关城，不仅是我们的自然资源宝库，也是我们的历史文化宝库。任何一个地方，只要肯略下功夫去研究考察和搜集整理，就有足够丰富的资料可供我们写成百十万言的大著。我曾经读外国作者写的埃及尼罗河、欧洲的阿尔卑斯山、美国密西西比河的历史，都是将人文自然综合起来，用传记体裁来写的，读起来十分有趣。因此，我想到我们有这么多好题材，一直还未曾有人写过。这一大片几乎未曾开垦过的写作"处女地"。若是有人有勇气和决心，组织起来去开发，一定可以像近年的"北大荒"由荒地变成粮仓一样，也可以供应我们大量的精神食粮。我自己一直有这样一个写作上的奢望。

除了这些江湖山河之外，在中国自然史上，还有一向被我们忽略、很少人提起的一种特殊的地方，那就是分布在中国东北和西北一带的许多大草原。

这里所说的草原，不是我们在江南或是华南郊外所见的那种运动场似的草原，而是那种极目千里、一望无垠的大草原。

这种成为畜牧业生命线的大草原，主要分布在内蒙古、新疆、青海和西藏这四个广大的地区。此外，黑龙江、宁夏、甘

---

① 编者注：旧说明长城东起山海关，西至嘉峪关。现在考古发现明长城东端在辽宁的虎山。

泰山观景台处的悬崖　喜仁龙摄

肃、吉林和四川，也有面积相当大的大草原，不过总比不上前述那四个区域的草原那么大。

有一首中国古代的民歌，就是描述西北大草原那种风光的："敕勒川，阴山下。天似穹庐，笼盖四野。天苍苍，野茫茫，风吹草低见牛羊。"

这首民歌的末一句，可以说恰好描述出了大草原的"大"和"草"的特色。这种生长在大草原上的草，是一种特殊的草，称为"芨芨草"。它是一种纤维性很强的植物，是牲畜的好饲料。这种草在夏秋之交，长得最茂盛，高过人头，人畜在草中

居庸关云台券洞　喜仁龙摄

兖州西湖　恩斯特・柏石曼摄

全被遮住，从远处看来简直看不见，一阵风吹来，将草吹低了，这才发现了草中的人畜。"风吹草低见牛羊"，写的就是这样特殊的风光。

　　大草原是丰富的资源宝库，除了可以发展大规模的畜牧生产外，还出产珍禽异兽，以及珍贵的药材，地下还蕴藏着大量矿产资源。这些财富一旦开发出来，收获是惊人的。建设、改造、开发大草原的计划，现在已在进行中了。前面所说的由荒地变成粮仓的"北大荒"，就是东北大草原的一部分。

峨眉山风光

寒夜卧游[1]

《新中华画报》出了一册《中国名山影集》，这是他们今年的一月号。编者说这是特地为读者们准备的一份新年礼物。这份礼物，我在今天已经收到了。寒夜灯下，泡了一壶碧螺春。我是不抽烟不喝酒的，便以茶当酒，细细地读完了这一期的《新中华画报》。

古人说，读万卷书，行万里路，是人生的快意事。可是就在这个夜晚，我读了一卷书，仿佛已经行了万里路，实在更是一件大快意事。

这一册《新中华画报》的特辑《中国名山影集》，介绍了我国无数名山之中具有代表性的名山：泰山、华山、恒山、雁荡山、黄山、嵩山、峨眉山、庐山、武夷山等的名胜风景。这些名山本身的自然风景已经够好了，再加上所有的摄影都是出自名家之手，晨昏云霭，捉住了山中景色变化最迷人的一瞬间。这些镜头，就是我们曾经身历其境的，也未必一定可以见到，所以看来特别可贵，再加上这一份画报的印刷一向是以精美细腻著名的，

---

[1] 编者注：本文原载于1962年1月4日香港《新晚报》。

庐山图　清初原刊《古今图书集成》插图

有几幅彩色摄影，印得色调美丽而自然，与市上那些号称七彩的印得花花绿绿的画报全然不同。它本身就可说是几幅艺术品。

我国的自然风景，真是太美丽了。不要说足迹踏遍所有的名山大川，就是能游遍五岳的，又能有几人？我们不是现代的徐霞客，人事劳劳，就是有此壮志，也没有这时间，甚至也没有这精力（如这册《中国名山影集》所介绍的华山"鹞子翻身"和"长空栈道"两处险绝的奇景，我就有自知之明，知道自己不会有那一份胆力和脚力去攀登），因此能够有机会在家中卧游一次，应该大叹眼福不浅了。

在这一册《中国名山影集》所介绍的那些名山之中，我最熟

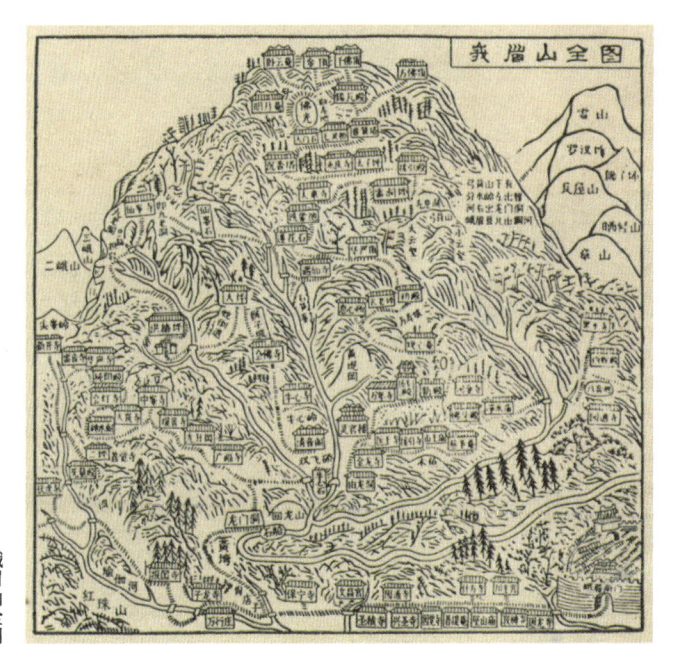

峨眉山全图

悉的要算庐山了。因为我小时候住在九江，站在自己家里的阶前，一抬头就可以望见庐山。虽然时常是五老云横，难得见到它的真面目，但它到底是我童年的伴侣。这一次在灯下展卷，我又仿佛如对故人了。

我国名山之中，令我特别向往的，不是黄山而是峨眉山。峨眉天下秀，看了峨眉山的摄影，想到自己至今还不曾上过峨眉山，实在是"空白了少年头"。尤其是早几天看了上海青年京剧团演出的《白蛇传》，编剧田汉先生借着白蛇的口，说出了峨眉山"洞府深寒，白云封锁"的幽静景致，白蛇要去看看山温水软的江南风光，我却更想看看"天下秀"的峨眉山了。

万里长城　西方铜版画

万里长城

万里长城在过去是中国西北国防最前线和边陲要塞，这意义和作用在今天已经完全不存在了。但长城的存在，却是中国古代千万人劳动和血汗的结晶，是他们用自己的力量写成的一首不朽的史诗。同时这巨大的工程正是中华民族文化历史悠久伟大的记录，是值得我们保存和向全世界夸耀的。

这座值得我们今天珍重保存的民族文化遗产，正不知是花费了先民多少血汗才建成的。古诗人所歌咏的长城，如"饮马长城窟""长城谣"一类的歌词中所描写的，无不是征人的乡思，闺中少妇的仇怨，以及征徭带来的苦痛。如有名的魏晋诗人陈琳的一首诗，竟描写得这样凄恻："饮马长城窟，水寒伤马骨。往谓长城吏，慎莫稽留太原卒！……长城何连连，连连三千里。边城多健少，内舍多寡妇。作书与内舍，便嫁莫留住。善事新姑嫜，时时念我故夫子……生男慎莫举，生女哺用脯。君独不见长城下，死人骸骨相撑拄……"

今天，专制的时代已经过去了，一提起万里长城，就觉得他们所流的血汗已经获得了丰富的收获，这伟大的成就只有引起我

万里长城 西方铜版画

们的钦佩和骄傲。

万里长城的来由

一提起万里长城，一般人都说是秦始皇造的。其实，在秦始皇想动手造万里长城之前，当时的燕赵等国早已在自己的国境线上建造了类似万里长城的防御物，不过规模比较小，没有秦始皇计划中的那么绵长罢了。因此中国关于春秋战国的历史和地理记载上，时常有"魏之长城""齐之长城"等名词出现。我认为，为了避免混淆起见，我们应该将魏齐等国建造的长城简单地称为长城，将后来秦始皇时代所造的称为万里长城。事实上人们早已这样做了。老百姓口中的长城或万里长城，向来就是指秦始皇所造的长城。至于这座空前绝后的伟大工程，是否应该归在秦始皇个人的名下，且待后面再说。

秦始皇建筑万里长城的动机有两个：一是为了军事上的需要；二是为了政治上的需要。开始建筑的时期，是在吞并六国自称始皇以后。《史记》载，三十三年，西北取戎为三十四县，筑长城河上。又说，三十四年，適治狱吏不直者，筑长城及南越地。长城工事的主持者是秦将军蒙恬和太子扶苏。《史记·蒙恬列传》云："秦已并天下，乃使蒙恬将三十万众北逐戎狄，收河南。筑长城，因地形，用制险塞，起临洮，至辽东，延袤万余里。"《通

砖墙石基 伦纳德·埃弗雷特·费舍尔《中国长城》插图

山海关　张眉孙绘

典》说:"始皇令太子扶苏与蒙恬筑长城,起自临洮,至于碣石[1]。"

主持筑城工事的蒙恬,就是今日传说中中国毛笔的发明人。至于太子扶苏也被委任到边塞去主持这样辛苦的劳作,完全是政治上的阴谋,后来始皇逝世,扶苏和蒙恬都被少子胡亥和赵高、李斯等人设计谋杀了。除了蒙恬、扶苏之外,主持长城工事的,据不甚可靠的《淮南子》所载,还有一个杨翁子,据说是蒙恬部下的大将。

前面已经说过,在秦始皇没有吞并六国建筑万里长城之前,

---

[1] 编者注:引文典自《水经注·河水》而非《通典》。

各国在自己的国境线上早已筑有防御物，也称为长城，这类长城有的是对付邻国的，有的是防备匈奴的。秦始皇吞并六国后，统一国内的政治，认为旧日的这些长城对行政统一有些妨碍，便分别处理，在内地的加以拆毁，在北边防备匈奴的则加以保留，如燕国的北长城，赵国的北长城，都被保留扩大，加以衔接，"因边山险堑溪谷可缮者治之，起临洮至辽东万余里"，这就构成了后人所称的万里长城。

当然，秦始皇建筑万里长城的动机，军事上的理由重于政治，但是据《淮南子》等书记载，最大的原因竟是由于迷信。据说始皇于三十二年得箓图谶书，其上曰亡秦者胡也。以为系指北方的胡人匈奴，乃使蒙恬筑长城以备之，孰知始皇死后，秦的政治统治竟结束在二世胡亥的手里。这传说如果可靠，那真太令人可笑了。

长城的构造和路线

始皇三十三年是公元前二一四年，长城的存在至今已有二千年以上的历史了。当然，我们今日所见到的万里长城，已经不全是秦朝的遗物了。自汉经南北朝以至隋唐，根据历史上的记载，长城至少已经过七次大修理，到了明朝永乐，更彻底地全线修理过一次，并沿线增建了许多墩台。长城本是防胡的，但是在宋末因为金人已经南下，以及元清两朝根本就是来自塞外，当然不需要长城外，在中国历史上，长城始终被当作西北边境国防的最前线。

秦始皇修筑的长城,西起临洮,东迄辽东,号称万里。临洮在甘肃,但是今日所见的长城西端则延至更西的甘肃酒泉,一直到嘉峪关为尽头;东边则直接伸入海,以临榆的山海关为起点。因此山海关和嘉峪关,这两座天险的雄关,便成了万里长城东西两端的起讫点[①]。山海关素有"天下第一关"之称,在面临渤海湾的长城起点,矗有一块"天开海岳"的纪念碑。西端尽头的嘉峪关,为通达新疆的西北唯一孔道,向来被誉为塞上雄关,关旁也有一方表示长城西尽头的纪念碑,题着"天下雄关"四字。因为一出此关便是古来征人所最怕的荒漠塞外,因此当地有"一出嘉峪关,两眼泪不干"的谚语。

从山海关至嘉峪关之间的万里长城,并不是直线的,倚山河取势,回环曲折,有些地方为了加强防御力量,更有外墙和复墙作掩护。若从直线来估计,山海关至嘉峪关的距离,五千余里。据曾经勘察过长城全线工程的威廉·季尔比估计,依直线来计算,全长约一千一百四十五英里,若依据回环曲折的路线来算,全程该长至一千七百余英里。若再加上附属的内墙和外墙的长度,全座万里长城的实际长度至少在二千五百英里以上。如这计算正确可靠,则万里长城这名称,依据我们中国的里数来折算,不仅没有夸张,简直还很谦虚了。

万里长城的外形,与我们常见的北京、南京那些高大坚固的城墙差不多。高度略有参差,有些地方的高度至三十尺,但平均总

---

① 编者注:根据现在的考古结果和学术研究,明长城东端在辽宁的虎山。

南口长城　唐纳德·曼尼摄

在二十尺以上。墙基阔约二十五尺，墙上平坦的地方至少有十五尺阔。在以步兵和弓箭手为主要防御力量的时代，这样宽阔的墙上足够五六兵士自由奔驰了。墙上另加雉堞，高约五尺，厚约一尺半。

  墙身内部中心是用坚土筑成的，里外另用砖砌面，墙基是用大石块筑成的，石筑的墙基高约六尺。砌墙的巨砖为青灰色，长约十五寸，阔约七寸半，厚约三寸半。从有些被地震震裂的整齐裂口上，我们可以见到除了坚土筑成的中心部分以外，两旁的砖面厚至七层以上，再加上墙顶是用巨石紧密铺成的平坦驰道，这就说明了这座建筑物为什么能抵抗这么多年的风雪蚀剥而不崩坏的原因。

砌墙用的石灰，至今仍未消失性能，非常坚牢。石灰雪白如新，据说是用高粱糯米调灰制成的，所以黏性非常强。长城一带的居民相信这种石灰有治病的能力，医治刀疮和肚痛等有奇效。

长城的全线横跨河北、山西、陕西、甘肃等省，目前自山海关至北京附近南口居庸关的一段，保存最为良好，砖面还很完整，望楼和碉堡都很少倒塌。但是一入陕西，情形便不同了。这一带的长城多数仅剩下一堆土墙。这不知是墙面的砖石多年以来被人剥取脱了，还是当年由于建筑材料困难，这部分长城仅用土筑成，则尚待仔细研究了。

谁是它的真正建筑者

我们平常总是说秦始皇造万里长城，但是若将战国的历史仔细研究一下，便知道在秦筑长城以前，当时各国早已分别在自己的国境上筑有长城，秦始皇后来不过将不需要的下令拆毁，需要的加以衔接修缮，连成一气而已。再有，无论是各国原有的长城或是秦始皇后来增筑的长城，我们知道，真正出力建筑长城的，乃是当时被征用的千千万万的老百姓，只有他们才是这座全世界最伟大建筑工程的真正建筑者。

《史记》上说，为了建筑万里长城，秦始皇发卒五十万，又遣发治狱吏不直者和一般的罪犯建筑长城。"又使天下蜚刍挽粟，起于黄、腄、琅邪负海之郡，转输北河，率三十钟而致一石。男子疾耕不足于粮饷，女子纺绩不足于帷幕。百姓靡敝，孤寡老弱不能相养，道路死者相望。"这些无名英雄，才是真正的长城建筑者。又自秦汉以后，历代修缮长城，动辄发丁男十余万（如隋开皇六年）至百余万（隋大业三年）。长城得以保存至今，正是百姓的力量。长城砌砖的石灰，至今仍洁白如新，黏性坚强，这里面也含有不少当时工匠的血泪。据说这种石灰是用秫粥调和的，砌好以后，监工者要随时击开一处查检，必须是纯白色方可，若是稍杂泥壤，即埋筑墙者于墙内，可见当时专制帝王的残暴。唐诗人张籍的《筑城词》所咏："筑城处，千人万人齐把杵。重重土坚试行锥，军吏执鞭催作迟。来时一年深碛里，尽著短衣渴无水。力尽不得抛杵声，杵声未尽人皆死。家家养男当门户，今日作君城下土"，据此可以仿佛见到当日苦况的万一。又正因为这样，所以当时出现了"生男慎勿举，生女哺用脯"的沉痛的民谣。

孟姜女和其他传说

孟姜女哭长城，是中国民间有关长城流传最广的传说。孟姜女的丈夫万喜良（一作范杞梁）被秦始皇征去筑长城，日久不归，孟姜女送寒衣至役所，到时听说丈夫已经死了，她便向城痛哭，城墙崩坏，露出了万喜良的骸骨。这个传说流传甚久，五代时就已经有了。山西浑源州龙角山有孟姜女庙，山海关外又有孟姜女坟，坟上有祠，历代题刻甚多，甚至刊有孟姜女集，至于民间将孟姜女故事编为弹词小唱的就更多了。但是据许多人的考证，这个故事实在不可靠。孟姜女送寒衣哭倒长城的由来，据说

孟姜女哭长城　吉纳维夫·维姆萨特《长城夫人》插图

是由战国时齐人杞梁之妻哭夫故事附会而来。刘向《列女传》载：齐人杞梁殖袭莒战而死，其妻无所归，乃就夫尸于城下而哭之，七日城崩，妻投淄水而死。顾亭林曾在《日知录》里对这附会的传说加以驳斥，认为这是古今最大的牵强附会之谈。

关于万里长城的建筑，还有许多神怪传说，如说有天赐神符帮助役夫来建筑，又说有神马为始皇选择筑城的路线，一里三跨，因此今日每里有三座城楼。《搜神记》说，秦时筑城，城将成而崩者数焉，有马驰走，周旋反复，父老异之，因依马迹以筑城，城乃不崩。最荒唐的传说，是说秦始皇乘了匹神马，用一天的时间将万里长城筑成的，因此我们至今表示立刻去干一件工作仍说"马上去做"。可是这一天筑成的长城，却给孟姜女一声哭倒了。

万里长城名闻世界，有些人曾对这座伟大的建筑物作了许多有趣的对比和估计。一七九三年随着第一任英使马嘎尔尼到中国来的一位随员，曾到古北口见到万里长城，他认为建造万里长城所用的砖石，比当时全英伦三岛建筑物所用的还要多。又有一位历史家认为如将万里长城改建为八尺高三尺厚的围墙，可以沿着赤道环绕地球一周。又有人认为如将这座万里长城移到欧洲，可以从伦敦联到苏联的列宁格勒[①]，或从巴黎联到罗马尼亚的首都布加勒斯特。有一位天文学家更郑重地推测，如果火星上也有人类，他们从火星上遥望地球，唯一可见的地球上的人类文明痕迹将是中国的万里长城。

---

① 编者注：今俄罗斯圣彼得堡。

北京天宁寺塔

塔的历史和传说 [1]

塔的起源和变化

中国的塔，最初的形式，木是随佛教由印度传入的，后来与中国固有的建筑形式亭台楼阁相混合，发展为一种新的特有建筑形式。佛教是在汉朝 [2] 传入中国的，所以中国的建筑形式，在东汉明帝以前只有"层楼"而没有"塔"，从印度形成的塔传入中土以后，渐渐地才有了"塔"这个新型的建筑物。由于中国的塔是吸收了外来形式而加以变化的新产物，它不仅是中国特有的一种民族建筑形式，而且千余年来，已成为中国风景中最具有特点、最为人们喜爱的一种点缀品了。

塔有时又被称为浮屠、浮图、塔婆、支提，在佛经上更被称为"斗薮波"或"窣堵波"。这都是"Stupa"一字的不同的音译，也就是印度塔的原称。印度的窣堵波，原本是用来供养释迦的发

---

[1] 编者注：本文原载于《新中华画报》1952 年 1 月号。
[2] 编者注：佛教传入是在东汉明帝时期。

单层塔　山东济南附近神通寺

爪和舍利的，形如覆钵，大都为一层，顶上有一串相轮和宝盖。中国最初的塔，形式大都如此，因此多数被称为舍利塔或多宝塔，其中供养着从国外迎回来的佛骨舍利等，有时也用来埋葬高僧的骨灰。这类原始的塔今日虽不多见，但我们还可以从敦煌和云冈等处的壁画和浮雕上辨出它的遗迹。不过这时已经从一层向上发展为三四层了。后来逐渐受了层楼形式的影响，越来越高，层数也越来越多，原本印度式的窣堵波已经被缩成了一个"宝塔顶"，于是中国塔的形式就完成了。

塔的式样和种类

印度的窣堵波虽是覆钵式圆形的，但中国的宝塔很少保留这种式样了。我们今日在各地所见到的塔，大多数是六角和八角的，也有少数是四方形的，更有极少数是十二角的。它的层数，若是安置在庭院中或殿堂内的舍利塔之类，多是三层、四层或五层。这些雏形的塔，有的是石造的，有的是木造的，更有铁铸的。至于正式矗立在庙宇外面或山巅水涯的大塔，则有七层，九层，甚至十三层的了。

这些高塔的建筑材料，最初是木构的。那些历史上所记录的最初的佛塔，因为寺院中终日有香火供奉的关系，大多毁于火灾不留痕迹了。目前，仅有应县的佛宫寺还存有一座木的释迦塔。

因为木构的佛塔容易毁于火灾，后来便逐渐改用砖造或砖石合造的了。这些砖造的塔，有些全部是用砖石造成的，有些则除了砖石之外，塔檐和门窗栏杆等仍是木构的。这些砖木合造的塔，有时不幸遭到雷震火灾，有时经过岁月的蚀剥，塔的内部设备和门窗栏杆等全都毁坏凋残了，但是砖造的塔身往往还能巍然独存，屹立不倒。从前杭州西湖著名的雷峰塔便是一个例子。

塔当然是可以登临眺览的，但是有许多塔，外面的形式虽是逐层有檐角、拱门、栏杆等，内部则除了最下一层外，其余都是实心没有梯级可以攀登的，有的则连最下一层也是实心的。

塔虽是起源于佛家，今日我们所见到的塔虽多数是寺院的附属物，但除了佛塔以外，还有一种风水塔，这是从前人为了某地方的形势不好，或多火灾，或多水灾，甚或不利于读书人，便特地建造一座宝塔来镇压和改变风水形势的。这类的风水塔，多数建在水滨或山巅地理形势扼要的地方。如广东的赤岗塔、海鳌塔，虎门的浮莲塔，都是建来补助岭南山水气势的。又如福建南平城外的河岸上左右各有一座宝塔，据说从前时常闹水灾，有堪舆师看了形势，指点在河流分岔处各建一座宝塔，使它形成一个"火"字，用来克制水的。

除了佛家用来供奉的佛塔、堪舆师用来改变形势的所谓风水塔以外，还有一种为了追悼和纪念而建的塔，如业已毁坏的历史上著名的南京报恩寺琉璃塔，便是明朝永乐皇帝为了报娘恩而建立的。浙江嘉兴三塔湾的鹤秀塔，建塔的动机也有一段凄艳的故事。至于纯粹为了点缀风景而建的塔，现在也许有了，过去则是少见的。这是因为中国向来将塔当作一种宗教上的作用而建筑的缘故。佛经上曾一再宣言建塔的功德，但是同时也指出应如何建

河南登封嵩山嵩岳寺塔

浙江宁波阿育王寺　日本画家雪舟绘，1470

塔，以及何种人不适合建塔。

历史上和现存的一些名塔

中国的第一座塔建于什么时代，现在已经没有可靠的文献可供考查了。《后汉书》的《陶谦传》中说，丹阳郡人笮融"大起浮图，上累金盘，下为重楼"；《三国志》的《吴志》卷四《刘繇传》，其中也提及笮融兴建浮图的事："笮融者，丹杨人。初聚众数百，往依徐州牧陶谦。谦使督广陵、彭城运漕，遂放纵擅杀，坐断三郡委输以自入。乃大起浮图祠，以铜为人，黄金涂身，衣以锦采，垂铜槃九重，下为重楼阁道……"所谓金盘铜槃，该是指今日宝塔顶上的相轮和宝盖，下面的重楼该是宝塔的本身，因此这一记载向来被研究中国建筑史的人认为是最早的有关中国塔的记载了。

杨衒之的《洛阳伽蓝记》，记佛教初入中土时的梵刹盛况，其中曾提及著名的白马寺。白马寺建于汉明帝永平十一年（公元六十八年）间，这是中国最初的佛寺，可惜不曾提起寺中是否建有浮屠。但我们不难想象，在当时佛教中心的洛阳，既然佛刹甲于天下，其中一定会有浮屠建筑的。

这是中原的情形，至于在江南，第一座佛塔则是孙权在建康所建的阿育王塔。《南史·列传》卷六十八载："吴赤乌三年，康居僧会领徒至长干里，致如来舍利，帝神其事，为置建寺及阿育王塔，江南佛寺之始也。其后有尼居之，结小精舍，孙綝寻毁除之，塔亦同尽[①]。"

赤乌三年是公元二四〇年，后来经梁武帝重修，改称长干寺。这一座塔和寺，后来历朝屡加修建，直到明永乐初年，遂改建为著名的大报恩寺和中外闻名的琉璃塔。

《古今图书集成》的《神异典》，记佛经所载和各地所建的寺塔颇详，可惜所记偏重佛教灵异故事，对于塔的建筑实况不大注重。其中所记散处全国各地的塔，有些虽然至今尚存，但大多数已经坍毁不可究诘了。

据十多年前不完全的统计，散处全国各地的塔，大约共有二千座，多数已年久失修濒于破烂状态，再经过这十几年，相信一定又坍毁了不少。这二千余座宝塔，在今日最为人所熟知的，如杭州西湖的保俶塔、六和塔和已经倒塌的雷峰塔，上海著名的龙华塔、苏州的虎丘塔、镇江的金山寺塔、广州六榕寺的花塔，因为位置在都市或名胜中心，所以为一般人所熟知。至于西安的大雁塔和小雁塔，因为雁塔题名的故事，在历史上是特别有名的。可是有机会亲身见过的却不多了。

中国现存最古的塔，是河南嵩山嵩岳寺的砖塔。这座砖塔建于北魏（公元五二〇年），十二角十五层，矗立在很高的基座上，密檐重叠，塔身微作炮弹形，秀丽雄伟，是中国建筑艺术的一座名物。

[①] 编者注：这段引文引自张惠衣《金陵大报恩寺塔志·大事记》（1937年国立北平研究院史学研究会出版，商务印书馆发行）。《南史·列传》卷六十八原文与引文有异。

山西应县木塔

雷峰塔

　　山西应县佛宫寺的释迦塔，建于辽清宁二年（公元一〇五六年），因为全部是用木材建造的，是全国现存唯一的一座木构古塔，所以也特别值得注意。这座木塔八角六层，高三百六十尺，每层高三丈余，每层均有释迦像，最低层之佛像，高二丈余，顶层称为南天门。全塔构造异常坚固，元顺帝时应县大地震七日，此塔岿然不动。明清两朝皆曾重修，至今还很完整。据梁思成氏的实地考察报告，全塔在结构上共用了五十七种不同的斗拱，以应各种不同的需要，是中国匠师登峰造极的杰作。

"天下第一塔"——琉璃塔

毁于太平天国战事的南京报恩寺琉璃塔有"天下第一塔"之称。琉璃塔的建筑始于永乐十年，落成于宣德六年八月，计先后造了十九年。落成时，永乐皇帝已经去世了。据当时的记载，全塔都是用特制的琉璃砖砌成，八面九级，塔外用的是精致的白瓷砖，每一砖有一佛像，第一层四周并有石镌的金刚护法诸天神像。每级覆以五色琉璃瓦。塔的内部，也是用各色瓷砖砌成的，也各镌有佛像。塔高三十二丈九尺四寸九分，塔顶冠以黄金宝顶，重两千两，相轮九重。九级内外，共垂风铃一百五十余枚，又燃灯一百四十五盏，由宫内供给灯油，通宵点燃，谓之长明灯。

琉璃塔直至清朝中叶还存在。到了咸丰六年曾国藩围南京城，才因战事被炸毁。但塔顶的残余宝盖和大报恩寺的石额，至今还存在。

雷峰塔与民间传说

一九二四年九月二十五日，杭州西湖上著名的雷峰塔忽然倒了。"雷峰夕照"本是西湖十景之一。巍然一座古塔，衬着满天晚霞，回光返照，殷红斑驳，这确是西子湖的胜景之一。再加上白蛇精的民间传说，雷峰塔的出名，自非偶然。雷峰塔倒了以后，不仅十景缺了一景，且值当时苏浙两省的军阀正在打内战，甚至还发生了许多谣言，说是压在塔下的白蛇精又出世了。

雷峰塔的存在已经很久，原名黄妃塔，建自五代，是吴越王

《白蛇传》全景（局部） 清代杨柳青年画

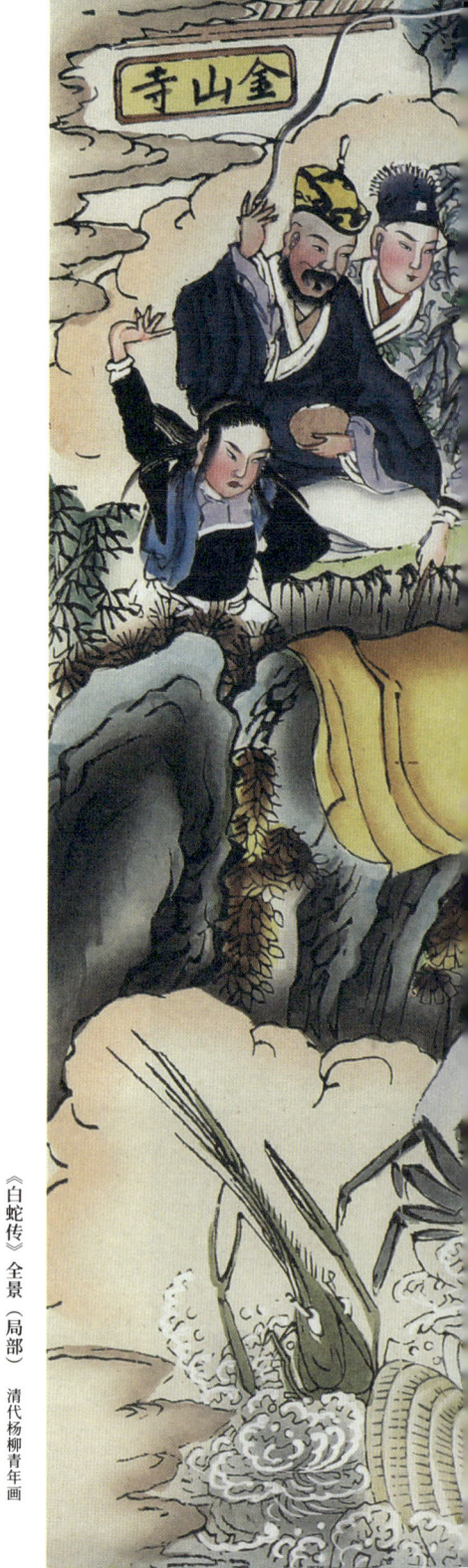

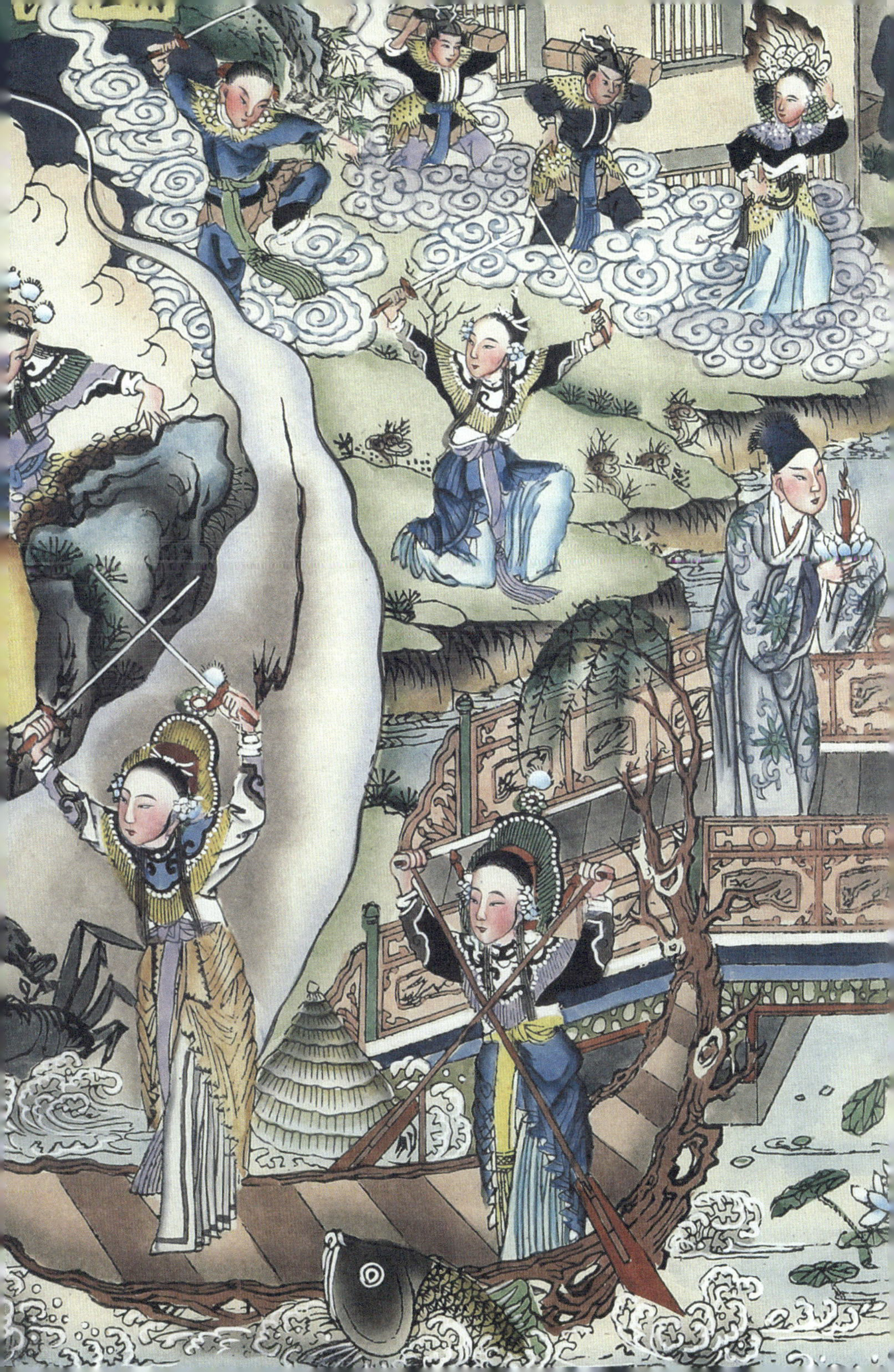

钱俶的妃子黄氏所建，故名黄妃塔。据《湖山便览》所载，塔旧有重檐飞栋，窗户洞达，后毁于火，惟孤标巍然独存。因此我们向来在西湖上所见到的雷峰塔，实是火后的残余，所以塔檐、窗户等全都没有了。也正因为这样，映在夕照中才特别古旧雄浑可爱。倒了以后，塔砖中发现藏有陀罗尼经小卷，高二寸许，卷成一小卷，藏在砖侧的小孔内，一时发现很多，经文卷首的题记说明是"天下兵马大元帅吴越国王钱俶"舍造。

雷峰塔有白蛇精的传说，流传很广。京戏里的《水漫金山》和《仕林祭塔》两出戏，便是根据这传说的。据传，白蛇精就是著名的白娘娘，她是一条得道的白蛇，婢女小青是一条青蛇。白娘娘在西湖爱上了士人许仙，两人恩爱非常。后来偶然给一位老和尚法海遇见，见了许仙满面妖气，知道他为蛇精所迷，便将他藏在金山寺法座的背后。白娘娘知道了，要法海交回自己的情人，法海不肯。两人便斗起法来，白娘娘使用妖术用海水围困金山寺，因此有了"水漫金山"的一幕。可是邪不敌正，白娘娘终于给法海用佛法克服了，将她们主仆两人镇压在雷峰塔下，这就是雷峰塔下有白蛇精传说的由来。白娘娘曾和许仙养了一个儿子，后来这儿子竟中了状元，到雷峰塔下来祭他的母亲。京戏的《仕林祭塔》所演的就是这一段故事。

写不完的神话传说

中国的塔，差不多是灵异故事和鬼怪传说的中心。每一座

北京五塔寺五合一塔

塔，总不免附有一大串地方性的传说，不是它的存在与当地的盛衰祸福有关，便是塔顶上有宝。这类神话和传说，当然是经不起仔细追究的。就是从前的人，稍为开明的，也有对这类神话和传说加以驳斥的。如《辍耕录》记吴江华严寺塔顶两支铁箭传说之妄云："吴江华严寺浮图之颠，望之，二矢著其上，箭羽宛然可辨。相传宋南渡初，金人粘罕乘快一发而中。又贾似道出督时，祝矢自誓，亦中焉。……大德庚子，其寺主僧善信，大修浮图，更其颠而新之。视向二矢，实圆铁条二，交贯横亘，盖必昔人以之辅颠，且以防鹳鹆之巢故耳。传者所谓，大妄也。因著此以祛后世之惑。"

另外，《箸云楼杂记》的作者陈尚古也说出了他家乡的飞英塔顶有怪鱼传说的虚妄。

历代所建的塔，因为工程浩大，必请名匠督造，可惜建塔的名手留下姓名者不多。我们现在仅知道宋朝的都料匠喻浩，是建塔的能手，传世的《木经》三卷，相传就是他著的。

广州九层佛塔及街道　菲利斯·比托摄，1860

岭南群塔

中国的塔,虽源出印度的窣堵波,但经逐渐演变,已成为中国建筑艺术上的一种独有民族形式,并成为中国风景中的特殊点缀品。据不完全统计,中国境内共有塔两千座以上。最古的是木构建筑,其次是砖建的,更有砖石或砖木合构的,至于近年完成的几座则是水泥钢骨的。目前国内现存最古的木塔,是察哈尔(今山西)应县佛宫寺木塔,建于宋初,距今已近九百年。最古的砖塔是嵩山嵩岳寺的一座,建于六朝①,距今已近一千五百年。塔身作十二角形,高十五层,巍然独存,历劫不堕,是中国建筑艺术的一件瑰宝。

塔本是佛寺的附属物,但在中国,除了佛塔之外,还有一种作为镇压山川形势或振作文风之用的风水塔。又有些是报恩追悼之用的纪念塔。

岭南的名塔,但就广州来说,城内有著名的花塔和光塔。花

---

① 编者注:嵩山嵩岳寺建于北魏,狭义的"六朝"并不包括北魏,作者用广义的"六朝"指代整个魏晋南北朝时期,下同。

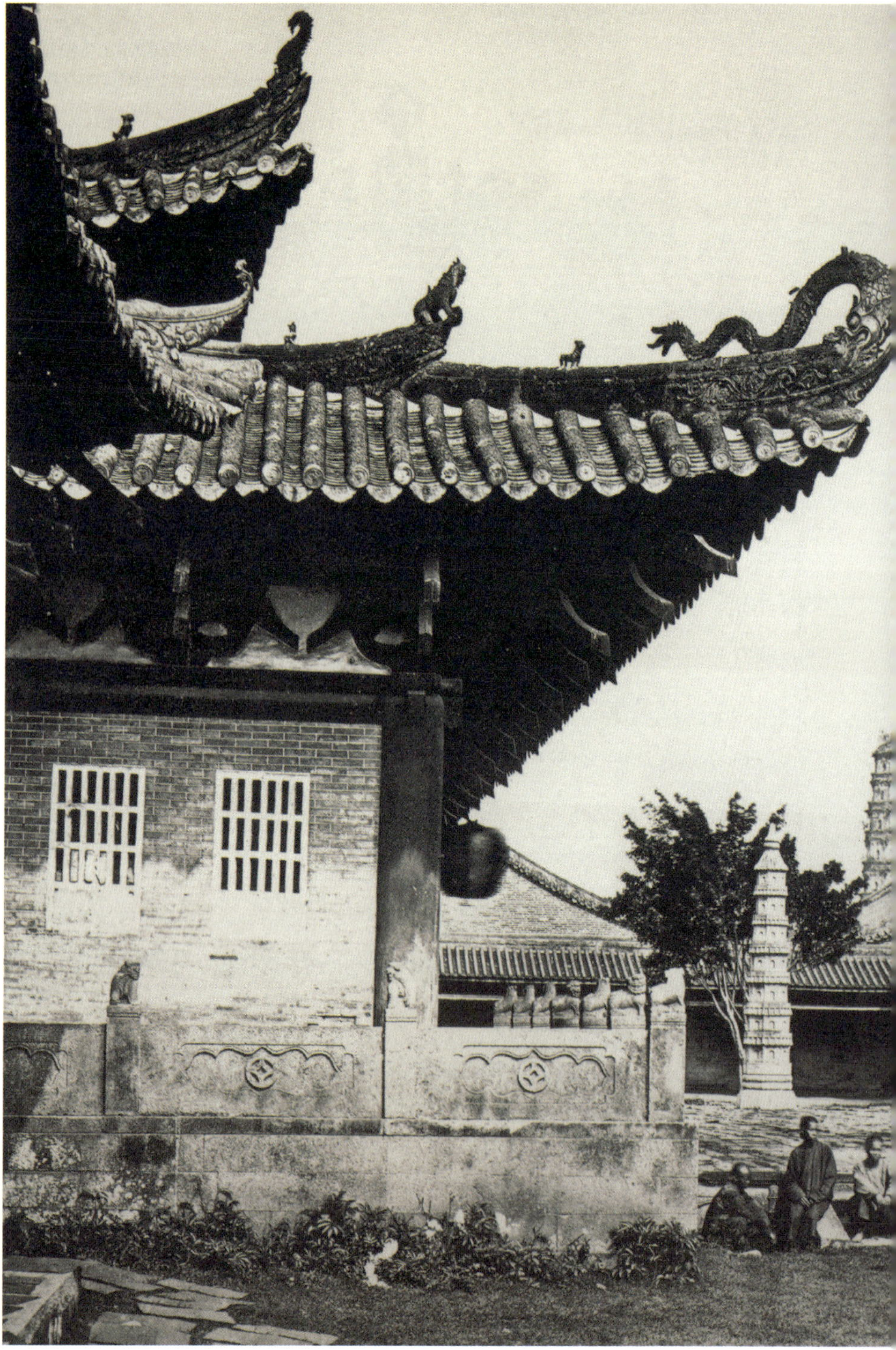

从光孝寺远眺六榕寺　菲利斯·比托摄，1860

广州六榕寺花塔

塔在六榕寺，最初建自梁代，后来屡毁屡修。旧传塔下有鲁班像，一手遮目仰视塔，所视处常为雷震去，凡数十葺之皆然。又说许新不许旧，故花塔始终朱碧灿然云云。光塔在怀圣寺，传为唐时来羊城朝贡经商的回教徒[①]所建。塔高十六丈五尺，形如今日海上的灯塔，四周无层级栏窗，故名光塔，相传顶上有金鸡和风磨铜的葫芦。迷信风水的人，旧时认为广州形势如船，五层楼为舵楼，花塔和光塔就是两支桅杆。

此外，广州还有赤岗塔和海鳌塔，这都是风水塔。光孝寺内又有著名的南汉铁塔和六祖发塔。这是小型的佛塔。海南岛琼州海口的明昌塔，不仅是广东（今属海南省）境内最南的塔，也是全中国境内最南的一座塔。系明万历年间所建。因为它的位置特殊，向来为中国南方航海者的海上航程指标。

本港[②]万金油花园的虎塔，可说是香港风光的唯一点缀品，它与北京的燕京大学水塔和南京灵谷寺的阵亡将士纪念塔一样，都是近年建造的新塔，而且塔身是水泥钢骨的。

[①] 编者注：唐朝时中国尚无回族，此处"回教徒"是指外来的伊斯兰教信徒。
[②] 编者注：指香港。

上海龙华塔　恩斯特·柏石曼摄

江苏之塔

友人送来一本书:《江苏之塔》。这可说正投我所好,因为我是江苏人,同时又是一向喜欢宝塔的。

这本书里所著录的江苏宝塔,那些有名的几座,我大都有机会见过了。如镇江甘露寺的铁塔、金山寺的江天塔、昆山马鞍山顶上那座没有顶的凌霄塔。因为在这两处地方住过几年,这几座古塔都看得很熟了。但也有例外,如南京郊外栖霞山有名的隋代舍利塔,我乘火车往来不知经过多少次了,但是始终未曾有机会去看过。还有南京城内有名的大报恩寺塔残址,是一座五彩琉璃塔,建筑设计的瑰丽,有"天下第一塔"之称,在二十多年前还有塔顶风磨铜的宝刹和残砖可见,我也错过机会不曾去看过。经过抗日战争之后,这些遗物都没有了。

《江苏之塔》著录了江苏省境内现存的塔七十五座。其中有些是小型的石舍利塔,有些是喇嘛塔式白塔,都不是常见的"七级浮屠"式宝塔。塔的建筑年代,有些是现代所建,如睢宁县高作镇的玉皇塔,建于民国二十八年;洞庭东山的安定塔,建于民国初年;南京玄武湖的诺那塔,建于民国二十六年;覆舟山的三藏骨塔，建于民国三十三年；灵谷寺的灵谷塔，原本是阵亡将士纪念塔，建于民国二十年。这些都说不上是"古塔"。在《江苏之塔》内，没有著录上海有名的龙华寺塔，这大约因为在行政上上海市不属于江苏省之故，因为这本书是江苏省文物管理委员会编的，他们大约不想如广东人所说的"捞过界"。其实在文字著述方面倒不必分得这么严格，至少也该说明一下，免得像我这样将目录查来查去，总不见上海的龙华塔，后来想了许久，才悟出这里面的奥妙。

这本书出版于一九五七年夏天，所著录的宝塔，每一座都附有一幅摄影和简单的说明。但是这几年国家对于文物古迹整顿修建工作，不遗余力，变化很大。如苏州虎丘有名的虎丘塔，本来多年失修，成了东方的"斜塔"，已濒于坍毁的险境，但是国家在一九五六年冬天已经着手抢修，本书所附的虎丘塔摄影还是未修以前的。一九五七年十月我路过苏州，去游虎丘，这座有名的虎丘塔已修理完竣，在保存原状的原则下完成了加固工程。在修理过程中，还在塔上发现了不少古代文物。灵岩山上的那座建自梁天监二年（公元五〇三年）的灵岩塔，因为摇摇欲坠，当时正在封闭状态下，禁止游人接近，也许现在也修好了。

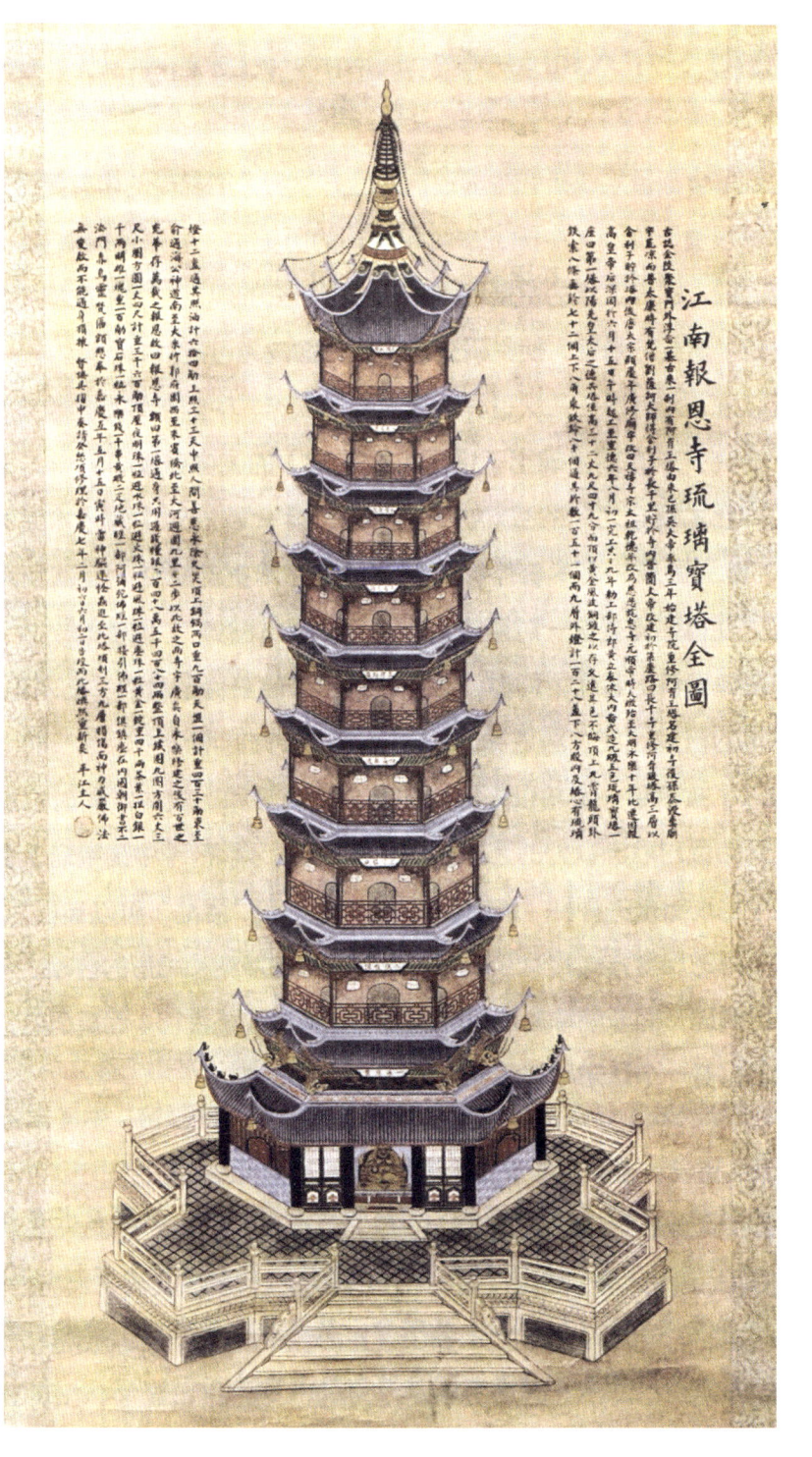

江南报恩寺琉璃宝塔全图　Otto Franke 藏

南京大报恩寺琉璃塔　托马斯·阿罗姆绘

记南京的"天下第一塔"

南京大报恩寺琉璃塔,向有"天下第一塔"之称。塔为明成祖于永乐十年敕令建造。相传建塔的动机,与成祖身世和靖难有关。据传成祖实非马皇后所出,乃明太祖后宫高丽贵妃碽妃所生。生下后即被马皇后收为己养,并将高丽贵妃赐死,罹"铁罗裙"惨刑。成祖幼时初不知此事,长大后被封为燕王,镇守北京,有老宫人以真相见告,时明太祖已去世,建文帝继位。成祖为母报仇,遂在北京起兵靖难,南下逐建文帝,自即帝位,改元永乐。他为了报母恩,遂在古长干寺旧址,敕令兴建大报恩寺。他母氏因他惨死,遂将报恩寺建得特别宏大壮丽,规制完全遵照大内宫殿建筑,周围占地九里十三步,寺中建塔一座,华丽精致更为古今所无,塔身内外全以特制的五彩琉璃砖瓦砌成,故有"天下第一塔"之称。此塔直至清朝道光朝鸦片战争后仍存在,《南京条约》草约的条款,即由清朝与英国代表在这塔下所举行的会议中拟定。五口通商后,外国传教士和商民到上海后,必以一到南京瞻仰琉璃塔为要务之一。当时外人游记中记载此塔者甚多,誉为世界七大奇迹之一,认为可以与古罗马圆形剧场及比萨

明成祖朱棣像 清人绘本

斜塔媲美。至今英国《大英百科全书》中尚有关于此塔的详细记载。可惜到了太平天国之役，曾国藩围攻天京，太平天国内部发生内讧，北王韦昌辉的部下将塔炸毁，于是此驰名世界之大艺术建筑物遂化为一堆瓦砾，不复存在[①]。

琉璃塔的所在地，至今仍称为宝塔山。除了在瓦砾堆中偶然发现残破的琉璃砖瓦外，还有塔顶的承露盘半边，系精铜所铸，四周雕有花纹，半埋土中供后人凭吊。可惜经过抗日战争，这座承露盘也失踪了，据说已经被日军运走。现在只有在南京博物馆

---

① 编者注：一说大报恩寺琉璃塔毁于清军。

中还可以见到几块有佛像的琉璃砖，是这座当年"天下第一塔"的唯一残余纪念物了。

《陶庵梦忆》的作者张岱，是明朝人，他是曾经见过这胜迹的。他在这本书中曾这么描写他当时所见到的琉璃塔情形道："中国之大古董，永乐之大窑器，则报恩塔是也。报恩塔成于永乐初年，非成祖开国之精神、开国之物力、开国之功令，其胆智才略足以吞吐此塔者，不能成焉。塔上下金刚佛像千百亿金身。一金身，琉璃砖十数块凑成之，其衣折不爽分，其面目不爽毫，其须眉不爽忽，斗笋合缝，信属鬼工。闻烧成时，具三塔相，成其一，埋其二，编号识之。今塔上损砖一块，以字号报工部，发一砖补之，如生成焉。夜必灯，岁费油若干斛。天日高霁，霏霏霭霭，摇摇曳曳，有光怪出其上，如香烟缭绕，半日方散。永乐时，海外夷蛮重译至者百有余国，见报恩塔必顶礼赞叹而去，谓四大部洲所无也。"

报恩寺塔的建筑，历时颇久。动工于永乐十年（公元一四一二年）六月，落成于宣德六年（公元一四三一年）八月，先后共计费时十九年。塔竣工时，永乐皇帝已去世六年了。这座琉璃塔的规模，据当时记载，系九级的八角塔，塔身外壁用特制的白色琉璃砖砌成，有的一砖有一小佛像，有的合数十砖为一大佛像，每级覆以五色琉璃瓦。塔的内部，每层以五色琉璃砖砌壁，各砖也都刻有佛像。塔的高度，前人许多记载上都说高百余丈，这不过是笼统之词。《大英百科全书》谓当时实测高二百六十英尺，一说高三十二丈九尺四寸许。塔顶有相轮宝顶九

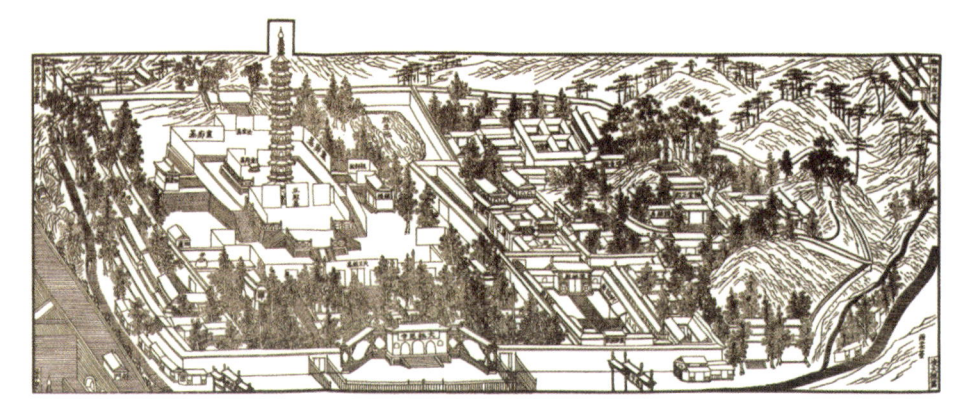

明万历年间绘制的大报恩寺全图

重,镀以黄金风磨铜,其色不晦,塔檐四周悬风铃一百五十二枚,夜间燃灯一百四十五盏,彻夜不息。所耗灯油由内府特别供给,远离南京数十里就可以望见了。

相传塔中还藏有舍利子,不时有舍利放光之说。顾起元的《客座赘语》记其事云:"大报恩寺塔,高二十四丈六尺一寸九分,地面覆莲盆,口广二十丈六寸,纯用琉璃为之,而顶以风磨铜,精丽甲于今古。中藏舍利,时出绕塔而行,常于震电晦冥夜见之,白毫烛天,自诸门涌出,戛戛如弹指声。"

报恩寺塔自宣德六年完工后,中间也经过几次火灾和雷击,清朝顺治十八年三月曾遭雷火击毁一角,后来也修复了。南京人传说塔顶本有镇塔之宝,所以历久不坏。鸦片战争后门户开放,外人来南京游塔者甚多,有西妇[①]二人偷去塔顶宝物,塔遂遭劫。毛祥麟

---

① 编者注:西妇,指当时来华的西方妇女。

的《墨余录》曾记其事,实无稽之谈。然而说塔顶有"宝",倒也不是毫无根据的。因为据《金陵梵刹志》所载,当年琉璃塔建成后,曾在塔顶相轮宝顶内放了如下这许多的"镇塔宝物":

> 计有夜明珠一颗,避水珠一颗,避火珠一颗,避风珠一颗,避尘珠一颗;黄金一锭,重四十两;茶叶一担,白银一千两,明雄一块,重一百斤;宝石珠一粒,永乐钱一千串,黄缎二匹,地藏经一部,阿弥陀佛经一部,释迦佛经一部,接引佛经一部。

荷兰文游记中有关大报恩寺的记述

夕阳下的寺院宝塔　19 世纪

有关南京琉璃塔的新发现

有"天下第一塔"和世界七大奇迹[①]之一之称的南京大报恩寺琉璃塔，建于明成祖永乐初年，因为是报娘恩的，所以称为报恩寺塔。这是一座全部用五彩琉璃砖瓦建成的九级八角巨型塔，精致华丽无比。可惜在太平天国战争期间，清军围困天京的围城战争中被毁了，至今仅剩下几块残破的塔砖和半边塔顶承露盘供我们凭吊。

关于琉璃塔的记载，见诸明清人笔记和诗文集中者很多，就是当时到南京来游览过的外人著作中也屡有提及。但是关于琉璃塔建造的实况，以及建塔所用的五彩琉璃砖瓦的来历，则甚少确实记载。直到最近，由于在南京中华门外雨花台附近发现了明朝的琉璃窑遗址，并且挖掘出了大批建塔用的琉璃砖瓦，这才提供了前人所未见的新资料，可以使得对于这座世界闻名的古塔研究工作，有大大的进展了。

明朝的琉璃窑遗址，在当年的聚宝门外聚宝山。聚宝门就是

---

① 编者注：大报恩寺塔被列为中古世界七大奇迹之一。

南京琉璃窑遗址出土文物

今日的中华门，聚宝山一带今日则通称雨花台。据南京博物院所发表的初步报告称，窑址的发现，是由于前年①全民大炼钢铁时期，为了建造小高炉，需要耐火的砖料，当地人一向知道这里蕴藏着大批琉璃瓦的碎片，碾碎后可以重制耐火砖，便大批发掘来应用。南京市文管会知道了这事，推测这一带可能就是当年明朝的琉璃窑窑址，便配合着这个运动②来进行查勘发掘工作，果然发现了两座窑址，并且采集了一批较完整的琉璃砖瓦，证实这里就是《明会典》上所记载的聚宝山琉璃窑址。《明会典》卷一九〇的有关记载是这样的：

---

① 编者注：本文写于1960年。琉璃窑遗址发现于1958年。
② 编者注：指"大跃进"中的大炼钢铁运动。

> 洪武二十六年定，凡在京营造，合用砖瓦，每岁于聚宝山置窑烧造……如烧造琉璃砖瓦，所用白土，例于太平府采取。

到了去年[①]，南京博物院为了整理陈列的文物，要进一步研究当年报恩寺琉璃塔的实际情况，想到聚宝山的琉璃窑遗址一定可以提供有用的资料，在五月间再次进去查勘和发掘又清理了一座窑址，并在地上开了三条探沟，果然在窑内遗留下来的各式素坯和已上釉的残品之中，发现了大批属于琉璃塔所用的砖瓦。这些东西都是在第二号探沟里发现的。南京博物院的报告上说：

> 这次查勘时，在大坑东面的一大堆瓦片中，拣到了一批宝贵的材料，那就是曾经闻名世界、一百年前已经完全毁掉的明代大报恩寺琉璃塔的五彩琉璃构件。

这次从琉璃窑遗址中所发现的有关琉璃塔的遗物，计有塔上的斗拱、柱，有彩画的额枋、平板枋、椽、拱门花砖以及须弥座，等等。在很多块琉璃塔拱门砖的侧面，写着"左作一层""二层左作六号""作字四号""巳字二右""七层右"等字样。

南京博物院的工作人员认为这些号字是记载这些琉璃砖是哪一座窑出品的。但是既有某层左右的字样，很有可能也是表示这些琉璃砖在这一层的塔上所应占的地位。相传永乐初年动工建造

[①] 编者注：指1959年。

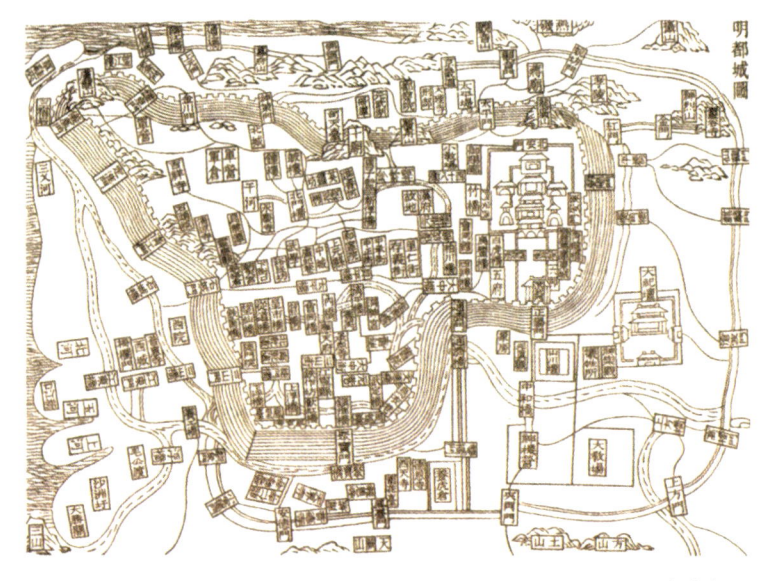

明初南京图

这座大报恩寺塔时,一共烧了三副全塔的砖瓦,用一副建塔,其余两副埋在地下,编好各层的号码,遇到塔砖有损坏时,即依号掘取一件来修换。关于这事,名人张岱在他的《陶庵梦忆》中回忆所见到的琉璃塔时也曾提到了。他说:

> 中国之大古董,永乐之大窑器,则报恩寺塔是也。报恩寺塔成于永乐初年,非成祖开国之精神、开国之物力、开国之功令,其胆智才略足以吞吐此塔者,不能成焉。塔上下金刚佛像千百亿金身。一金身,琉璃砖十数块凑成之,其衣折不爽分,其面目不爽毫,其须眉不爽忽,斗笋合缝,信属鬼工。闻烧成时,具三塔相,成其一,埋其二,编号识之。今

塔上损砖一块，以字号报工部，发一砖补之，如生成焉。夜必灯，岁费油若干万斛。天日高霁，霏霏霭霭，摇摇曳曳，有光怪出其上，如香烟缭绕，半日方散。永乐时，海外夷蛮重译至者百有余国，见报恩塔必顶礼赞叹而去，谓四大部洲所无也。

张岱的这一记载，必是有所根据的。可惜他不曾说明这两副塔砖埋在什么地方。但想来不会埋在寺内，必是埋在工部所隶属的什么仓库或作场内，极有可能就埋在聚宝山的琉璃窑窑址内，这样就省去搬运的工程，就是要再烧一块也极方便。那么，这次所掘得的各式塔砖，若不是废品，可能就是当年所埋在地下的那两副塔砖的一部分。如果是这样，在以后进行大规模发掘时，一定会有惊人的发现。同时，琉璃塔的真实面目，也会因这些发现而重为世人所见了。

这座闻名世界的琉璃塔，它的规模，据当时可靠的记载，系九级八角塔，塔身外壁用白色琉璃砖砌成，有的一砖有一小佛像，有的合数十砖成一大佛像。每级覆以五色琉璃瓦。塔的内部，每层以五彩琉璃砖砌壁，各砖也刻有佛像。塔的高度，前人许多记载都说是高百余丈，这不过是笼统之词。《大英百科全书》则谓，据当时外人在塔下实测的记录，高英尺二百六十尺，这会是比较可靠的。塔顶上有相轮宝顶九重，塔檐四周悬风铃一百五十二枚，夜间燃灯一百四十五盏，彻夜不熄，所耗灯油是由内府特别供给的，远离南京数十里就可以望见，其盛况可想而知了。

《白蛇传》全景（局部） 清代杨柳青年画

记甘露寺铁塔的被毁

看了越剧团演出的《金山战鼓》,使我又想到京口三山之中的另一座,自古就有名的北固山,这就是《三国演义》中所说的刘备招亲的地方。刘备到北固山的甘露寺来相亲,见到这里的形势雄壮,临江负山,赞了一句:"此乃天下第一江山也。"至今在甘露寺山门外的长廊上,还有石刻的擘窠大字"天下第一江山",嵌在壁上。

就在这长廊的外边,在一座小山坡上,矗立着一座铁塔,这就是有名的甘露寺铁塔。这座铁塔建于唐朝,原本有七级,现在仅剩下两级。我年轻时候到这里来游散,对于这两层摇摇欲坠的铁塔,只知道它是古迹,偶尔摩挲一下,其他就毫不关心了。后来读了一点有关镇江地方掌故的记载,才知道铁塔的被毁,还与我国外患有关,原来这是在鸦片战争期间,被攻入镇江的英国军队毁坏的。

丹徒朱士云的《草间日记》,记这事最详细,他在清朝道光壬寅(道光二十二年,即公元一八四二年)七月初一日的日记上说:

镇江甘露寺内的宝塔

　　七月初一日，夷人毁铁塔，夷船西上。甘露寺铁塔，创自李卫公，明代为海风吹折重铸，已数百年物矣。至是夷鬼捉民思毁之，掘深丈余，犹铁也，不得其根柢，乃去其顶，毁其相轮而止。

　　李卫公就是唐朝的李德裕。据《丹徒县志》所载："铁浮屠，唐李德裕造，在天王殿东北，乾符中毁。宋元丰中，裴据复建。明万历癸未童谣：风吹铁宝塔，水淹京口闸。是年塔颓海啸，没人甚多。僧性成功淇重建。"但是，侵占了镇江的英国军队，为什么要拆毁这座铁塔呢？这从同时人的另一些记载里，就可以看出一点端倪了。据苏庵道人的《出围城记》说："六月二十二日，伪提督往江宁所，留夷众，日捉数千人，拉甘露寺铁塔，疑其中有宝也。历久不动乃止。"

在另一部《壬寅闻见纪略》（袁陶愚撰）里，也有这样的记载："是日夷至甘露寺，胁民人数百，使曳铁塔，塔不能倒，仅去其顶。"

就这样，甘露寺的这座有名的古铁塔开始遭到了破坏。据《丹徒县志》的记载，李德裕是在唐宝历年间建造的这座铁塔，原本有七级，下面另有塔基，镌有云水之形，塔身八角形，每层有四门，有腰檐，四周铸有佛菩萨像。

至于此塔其他各层的毁坏，则是鸦片战争以后的事。据《丹徒县志》说："顶尖折于同治戊辰元夕。光绪丙戌七月初二末刻，雷又坠上四层。"直到现在，连塔基也仅剩三层了。

镇江西门激战　T.Allom 绘，J.M.Starling 刻版，1843

鸦片战争与江南文物的劫难

在鸦片战争后期，英帝侵略者以南京为目标，用大量军舰和运载陆军的运输船溯江上驶，沿途焚烧掳掠，一直打到了镇江。由于镇江军民抵抗最烈，使得侵略者吃了大亏，因此英军在镇江停留很久，焚烧破坏也最甚。等到他们的侵略范围沿江扩展到南京江面，昏庸无能的清朝政府已经妥协投降。这一场丑恶不名誉的侵略战争，就在南京的城下之盟的耻辱中结束了。南京城在鸦片战争中总算不曾实际遭受侵略者的蹂躏。然而，饶是如此，敌人血污的手仍不曾放过南京，仍在许多地方留下了破坏的罪行。

南京是我的家乡，镇江是我少时游读之地，对于这两个地方的文物古迹，我一向最为关心，也最为熟悉。近来在灯下读当时侵略者在事后所写的作战和见闻的回忆，其中不少地方留下了破坏当地文物古迹的自供状，如镇江的焦山、金山、北固山；南京的明孝陵和琉璃塔，都不曾幸免，使我们明白后来所见到的这些名胜古迹的被毁坏情形，原来也是与这场侵略战争有关的。

琉璃塔即南京大报恩寺塔，是明永乐所建，全塔里外都以五色琉璃砖砌成，光耀夺目，鬼斧神工，当时有"天下第一塔"之称。明朝对外贸易很盛,外国客商听到琉璃塔的盛名,乘船到中国来贸易时,专程到南京去观光这座名塔的人很多,口碑所及,许多外国人都知道中国有这样一件"宝物"。琉璃塔后来在太平天国防守天京的战役中,被曾国藩炮轰炸毁了[①],但在清道光中叶,仍是相当完整的,因此英国侵略者的军队到达南京上岸后,他们自然不放过参观这座闻名已久的宝塔,同时更不顾一切地剥取塔面的琉璃砖和塔内的金佛作纪念品,以致这座有名的艺术建筑物受到了很大的人为损害。

一八四六年出版的伯纳德(William Dallas Bernard)的《纳米昔斯号航行作战记》(*The Nemesis in China: Comprising a History of the Late War in that Country*),其中就有关于当时侵略者在南京践踏这些名胜古迹的情形。"纳米昔斯"号是英国当时的一艘新式的铁甲汽轮,亦译作"复仇神"号,曾在澳门、香港停泊,后来运兵沿海进入长江参加作战,直抵南京,因此所记载的都是第一手的材料。

作者伯纳德在第三十七章里记载了他们抵达南京江面后,等待签订《南京条约》时,大家上岸"游览"南京的名胜古迹情形道:

> 在南京城外,两处最值得注意的有趣目标,当然,乃是有名的琉璃塔和中国古代王朝的帝王坟墓。对于前者,要想

---

① 编者注:一说琉璃塔毁于1856年天京之乱。

中国商船

将它的特殊构造和特点加以描摹，给与读者心中一个正确的观念，实在很不容易……

由于它的完整和漂亮，以及建筑材料的质地，它高高的杰出在中国所有其他同类建筑物之上。最特出的是它用来砌面的砖，全是各种不同颜色的瓷砖，敷上了光亮的釉质，以及装饰内部的大量金质偶像。

这建筑物是八角形的，大约有二百尺高，分为九层。最下一层的圆径是一百二十尺，因此八角的每一面是十五尺。但是这圆径每上一层就缩小若干；不过每一层的高度都是一样的。塔身是建筑在一座坚实的砖石基础上，高出地面大约有十尺。从地面进入塔门，要跨上十二级的石级。塔的表面砌上了有釉的不同颜色的瓷片，主要的是绿色、红色、黄色和白色。但是整座宝塔并非全是用瓷质建成的。每一层有突出的屋檐，其上铺有绿色琉璃瓦，八角的每一角都挂有小铃。

这座建筑物的效果，从相当的远处望来，由于它的外表特点和新奇，可说值得人惊叹。你如果要上到塔顶，要跨过至少一百九十级的楼梯，经过塔内的每一层，不过有些地方显然已经缺乏修理。塔内的每一层，第一眼看来令人惊异，其实是过于烦琐，缺乏流丽，因为在每一面的墙上，在窗门之间，墙上有小龛，其中放置了无数金色小偶像。

从塔顶所见到的景象，是值得攀登的麻烦，以及抵消对塔的内部装饰情形所感到的些少不满意的。这一份产业的范围伸延到三十英里的面积，大部分是曾经用业已塌毁的短墙围绕起来的。乡野被山岗和溪谷以及房屋和耕种的田地交错间隔，看起来很美丽。不过，有些地方看起来却很荒凉。但是，这到底是一幅能感到很大兴趣的景色，不仅由于所见的田野，更由于置身所在的地点以及这座塔的本身。据说这座塔的建筑，曾经花费了一笔巨款（约七八十万镑），而且继续了十九年才完工。

以上就是《纳米昔斯号航行作战记》的作者在当时所见到的南京琉璃塔的情况。由于遗留下来的有关琉璃塔实际情况的资料不多，这一段描写虽然仍有他的误解和偏见，但仍值得拿来同明代一些有关琉璃塔的记载作一个比较。近人张惠衣所辑录的《金陵大报恩寺塔志》，收集的资料虽多，但都偏重诗文传说，不曾收入后人所见的这类记载塔的实际情况。

接着，作者便提到由于有人狂热地搜集纪念品，琉璃塔遭受这些英国侵略者破坏的情形了。

《纳米昔斯号航行作战记》的作者，对于当时在南京登陆的英国侵略军兵士，游览琉璃塔时，为了攫取纪念品，肆意加以破坏的情形，这样记载道：

基于一种并非不自然的欲望，要想攫取一些样品或是纪念品，用来纪念这第一次可能也是最后一次莅临这个帝国的古都，遂使发生了不少剥取、损坏这座建筑物的外部某些部分，以及内部大量金佛的事实。但是，后来管塔的主脑僧人，或是所附属的庙宇的僧人，为了这事所提出的申诉，似乎过于夸大了一些，目的也许想获取一笔可观的赔偿费。这是很明显的，大部分被拿走的样品，事实上乃是由僧人自己卖给游览者的。不过，他们终于为了这事向亨利·砵甸乍爵士提出申诉，由于他的要求，曾采取步骤防止再发生这些暴行；真的，后来为了要向中国人争取更好理解的值得嘉奖的目的，而且要在当时环境下，表示曾采取了公正的措施，有一笔数量相当可观的钱曾付给了庙中的住持，以便用来作为修理装饰这座建筑物之用。这笔钱远远超过了实际损害的价值。

作者伯纳德的这一段记载，一方面无可抵赖地承认，由于那些"游览者"要攫取纪念品，使得琉璃塔的塔面和内部装饰受到了损害；另一方面又竭力替他同伴的破坏行为作辩护，说他们抢走的"纪念品"乃是向寺中僧人购买的，又说侵略者的统帅砵甸乍接到申诉后，曾经付出一笔远远超过实际损失价值的赔偿费。

我们要知道，这些有意的辩解，都是故意蒙蔽真相的记载。根据历来的情形，在我国名胜古迹地点，照例总有小贩设档向游客兜售玩具小饰物，甚或用碑帖拓本做的纪念品。当时琉璃塔所在地的江南名刹报恩寺，当然也不会例外。英国侵略者可能曾向寺中的卖物小贩买过一些小的土产纪念品，若说寺中僧人会将塔中的金佛以及砌在塔面的瓷砖卖给这些外国兵，可说是绝对不会有的事。相反的，他们目睹这庄严宝刹遭受破坏，不仅敢怒，而且敢言，倒是真的事实。寺中的住持曾向砵甸乍提出抗议，就是最明显的证据。

至于说钵甸乍曾付出了赔偿，而且说数目远远超过了实际的损失，这也是完全没有根据的。试想，建于明永乐初年的大报恩寺琉璃塔，建成时就有"天下第一塔"之称，它的破坏岂是一笔赔偿费就能够抵偿的？而且，砌塔的五色琉璃瓦，都是根据整个设计来定烧的，据建塔的史料所载，每一块砖各按其指定的用途，大小都不同，又岂是有了钱就可以修补的？伯纳德并没有说明究竟赔了多少钱，竟说远远超过了实际损坏价值，可知他是有意替这种破坏行为文过饰非而已。

在《纳米昔斯号航行作战记》第二册的卷首，有一幅插图，画的是南京明孝陵的景色，主要是想画陵前的石人石兽，说明作："南京的帝王坟墓和雕刻的怪物"，是一个英国侵略军的军官所作。看了这说明再看这幅插图，就明白作者不仅对中国历史知识贫乏，而且作画手腕也不甚高明。正如早期所有的外国画家笔下所画的中国建筑物那样，对于宫殿庙宇的屋顶屋檐，以及牌坊亭台楼阁，等等，完全抓不到中国艺术建筑的特殊式样，只是想当然地乱画一通，画成一些非驴非马的东西。这个英国军官也不能例外。他将明孝陵的享殿等都画得像是茅屋，牌坊画得更像是路边的广告牌一样，完全不曾捉到牌坊的形象和特色。至于神道前的石人石兽，本来是两面相对排成了一长列的，他竟将石人和石兽分成两处来画。高大的石人像是一群巨人游客，石兽散聚在一旁，像是马戏班里的兽苑，更看不出来是雕刻。难怪他要说这是一群怪物了。

作者伯纳德对这幅画很赏识，曾在书中特别加以推荐，说是此画比任何文字的描写更能将这些雕刻给人以明白的观念。这可以表示作者对于明孝陵的真实景色，也不甚了了。他在书中介绍明孝陵的景色说：

南京另一项值得注意的，令人发生巨大的兴趣的目标物，乃是那座庞大的非常古老的墓园。这地方据说是帝王的坟墓，是属于明朝的。它们都坐落在山坡上，距离南京城主要的城门并不太远，在一条整齐石铺道路的尽头。

但是，这地方更值得引人注意的，乃是那一条有巨人排列的道路，他们大部分都是用巨型的整块石材雕成，一直通向坟墓。在中国别处地方不曾见过这样的东西，它们看来已经非常古旧。四周的野草长得很高，遮掩了有些被打碎的破片。

接着他就介绍了前面所说的那幅插画，说画上曾画了一些庞大的马、象、斑马，以及其他的野兽，等等。说它们都制作粗糙，而且是随便放置在那里的，又说它们很带有埃及的影响。

凡此种种，都说明作者对于中国历史文化知识的缺乏，而且有些还有可能是胡乱下笔的。南京明孝陵的一些石人石兽，至今还排列整齐，并不像作者所说的那样，是随便放置在那里的。石人是一堆，石兽又是一堆。

"纳米昔斯"号未抵达南京之前，曾在镇江参加作战。镇江

明孝陵之华表　张眉孙绘

　　有名的三山：焦山、金山和北固山，自然逃不掉英国侵略军铁蹄的蹂躏。他们在进攻镇江之前，先占领了镇江西门外沿江的金山，并且在金山寺的宝塔上设瞭望哨。但是遭到蹂躏最甚的是北固山，因为他们是由这里登岸攻城的。

　　北固山有"天下第一江山"之称。这里的甘露寺，就是小说《三国演义》里所说的刘备招亲的地方。山边有一座铁塔，至今还残存一二级，是我国有名的古文物。这座铁塔在鸦片战争中，曾遭受严重的破坏。当时侵略者甚至主张将铁塔拆卸，逐件盗回英国去。

在该书第三十六章里，有一节这么写道：

　　我们在镇江所发现的一种最奇妙的东西，大概要算那座完全用生铁铸制起来的小宝塔。看到这座小宝塔，使我们对于中国古代许多实用艺术的发展，产生了许多有关创造性的推想。有人把这座宝塔叫作郭士立宝塔，因为他是第一个发现这座宝塔的人。

　　这座宝塔引起这么多的注意，问题于是辩论起来：有无可能把这座宝塔一件一件拆开来，并把它搬到英国去，作为代表中国古代文明的标本。这座宝塔虽然分为七八层，但一共只有三丈高，每层单独自成单位，却分别铸造起来的。大家因此设想，如果决定搬运的话，也不是全然不可能的。

　　宝塔系八角形，周围都有浮出外边的装饰品。可惜时间过久，这些装饰品有些看不清楚了。根据塔上镌刻的文字，郭士立先生作出判断，估计这座卓越的建筑物，至少已有一千二百年的历史。

　　姑且不论这座宝塔的年龄是多么大，我们毫无疑问地证明了这一点：就是在把大量的铁铸成一个坚固的物体和装饰品这方面，在欧洲人采用这种技术以前好几世纪，中国人早就熟悉它了。我们认为这座宝塔，比起我们在战争中所俘获的那些大炮来，是一种更加优美和有价值的战利品，因此，这座宝塔没有能够拆下来带回英国去，不能不使我们心中感到遗憾。

（据一九六四年上海人民出版社出版《鸦片战争末期英军在长江下游的侵略罪行》一书所引用的译文）

居然要将甘露寺的铁塔拆运回英国去，而且以不能这么做为"遗憾"，这真是十足的帝国主义侵略者的口吻！

这座铁塔所在地的甘露寺和北固山，相传就是《三国演义》里所说的刘备过江到孙权家中来招亲的地方。由于刘备与孙权游北固山之际，刘备曾信口赞了一句："此乃天下第一江山也"，后来在甘露寺山门外登山的石级长廊壁上就嵌有不知道谁题的擘窠大字石刻："天下第一江山"。

铁塔就在长廊外的山坡草丛中。我年轻时候在镇江念书，假日游北固山，这时铁塔只剩下了两级，总要走过去摩挲一番，因为知道这是一座唐朝遗留下来的铁塔，是有名的古物。对于其他的一切，就不曾去关心了，也不知道它何以会损坏成这样的原因，直到后来读了一些有关镇江地方掌故的旧籍，才知道铁塔的被毁，竟与鸦片战争有关。现在证之以《纳米昔斯号航行作战记》所载，他们不啻自己也有了自供状。

丹徒朱士云的《草间日记》，对于这事曾有记载。他的记载，可说与《纳米昔斯号航行作战记》一样，都是当时人的记载，都是第一手的可靠资料。

朱士云在道光壬寅（道光二十二年，公元一八四二年）七月初一的日记上，这样记载道：

西方帝国在瓜分中国
原刊 1898 年 1 月 16 日《小巴黎人》杂志，法国国家图书馆藏

  七月初一日，夷人毁铁塔，夷船西上。甘露寺铁塔，创自李卫公，明代为海风吹折重铸，已数百年物矣。至是夷鬼捉民思毁之，掘深丈余，犹铁也，不得其根柢，乃去其顶，毁其相轮而止。

  这里所说的李卫公，就是唐朝的李德裕。据《丹徒县志》所载：

> 铁浮屠，唐李德裕造，在天王殿东北，乾符中毁。宋元丰中，裴据复建。明万历癸未童谣：风吹铁宝塔，水淹京口闸。是年塔颓海啸，没人甚多。僧性成功淇重建。

《纳米昔斯号航行作战记》的作者，曾说他们想拆毁铁塔运回英国去做"战利品"，但是据苏庵道人的《出围城记》所载，英国侵略军毁坏了甘露寺铁塔，是另有不可告人的用意的。《出围城记》说：

> 六月二十二日，伪提督往江宁所，留夷众，日捉数千人，拉甘露寺铁塔，疑其中有宝也。历久不动乃止。

又据袁陶愚的《壬寅闻见纪略》，其中也说：

> 是日夷至甘露寺，胁民人数百，使曳铁塔，塔不能倒，仅去其顶。

无论出于怎样的动机，英国侵略者曾经破坏镇江甘露寺的唐代铁塔，已是不可否认的铁的事实了。

在鸦片战争中，英国侵略者对于镇江有名的名胜，金焦二山的蹂躏，也在《纳米昔斯号航行作战记》中留下了他们自己的供状。

在该书第三十五章里，作者这样写道：

焦山在镇江以下不远的地方，那里的航道非常狭窄，因此江流也最急，为使我方船舰能够逆流而行，克服那里的急流和旋涡的阻力，我们不但要很谨慎运用我们行船的技术，有时还要依靠当天的顺风，才能通过。

焦山是由礁石构成的小岛，因为岛上的洞穴上面到处都种植着树木，乃为这岛构成美丽的风景。山上庙宇很多，用以进行宗教的崇拜。由于过去曾有若干皇帝游过焦山，焦山僧众乃引以自豪，常说这山是皇帝私有的名山。

对于金山，作者也有这样的记载：

同类的描写，也可以同样施之于金山。它坐落在扬子江的稍上处，相近大运河的入口。它的杰出之处，是山顶上有一座宝塔，以及有许多黄瓦的庙宇。有些亭台楼阁的荒凉情形，以及过去曾经用来装饰墙壁的豪华残余，再加上皇帝的那件宝座，背上和两侧都装饰着雕刻精美的龙，显示这座小山以及江南这地方在过去所占的地位的重要。可是自从迁都到北京以后，这一切已经怎样显著地衰落了。

鸦片战争中率军侵略中国的另一个英国海军军官利洛，在他所著的那部《英军在华作战末期纪事——扬子江战役和南京条约》

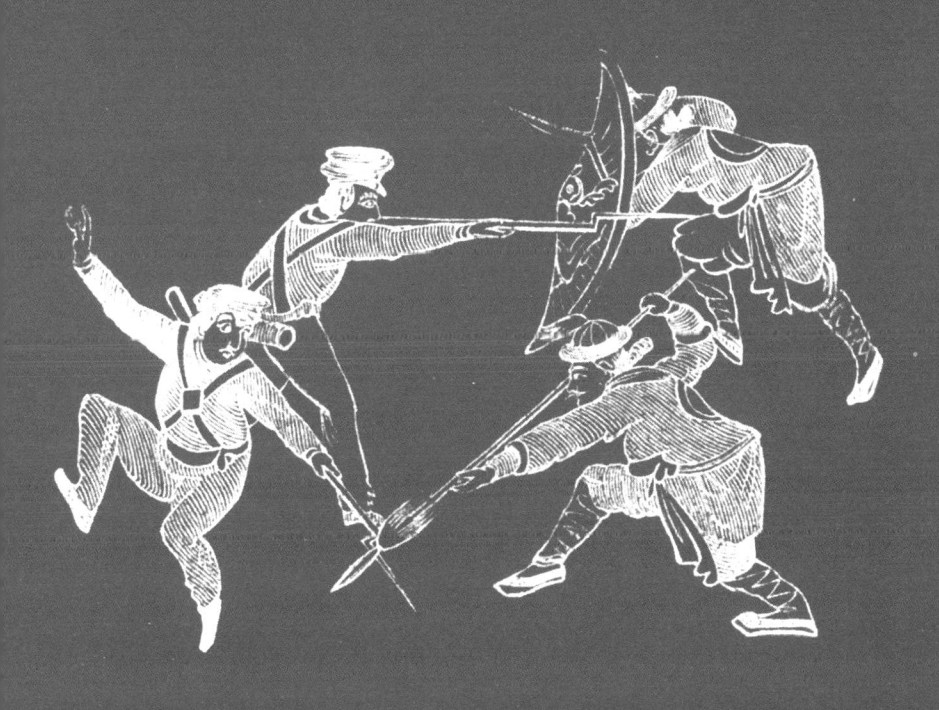

英国侵略军遭受清军抵抗图　原载伯纳德《纳米昔斯号航行作战记》

一书中，也这样记载了金焦二山的情形道：

> 七月十五日。今天整日停泊，等待开往上游去测量的船回来。我们听到了炮声。晚上测量船回来，他们报告说，他们曾遭到敌军一座掩蔽炮台的袭击。这座炮台是用作守卫焦山与扬子江两岸之间的航道的。经"弗莱吉森"号还击后，敌军炮火即被压制下去，我方没有损失。由于海军司令并未下令登陆，我军只是上去拆掉了一些大炮，并没有摧毁炮台。

> 七月十八日。我们在清晨四时起航，船旁系了一只纵帆船，一同向上游航行。我们靠着轮船的帮助上驶了一段路，不久就括起了顺风，因此我们就解开了缆，让轮船回去。由于我们的船吃水浅，我们能够紧靠岸边避开急流迅速航行，未几就看到了焦山。焦山位于运河南端入口处之下的江心。

> ……当我们上驶时，看到左岸的景色从平原转为起伏的田野。点缀着许多表面光滑的小山，周围环绕着许多平原和宽广的山谷。这些山大部分都长着很长的青草，颇适宜于作为畜牧的场所，但我们即使用望远镜看，也找不到一头羊或一头牛。

> 焦山的面积等于扬子江一半的宽度，由于该山阻碍了江水的畅泄，流经该处的水流速度乃增加了一倍。焦山是一座圆锥形的石山，它表面一层泥土抚育着丰富的热带植物，它和金山同为皇室的产业。山上的居民乃是和尚，主要的房屋

是庙宇，四周点缀着庭园和凉亭。

  在焦山的山脚下，我们看到一座为"弗莱吉森"号击毁的炮台废墟和还在冒烟的弹药库。从"布郎底"号船上，下去了一队士兵去摧毁已经拆毁的大炮。他们发现其中有一些铜炮，就将这些铜炮运上船去作为战利品。在我们驶过了焦山旁狭窄的水道之后，就到达金焦两山之间开阔的江面。……我们继续加速航行，不久就开到了金山。岛上筑有许多美丽奇异的宫殿，装饰着金顶的高大宝塔和一排排琉璃瓦顶的庙宇和宫殿，在阳光中闪烁发光。这使我记起很多从来也没有看见过的令人迷离的岛屿图来。金山比焦山小（我们又称焦山为银山），但很玲珑，从我们英国人看来，很像一个玩具店。

作者接着又记载他们登上金山宝塔的情形。

  大家回到船上后，我又奉命随陆军总司令到金山宝塔的顶上去进行侦察，准备明天的登陆。我们在塔顶上，可以俯视全区景色，决定我军作战的地段。

这里虽没有侵略者怎样破坏这些名胜古迹的记载，但接着就在另一地方露出了马脚。他说：

  我们一到司令部里，就看到收拾战利品的人，正在忙于

英国侵略军焚烧镇江城堞图　　原载奥特隆尼《对华作战记》

包装赃物。然而数字并不大,只有纹银六万元。在贮藏银子的房间里,我们还有少量的鸦片烟,大小像轮盘赌具上的小珠。外面用蜡密封,还打上印,编上号码。

在另一部奥特隆尼的《对华作战记》,以及穆瑞的《在华战役记》里,都有类似的记载。他们对于金焦二山,不仅惊叹景色美丽和建筑宏伟,更视作是进攻镇江的战略要点,在山顶和塔顶都设了瞭望哨。穆瑞更在七月二十日的日记里记载说:

今天一天所经过的两岸,景色都非常美丽。英国国旗在金山宝塔的最高一层上面升了起来。我军派了一队陆战队在金山登陆，没有遇到任何抵抗，他们被派在那里担任守卫，以防止任何破坏或盗窃。

侵略者会给被侵略者的财产建筑派兵守卫防止破坏盗窃？这真是"此地无银三百两"，为了方便自己掠夺的不打自招的自供状！

紫禁城天安门

紫禁城史话

京戏里的《游龙戏凤》，李凤姐问微服出游的正德皇帝家住在哪里，正德皇帝回答，他的家住在北京城内，大圈圈儿里又有个小圈圈儿，他的家就住在这个小圈圈儿里。当时李凤姐听了不懂，其实正德皇帝所说的这个小圈圈儿就是指紫禁城。因为北京有外城，外城之内有皇城，皇城之内又有紫禁城，这个紫禁城就是皇帝的"家"。

紫禁城的轮廓

紫禁城的周长五公里余，长方形，四周有城墙围着。它的建筑设计最主要的特点是坐北朝南，对正南方，所以古称天子为"南面王"。就城市设计来讲，不仅紫禁城面对正南，就是整个北京城的设计也是以从北到南的一根直线为轴心，再向东西两方发展开来的。这条贯通南北的轴心，是一条笔直的大路，以北京外城最南的永定门为起点，向北穿过前门、中华门、天安门、端门，到紫禁城口的午门，一直穿过太和殿、中和殿和保和殿的正中心，再穿过三大殿后面的乾清门、乾清宫、交泰殿、坤宁宫，等等，直出紫禁城的后门神武门，再穿过景山正中心至地安门，直至坐镇皇城北方终点的钟鼓楼，所有的门户都是开在坐北朝南的一条直线上。这一条贯通南北的直路，从最南的永定门至最北的钟鼓楼，共有十六里长，据说是全世界最长的一条对准南北的道路。

紫禁城四周有护城河，城内的宫殿楼阁虽然千门万户，各有无数的短墙围绕着，但是紫禁城本身对外仅有四道主要的城门，正南的名午门，这是紫禁城的大门，正北的名神武门，可说是紫禁城的后门，此外东西各有一门，东边的名东华门，西边的名西华门。因为午门是紫禁城的正门，其上是五凤楼，是皇帝出入的御门，平常人是不许走的，所以特在东西两边开东华、西华两门，便利平时文武百官入朝之用。依据清朝文东武西的朝班仪式，文官由东华门出入，武官由西华门出入；所以文华殿、文渊阁都近在东墙，武英殿则近在西墙，这都是为了文武两班参朝而设的。

紫禁城的由来

南京一向被人称为六朝旧都，北京则有五朝旧都之称。从辽以后，历经金、元、明、清，都定都在这里，所以被人称为五朝旧都。至于它名称的变化，辽称南京，后改称燕京。金人改称燕京为中都，定为正式都城。到了元朝灭金以后，他们就将金人的中都重建新城，称为大都。朱元璋建立了明朝，定都南京，便将

北京宫城图　明朱邦绘　大英博物馆藏

永定门　唐纳德·曼尼摄

元人的大都重改称北平府，命燕王驻守。后来燕王从北平起兵靖难，打到南京，撵走了建文帝，自己即帝位，成为永乐皇帝，便放弃南京改都北平，称为北京，并大事建设扩充，今日我们所见的北京城的规模，大都是承袭那时候设计规划的，所以永乐皇帝可说是北京真正的建设者。后来清兵入关，也定都北京，不过略加增侈，对于永乐的原有北京城建设计划，基本上没有改动过。从金人在贞元元年（公元一一五三年）正式定燕京为中都以后，直到现在，北京作为都城的建置已经整整有八百年的历史了。

明朝的永乐皇帝是整个北京城建筑计划的设计者，所以今日的紫禁城也是由他一手经营的。在辽金时代，今日的北海已经存在。金人看到这里林木美丽，就建立了一座离宫，称为大宁宫。后来元人入京，金人的中都城被焚毁，但是大宁宫仍残存，元人在建设大都的时候，也继续以大宁宫为内宫，这就是今日紫禁城的前身。所以当永乐皇帝根据自己的设计将北京城整个加以重建时，紫禁城的位置虽没有多大变动，但全部建筑物却完全是新的了。这就是我们今日所见到的以从北到南的一条直线为轴心的这一派伟大建筑物的由来。

紫禁城内的一瞥

紫禁城为俗称，在专制时代，一般人则称它为"大内"。这个大内，就以正南的午门为起点。午门是紫禁城的正门，除了皇帝御驾出入或是举行大典以外，平时是不轻易开的。午门上的九开间门楼，就是俗话说的五凤楼，这是皇帝亲临举行凯旋献俘受降，以及每年十月颁宪书的地方。一些书上时常说一个臣子犯了罪，就"推出午门斩首"。其实，在专制时代，一个人做官能做到从皇帝面前推出午门去斩首，大抵都是很高级别的官了。

午门里面就是御河金水河，其上有五道玉石栏杆的五龙桥，过了桥就是太和门，再过去就是太和殿，这是最主要也是建设得气象最辉煌伟大的第一座宫殿，太和殿与太和门之间，就是每逢朝会，供文武百官按班排列，向殿内的皇帝举行三跪九叩首礼的玉墀丹陛了。皇帝每朝在太和殿视朝时，不仅文武百官列队丹陛，就是从金水桥一直到午门外，也列满了卤簿仪仗。

午门（五凤楼）

乾清宮

太和殿

中和殿、保和殿丹陛栏板

金水河玉带桥

太和殿之后是中和殿与保和殿，这就是所谓的三大殿。从前每年春天皇帝观耕祭先农的仪式，要在中和殿举行，保和殿则是接见外藩、赐宴外藩之处，由各大臣陪宴，所以清朝翰苑诗人多有"除日保和殿侍宴"应制的作品。

在午门的西边有武英殿，这本是皇帝接见武臣的地方，但后来也成了文臣圣所，著名的武英殿聚珍版丛书的原版，就藏在这里。午门东边文华殿和后来建筑的文渊阁，更不用说，是皇帝讲求经史学术的场所。《四库全书》就藏在文渊阁。文华殿是皇帝听臣下向他讲书的地方，称为御经筵。每逢御经筵开讲时，不仅许多大臣要陪皇帝听，就是世袭的孔夫子后人衍圣公也要在旁侍读。

三大殿之后是乾清宫、坤宁宫，这里另有围墙围着，是皇帝的起居游憩之所，不是听政办公的地方了。在坤宁宫前面有一座交泰殿，天地交泰，是皇帝行大婚的地方。再往后出了坤宁门，又有围墙围着，便是皇帝的御花园了。御花园外边是神武门，就是紫禁城的后门，也就是紫禁城的北部终点了。

在紫禁城从北到南的轴心两旁，尤其是东西两边的后半部，还有几乎数不清的宫，这都是太后、皇后、三宫六院的住处，与前半部的许多殿形成了一个对照，殿是皇帝的办公厅，宫就是私人住处了。即使皇帝富有天下，他也仍要有一个可供私人吃饭乃至睡觉的地方。

紫禁城里金水河上的大理石桥　Laribe 摄

紫禁城的尾声

从永乐年间开始构置的紫禁城，到了一九二四年溥仪被撵出宫后，便结束了五百多年的皇帝住宅的任务。从那时以后，紫禁城就成为"故宫"，成为博物馆陈列所，成为大众可以游览观光的一个大公园了。

民俗画《孔林图》

曲阜孔林

山东省的曲阜县①，可说是旧时中国读书人的圣地，因为这里不仅是孔夫子的诞生地，同时也是他的讲学地，他死后也葬在这里。曲阜的阙里，就是孔子的故居，这里有全国规模最大的孔庙，还有孔子后人所住的衍圣公府。孔子墓在曲阜城外，因为四周古木参天，松桧夹道，一向称为孔林。

曲阜孔庙的中心是大成殿，殿前的九根石柱，高二十五尺，雕着蟠龙，气象伟大，胜过帝王的宫殿。殿内供着孔子的塑像，头戴冕旒，身躯高大。这是比较近代的东西。在以前，孔庙内仅供牌位，是不用塑像的。

孔墓在曲阜城北，四周古木很多，相传都是弟子们从各处携来手植作纪念的。又传墓上不生荆棘杂草，这在旧时经常有人注意整理的情形下，这传说中的特点是不难兑现的。墓碑题"大成至圣文宣王"，这是历朝对于孔子所谥的最高尊号。

孔庙内保存历代题赠的碑刻很多，其中有两幅孔子像的刻石，

---

① 编者注：今曲阜市，为县级市。

曲阜孔庙大成殿　1898

一幅相传是顾恺之画的，一幅相传是吴道子画的。旧时各地文庙和冬烘先生的私塾里所供的孔子像，都是根据这两幅画辗转翻刻的。

关于孔子的相貌，向来有很多有趣的传说，有的画成长须拂胸，有的画得根本没有须，可惜这里没有篇幅容我来谈论这个问题了。

昭陵六骏之"飒露紫"

记唐代雕刻艺术杰作昭陵六骏

竖立在唐太宗墓前的"昭陵六骏",是六件体积很庞大的高肉浮雕[①]。我国石刻艺术在唐朝是黄金时代,"昭陵六骏"这六件浮雕石刻叫说是唐代雕刻艺术的代表作。原石很大,连边框在内,每一块都有五尺多高,六尺多宽,是气魄非常雄浑的雕刻艺术巨制。

"昭陵六骏"所刻的六匹骏马,都是唐太宗骑过的战马,在唐朝开国战争中在战场上先后中箭受伤而死,后来唐太宗为了纪念这六匹爱马,便下令刻了这六匹战马的形象,吩咐在他死后竖立在墓前,并由他亲自撰制赞语,由欧阳询学士作书,一起刻在石上。这就是"昭陵六骏"的由来。

唐太宗昭陵在今日陕西礼泉县郊外的九嵕山。"昭陵六骏"的原石,目前已不在昭陵。六件之中的四件现藏西安的西北历史博物馆内,因为这几件石刻已经经历一千三百多年,自然和人为的损坏已甚,亟待郑重保护和修整了。而六件之中更有两件已经

---

① 编者注:高肉浮雕是一种浮雕类型。

被盗运到外国，陈列在今日美国费城大学博物馆内。

唐太宗的六骏都有专名，盗往美国的两骏，一匹是"飒露紫"，另一匹是"拳毛䯄"。前一件除了那一匹"飒露紫"之外，石上还刻有一个站在马前拔箭的武士。这两块石刻是"昭陵六骏"之中保存得最好的两块。而"飒露紫"那一块，由于除了马之外还有一个武士，更是六骏刻石之中最精彩的一块，可是在当年外国人在中国横行无忌的时代，竟被盗偷出国了。

本来，当时在美国文化贩子和当地土豪奸商勾结之下，已有计划要把"昭陵六骏"全部盗运出国，可是被当地民众发觉，及时加以阻止，并揭发了这个阴谋，因此得以截回四骏，但是最好的两骏已经被先期运走了。在我国居住多年搜购古物的美国人福开森，曾在他所编著的《中国艺术综览》（英文本，战前商务出版）里提及此事，并深致惋惜。他所惋惜的，正是我们要连呼幸运的事，否则今日连这四骏也没有了。

盗运到美国去的"昭陵六骏"之中最优秀的一件："飒露紫"，站在马前为战马拔箭的那个武士，是丘行恭。据《唐书》[①]载："初，从讨王世充，战邙山。太宗欲尝贼虚实，与数十骑冲出阵后，多所杀伤，而限长堤。与诸骑相失，唯行恭从。贼骑追及，流矢著太宗马，行恭回射之，发无虚镞，贼不敢前。遂下拔箭，以己马进太宗，步执长刀，大呼导之，斩数人，突阵而还。贞观中，诏斫石为人马，象拔箭状，立昭陵阙前，以旌武功云。"

---

① 编者注：下述引文典自《新唐书》。

因为丘行恭拔箭的情状栩栩如生，又可以窥见初唐武士战马的服饰制度，这件"飒露紫"常被推为昭陵六骏的代表作。

"飒露紫"和其他五匹骏马，都是唐太宗的坐骑，曾随他出征各地，先后受伤阵亡。太宗为了纪念这几匹爱马，特命凿石刻像，又自制赞词，立在自己"昭陵"寝殿后的北阙两庑之下，东西相望，每边三匹，称为六骏。所刻的都是六匹马在战场上中箭受伤的情状，有的身中一箭，有的身中九箭。据侯官林同人的《唐昭陵石迹考略》卷五所载，昭陵六骏，第一匹名"飒露紫"，在北阙西列第一，毛色紫燕骝，前中一箭，平东都时乘。第二匹名"特勒骠"，在北阙东列第一，马身黄白色，喙微黑色，平宋金刚时乘。第三匹名"拳毛䯄"，在北阙西列第二，黄马黑喙，前中六箭，背三箭，平刘黑闼时乘。第四匹名"青骓"，在北阙东列第二，马身苍白杂色，前中五箭，平窦建德时乘。第五匹名"白蹄乌"，在北阙西列第三，纯黑色，四蹄俱白，平薛仁杲时乘。第六匹名"什伐赤"，在北阙东列第三，毛色纯赤，前中四箭，背中一箭，平王世充、窦建德时乘。

六骏的石刻都是高肉浮雕，也就是古人所说的"六马皆以片石刻其半"。他们见惯了秦汉帝王陵墓前的立体石人石兽，未见惯浮雕，以为这是刻而未成的残作，如明人赵子函，在他的《石墨镌华》里竟说："今马身半刻，而无座字，制亦不类唐人。且太宗以天下全力，岂难作一石马而半刻之耶？姑存以待博物者。"

这见解实在是可笑的。前引的《唐昭陵石迹考略》的作者林同人，是在清初顺治十七年亲身到过昭陵的，他的见解便正确多

金代赵霖 《昭陵六骏图》

特勒驃

青騅

什伐赤

了。他记载当时所见的六骏情形道："余窃观六骏不琢全形，以巨石作屏风，高五尺许，广六尺许，厚兼两碑，马身半刻隆起，飞矢被体及丘行恭拔箭状，皆奕奕生动。想当时六骏无存，太宗追想其雄姿，画屏琢之。若全身即不能如此生动矣。马身之外，石皆深镌而留边界，马首上又留石尺许，方正与界平，此题赞处也……"

六骏石刻是谁的作品，没有记载可考。英人艾希顿氏在他所著的《中国雕刻研究导论》一书里说，六骏是根据阎立本的画稿刻成的。这不过是他个人的推测，在文献上是找不到什么根据的。据在美国费城博物院衡量那两块石刻所得的尺寸，计"飒露紫"高英寸六十八寸，阔八十一寸半，深十七寸；"拳毛䯄"高六十五寸，阔八十一寸半，深十七寸。这与林同人氏在《唐昭陵石迹考略》里所说的"高五尺许，广六尺许"很相近。

一九一三年，法国人沙畹氏，到我国西北一带考古调查，他后来在《中国西北考古图录》（法文本）里刊有六骏石的摄影，那时六骏尚未分散，仍在原处，因此这几幅摄影极为可贵。

关于"昭陵六骏"，有两个疑问至今尚未确定。一是六骏的浮雕都有边框。有人说边框上还刻有花纹，有人说没有，而事实上今日所见的六骏原石，边框上除剥泐痕迹外并不见有花纹残留。但这是小问题，可不必细加研究。最大的疑问乃是关于题赞的存在问题。据《唐书》所载，六骏的题赞，是太宗御撰，命欧阳询学士作书的。六赞的原文有流传，可是六骏原石的上角，虽然各留有尺许方块，似是备作刻题赞的地方，可是事实上是空白无一字的。又有人考证题赞是刻在马座上的，作书者并非欧阳询而是殷仲容。可是今日由于座石已经不见，而六骏题赞的原拓比六骏图的原拓更少见，仅凭前人的记载来推断，可是记载昭陵金石文字的书籍有好多种，所记各有出入，所以实在无从决定。但是原石上角准备刻题赞的地方并没有字，却是可以断定的，也许是当时撰写好了始终未刻上去吧？

唐代，在我国艺术发展历程中，是最盛的黄金时代。这时期的艺术，一面承继秦汉的古典传统，一面又将六朝的外来影响加以融合，在民物茂盛的环境下，遂形成了我们今日在唐代一般艺术品上所惯见的那种特有的雍容雄壮的风格。制作于初唐盛世的昭陵六骏，虽然所代表的只是陵墓建筑装饰的一部分，但我们也可以看出那种脚踏实地的雄浑写实手法。这是装饰与写实的一种高超融合。这种特色，不用外国的"中国艺术专家"给我们隔靴搔痒地推荐，我们只要将汉画石刻上的那些人物车马行列里的战马姿态，与昭陵六骏的石刻比一比，便可以看出两者之间的差异，也可以看出后者的特色了。

《马可·波罗游记》中的卢沟桥

马可·波罗笔下的卢沟桥

有名的《马可·波罗游记》，其中曾提到了卢沟桥。马可·波罗是在公元一二七五年抵达中国的，这时正是南宋恭帝德祐元年，也是元朝至元十二年，马可·波罗那时才二十一岁。这个威尼斯的旅行商人世家子弟，是跟家人来向元朝通商，并代表罗马教皇来修好的，但他自己最大的目的还是到东方来观光。因此他在中国各地果然见到了许多新奇的事物和风俗，使他眼界大开。在他留给世人的那部游记里，记他当时游历中国的见闻，在我们今日读起来，有的固然荒唐可笑，有的却又正确得令人吃惊。他笔下所记的卢沟桥就属于后者。卢沟桥始建于金明昌年间（公元一一九〇年至一一九六年），马可·波罗在公元一二七五年抵达燕京后，曾在中国继续逗留了二十年，因此他所见到的卢沟桥，已是筑成后将近百年的了。他在游记第二卷里，这么描写这座桥道：

离开京城后再行十里，你就来到一条名叫普乙桑干的河上。这条河一直流入大海，航海商船运载货物就从这里驶入

马可·波罗的家乡威尼斯

马可·波罗像 1600

内河。在这条河上有一座非常精美的石桥，它可说是举世无匹的。它长达三百步，宽达八步（按一步约三尺）；因此可以容纳十骑并列，宽敞地从桥上驰过。它有二十四道桥拱，由筑在水中的二十五座桥墩支持着，全是用青石建成，建筑得非常精巧。

在桥上两旁，从这一端到另一端，有一道美丽的桥栏，是由石板和石柱构成，排列得非常壮观。从桥身开始处，有一根石柱，柱下有一石狮，背负此柱，

卢沟桥　喜仁龙摄

柱顶另有一只石狮，体积都很庞大，而且雕刻得非常美丽。在距离此柱有一步之处，又有另一根石柱，同样有两只石狮，一切皆与前者相同，两柱之间则嵌有石板，用以防止行人坠入河内。就这样，每隔一步就有石柱和石狮，全桥两侧都是如此，所以看起来十分壮观美丽。

《马可·波罗游记》的稿本有好几种，因此至今流传的几种版本，字句之间不免有大同小异之处。这本书在中国也已经有了译本，这里不过根据通行的玛尔斯敦氏译文随手译出来的。马可·波罗说的那条河名"普乙桑干"，据有名的《马可·波罗游记》研究专家玉尔注释说，此字原本是波斯语，即"大石桥"之意。它的发音颇与原来的河名"桑干"相近，可能是他有意这么写的。

今日的卢沟桥只有十一孔，是经过清朝重建的。马可·波罗说它有二十四孔，可能当初原是如此。这座成为抗战圣地的名桥，自金明昌年间建筑至今，由于水患，已经重修改建过几次，到现在已有七百多年历史了。

北京孔庙牌楼　唐纳德·曼尼摄

牌　楼

　　牌楼和亭塔一样，也是中国建筑所特有的一种式样。牌楼源出古代的阙。阙的最初式样，本是成对左右分立的，这是我们时常可以在汉代宫殿、庙宇、陵墓图样上所见到的东西。目前四川山东一带还残存着不少这样的实物。"阙"者，通"缺"，所以两阙之间不相连属，上面并没有屋檐。后来经过六朝，到了隋唐，阙的式样就渐渐起了变化。今日我们在敦煌龙门许多洞窟中所见到的浮雕壁龛，就是过渡中的阙，那时两阙之间已经有屋檐衔接。再经变革，阙的式样就渐渐在中国的建筑物中被淘汰，剩下的痕迹一面是陵墓前面的神道石柱和宫殿前面的华表望柱，另一面就发展为今日所见到的牌楼。

　　毫无问题，最初的牌楼必然是木构建筑，石牌楼一定是后来才发展出来的。牌楼可以分为三门四柱和五门六柱两种，八根柱七道门的牌楼很少见。像北京雍和宫那样的拱门牌楼也不多见，那已近于门楼了。木构的牌楼都有飞檐、斗拱，屋脊上还有鸱尾。斗拱和横梁上都有绚烂的彩绘。石制的牌楼也完全模仿木构的式样，有石凿的斗拱，各部分用细密的浮雕来替代彩绘。近

牌楼　西方铜版画

代的牌楼，多是纪念性的建筑物，建在陵寝墓园或名胜古迹的附近。前者如明十三陵、清东陵西陵的石牌楼，曲阜孔林的"万世师表""万古长春"的石牌楼；后者如北京颐和园的许多木牌楼，都是崇敬或点缀风光的。另有一种石牌楼。俗称牌坊，旧时在各大小城市的通衢街道上随处可以见得到，现在则多数已经残败或被拆除了，这些都是表彰所谓忠臣孝子、节妇贞女的。这正是封建势力最高的表现。这些牌坊上面正不知存留着多少黑暗和血泪。

《玄风庆会图说文》卷一滨都创观

中国建筑的装饰物

碑

寺观及陵墓上之碑碣，本非独立建筑物，只可视为建筑之附属品。碑之起源，究在何时，尚未能确实证明。唯周之太庙曾立碑于庙庭，为系牺牲之用，这怕是立碑的最初作用。又，墓上之碑，本为下棺穿绳之用，故其上必有圆穴，其名曰穿。至于上刻铭志文字，甚或专为歌功颂德而立碑，皆后起之事也。

阙

阙为门之一种，对立而不连属，故曰阙。目前所见之阙，多为汉墓遗物，系用石仿木建筑。其上亦有斗拱、托梁等附属物。最著名者，如四川雅安之益州太守高颐墓阙，以及河南登封之太室石阙、开母石阙与少室石阙，其上皆刻有浮雕人物故事与动物花草装饰。

北京故宫角楼外檐斗拱

殿阶螭首

殿阶栏杆等在中国建筑上皆属石作范围。宋人《营造法式》论造殿阶及螭首之准则曰:"造殿阶基之制:长随间广,其广随间深。""造殿阶螭首之制:施之于殿阶对柱及四角,随阶斜出。其长七尺,每长一尺,则广二寸六分,厚一寸七分。其长以十分为率,头长四分,身长六分。其螭首令举向上二分。"

敦煌莫高窟第 431 窟壁画上的鸱尾

中国建筑上的鸱尾和屋脊装饰

中国建筑物的屋顶线条，正是中国建筑的特殊形式之一。不仅屋顶的斜面是内凹的，屋檐和屋脊在两端也是向上高起的，檐角的反挑角度更大。一般的民屋建筑固是这样，宫殿和庙堂的大建筑物所表现的这种特性更显著。这是全世界其他民族建筑形式所少见的特征。这种特征的由来，建筑专家认为乃是上古中原游牧民族所用的天幕帐篷形式的残留，也有人认为是主屋与附属房屋在联系上必然产生的变化，此外还有其他解说，至今尚无定论。但有一点是大家承认的，即在汉以前的屋顶还是直线的，檐角的反挑向上等特征是在六朝以后才有的，而且这种特征在南方比在北方更显著。所以认为这可能是建筑艺术上的一种自然进化。中国建筑既注意屋顶的线条，也对于屋顶和屋脊的装饰和色彩非常注意。大建筑屋脊两端用"鸱尾"由来已久。鸱尾是用作压胜的装饰物，亦作"蚩尾"。《类要》说："东海有鱼似鸱，喷浪即降雨，唐以来设其象于屋脊。"又据《苏氏演义》说，汉武帝作柏梁殿，以蚩尾水之精，能辟火灾，遂置其像于屋上。除了屋脊两端用鸱尾以外，正中还要安置各小动物，檐角还有兽头。宋

藏书票　何润成绘

人的《营造法式》对于屋脊的这种装饰方法有很详细的记载，我们从武梁祠等汉画像刻石上也约略可以见到。

绿釉鸱吻　中国国家博物馆藏

金陵怀古　　明新安汪氏《诗馀画谱》

"虎踞龙盘"的出典

"虎踞龙盘今胜昔",这是毛主席在一九四九年四月所作的《人民解放军占领南京》七律诗中的一句。"虎踞龙盘",一向是对于南京地理形势的称赞,毛主席在这里用了"今胜昔"三字,是承接这首诗的开头两句"钟山风雨起苍黄,百万雄师过大江"而来的。这是说明人民解放军占领南京以后新的形势。形势是比过去更好。这不只是指狭义的地理形势而言,也是指当时全国解放事业大势而言的。蒋家王朝虽占有"虎踞龙盘"之胜,但在渡过长江天堑的百万雄师围剿之下,已经变成了亡命而逃的"穷寇",形势已经完全改变了,因此这句诗的下面,紧接的一句是:"天翻地覆慨而慷。"

这表示一切已经发生了天翻地覆的变化,一个令人感奋的新时代已经形成了。这是对于孕育中的新中国的喜悦。

"虎踞龙盘"一词,"虎踞"指的是石头城,这是南京的旧城,同时也是南京的旧称。"龙盘"指的是钟山,也就是"钟山风雨起苍黄"的那个钟山。这座山俗称紫金山,在南京城外东面,俯瞰全城,形势很壮观,山色随着天气的阴晴早晚,会不停地发

南京鼓楼　喜仁龙摄

生变化，旧时人说这是"王气"。毛主席的这句"钟山风雨起苍黄"，也是借了钟山的山色变幻，来象征使得风云变色的人民解放军当时所获得的决定性的胜利。

"苍黄"不是"仓皇"，这是特指钟山一向有名的山色变幻而言。我曾经听到有人释作蒋家王朝在暴风雨来临之际"仓皇逃命"之意，这该是错的。

毛主席很喜欢用"苍"字来形容山。一九三三年所作的《菩萨蛮》词："雨后复斜阳，关山阵阵苍。"一九三五年所作的《忆秦娥》词："苍山如海，残阳如血。"可以为证。

"虎踞龙盘"的出典，有关南京的一般史地旧籍所载，都说是诸葛亮所说。宋人张敦颐撰的《六朝事迹编类》，在有关"钟阜"和"石城"的记载中，都说："诸葛亮论金陵地形云：钟阜龙盘，石城虎踞，真帝王之宅。"

从此，"虎踞龙盘"一语就成为对南京地理形势的专用形容词。然而，对当时蒋家王朝来说，纵占有"虎踞龙盘"的形胜，纵占有紫金山的"王气"，又有什么用呢？在人民解放军渡过长江之后，一切就摧枯拉朽地倒下来了。这正如刘梦得有名的《西塞山怀古》诗所咏："王濬楼船下益州，金陵王气黯然收。千寻铁锁沉江底，一片降幡出石头！"

洛阳白马寺

新洛阳访古[1]

新的花园城

九朝旧都的洛阳，是一座名城，自古就以花木茂盛著名，有"花城"之称。洛阳的牡丹更是名甲天下，宋朝司马光诗："洛阳春日最繁华，红绿阴中十万家。谁道群花如锦绣，人将锦绣学群花。"就是咏此。

可是到了近代，这一切都成了历史的陈迹。盛况甲天下的牡丹固然已经看不到了，就是洛阳城本身也残破不堪。没有来过洛阳城的我，以为这个"九朝旧都"，怎样也该是一座气派伟大的古老城市，哪知这次到了洛阳城一看，街巷狭隘、屋檐齐眉，简陋得简直连一个普通的小镇也不如。这就是繁华甲天下的洛阳吗？当然不是。九朝旧都的名城洛阳早已化为阡陌丘陵了。我们现在所见到的洛阳旧城，乃是在旧时代，老百姓躲在这里苟延残喘的处所而已。

---

[1] 编者注：本文原载于《文艺世纪》1965年1月号。

然而在这所狭小的旧洛阳城外，近十年来已经出现了一座新洛阳城。这是一座可以媲美往昔的花木葱茏的新花园城。你站在那些宽阔笔直的大路边上，向前一望，马路正中是一排树，将一条路分成左右，路与行人道的边上又是一排树，行人道与临街的房屋之间又是一排树，因此每一条干路上都种了五排树。而路面的宽度，仅就行人道来说，也足够抵得上一条普通的"马路"。因此新洛阳城的这些街道，简直是用四条马路合成一条街。

新洛阳城的建设，听说已经有九年的历史了。"十年树木"，这些按照规划种植起来的街道树，无论是白桦、中国梧桐、法国梧桐，还是垂杨柳，都已经高大成荫。你站在路边向前望，条条都是枝柯交加的林荫路，长得令你总是一眼望不尽。你如果转过眼来向街巷对面看去，由于要穿过五排树木的枝叶才可以望到对面，再加上整个路面又是那么宽阔，对面树丛中隐约露出来的红砖工人宿舍，简直像是花园里的别墅。

事实上也是如此，到了新洛阳城，你并不需要到"王城公园"去看，仅在这样任何一条街上走走看看，你就仿佛已经置身在一座花园里。说新洛阳城是一座花园城，一点也不夸张。

然而这并不是商周汉唐古洛阳的复活。就在这些花树环绕、一角红楼的幽雅环境中，里面却隐藏着规模宏大的矿山机械厂、纺织厂、染印厂，正在转动着生产建设的车轮。因为新洛阳城是一座花园城，同时也是一座新兴的工业城。

佛堂装饰画像 北魏

地下的文物仓库

洛阳地下的古文物蕴藏量，是非常丰富的。这是因为在我国历史上，自周朝直到宋朝，一共曾有九个朝代正式建都于此，此外又有七个朝代用这个地方作为陪都。再加上城外的北邙山是古代有名的葬地，有许多历朝帝王将相和贵族的陵墓，都修建在这里，因此几乎随处都有古物埋藏着。

洛阳已经出土的古代文物，是非常丰富的，现在陈列在外国各大博物馆里的那些无价中国古代文物，大多数都是洛阳出土的。从前洛阳那些专门盗掘古物的人，他们根据自己的经验，曾发明一种用来钻探地下有无古物的工具，称为"洛阳铲"。这是一种中空的金属长杆，将它插入地中，抽取地下土壤的标本，拿上来一看，大致就可以断定地下有无古墓葬或是古物埋藏，而且根据土层的颜色能知道是属于什么朝代。洛阳地下所埋藏的丰富古代文物，被盗墓者凭这利器盗掘了不少。

就因为这样，洛阳又有"地下的文物仓库"之称。因此，过去虽然被盗掘了不少，遗留下来的数量仍是惊人，尤其是深埋在地底下的那些大规模的古代文化遗址，一直都不曾受到破坏。这样的地下文物仓库，至今仍是完整的。

以古代历朝在洛阳所建的都城遗址来说，现在已经被探出其确切位置的，就有三座。其中一座是东周时代有名的"王城"，其余两座是汉魏时代的洛阳都城和隋唐时代的新都洛阳遗址。另外还有一座周成王用来屯驻军队和拘禁战俘的"下都[1]",遗址也被发现了。

这些埋藏在地下的古城遗址,据说最完整的乃是周公旦奉命建筑的"王城",城北跨了今日"涧河"两岸。这就是近年新建的"王城公园"的所在地。

由于这一片古城遗址面积太大,一时还无法发掘,可是这土地又不便作一般建筑之用,为的是怕损坏了埋在地下的古城遗迹。因此就想出了这个利用的办法,将这一大片土地辟作花园。因为只是栽种树木花草,再搭盖一些供游人休憩用的亭榭走廊,是不致惊动地下"宝藏"的。这样一旦到了将来要正式发掘时就十分方便,避免地面上有什么有用的大工程要拆卸。这就是洛阳这座"王城公园"的由来。

地下的"王城"遗址跨了涧河两岸,因此地上的"王城公园"也横跨涧河两岸,为了方便游人往来,在河上特别设计造了一座软索的吊桥。游园的人踏上高悬半空的吊桥而过,摇摇晃晃,下瞰河水和深谷,既惊且喜,别有风趣。

汉魏古墓和墓志石

在洛阳,我曾去参观了三座古墓。两座是汉朝的,一座是晋朝的,地点就在那座"王城公园"的后面。这三座古墓,是在洛阳郊外

---

[1] 编者注:(唐)孔颖达《尚书正义》:"周公虑此顽民未从周化,故既营洛邑,将定下都,以迁殷之顽民,故命召公即并卜之。"

门楣装饰画　唐代

近年所发现的无数古墓之中，经过选择，挑出这三座最完整而又具有代表性的，特地迁到这公园后面，重建在地下，做示范性的展览。

大约除了墓中人的骨殖以外，一切都保持了原状。在洛阳这样的地方，晋砖汉瓦已经不能特别引起我的注意，使我特别感兴趣的，乃是那座在年代上属于西汉的墓内壁画。

这是用朱、墨和蓝色画在门楣石和横梁上的彩画，是汉朝人的亲笔，画的是神话传说和故事。在这座西汉墓中所见的，是西王母飞天以及"二桃杀三士"的故事画。

试想，真正可靠的唐画，现在已不易见得到了。魏晋六朝人的画迹，更是只能从后人的摹本去揣摩。但是在这样的古墓之内，我们所见到的这些壁画，却是不折不扣的汉朝人亲笔，因此也就是真正"汉画"的真迹。这是多么可贵的艺术瑰宝。

这三座汉魏古墓的建筑式样，都是十字形的，从入口处有一条下斜的甬道，直通底下正中的墓室。在甬道中途，左右各有一间狭长的耳室，多数是放置明器和殉葬物的。棺椁则放在甬道底的墓室内。墓顶高耸，用砖砌成圆顶或是轿顶形。墓室入口有一道门，甬道中途或更有一道门。墓壁是用砖砌的，多数有图案花纹和年号。墓门和门楣石柱等都是石质的，但是取仿木构建形式，上面雕有斗拱，并有彩画。这可说是汉墓和魏晋古墓的一般形式。若是规模较大的，则不是"十"字形，墓室可以一连有几进，墓壁也改用石砌，其上更刻有画像，较具规模的汉墓都是如此。这些刻有画像的墓石，就是所谓汉画像石了。

洛阳这三座特地整理了供人参观的汉魏古墓，都是属于前者较简单的一种，自入口向下走进门时，要俯身钻进去，到了甬道和墓室里才可以站直身体。两旁耳室的高度又较低，因为这只是用来放置明器的。

这三座古墓里面都装了电灯，看起来很方便。一个对于我国古代文物和墓葬风俗没有什么认识的人，来到这里看一下，多少都可以获得一点知识。

距离这三座古墓不远的地方，还有一个能吸引对金石文物和考古有兴趣人士的好去处，那就是洛阳博物馆将他们附近所征集和发掘出土的墓志原石，集中在一起，在这里建筑了一座墓志陈列馆来保管。一共有近千块历代墓志原石，有些还附有石盖，一起嵌在特别设计的斜台上，分为几长排，供人参观。

这些墓志的排列，多少依据了年代。有些在书法或是作者，以及墓中人方面较为有名的，都另外有拓本陈列，并且附有说明。

这一大批墓志的原石，除了它们本身在文物历史上的自有价值外，其上所叙述有关人物的官职郡里，以及制度事迹，对于历史研究会有很大的参考价值。以前这类墓志原石，发现很多流散各地，能像现在这样集中在一起，成为洋洋大观的，可以说还是第一次。这是以前所不能实现的事情，可是现在就这么做了。

洛阳历史博物馆

洛阳历史博物馆，设在洛阳的历史名胜地点"关林"内。这是关公坟墓所在地，据说是他被杀后埋葬首级的地方。关公是一个历史与传说结合起来的人物，据《三国演义》所载，他被杀以后，阴魂能够显圣，甚至被斩下来的"首级"还能作怪，吓死了曹操。后来这首级据说就埋在洛阳，这就是今日关林的由来。

关林的庙宇建筑，十分壮丽宏大，四周松柏成林，成了洛阳的名胜之一。现在的洛阳历史博物馆，就是利用关林原有的这些建筑物，一面加以修缮整理，保存了关林原状，一面就利用那些宽大的殿堂，辟为博物馆的陈列室。

洛阳博物馆，是一个以洛阳当地历史发展为主题的博物馆。同时，所有的陈列品也都是在当地发现的，而且多数是近年新发现的。九朝旧都的洛阳，它的历史文物自然十分丰富，但是洛阳历史博物馆陈列品的范围，却将历史推得更前。第一室所陈列的，全是新石器时代的文化遗物，包括一些动物化石和人类生产工具。这都是距今五千年前的东西，是近年在洛阳各处基建工程中发现的，可见洛阳地下蕴藏历史文物之丰富。

在洛阳历史博物馆的大量陈列品中，有一块石碑，是有关我国古代教育制度和大学教育的极宝贵资料，这就是西晋咸宁四年所立的"皇帝三临辟雍碑"。

这一块晋碑，记录了在汉代的洛阳，曾在这里设立了一所规模较大的"太学"，就学的学生有三万多人，单是学生的宿舍就有二百四十座，共有一千八百多间房间。

这是历史的记载。后人曾对这些数字的正确性表示怀疑。现在根据所发现的这块"皇帝三临辟雍碑"，已经可以间接证明汉朝的那些记载应该是无误的。因为西晋建立这块石碑的年代（西晋咸宁四年，公元二七八年），距离东汉建立这所"太学"的年代（公元二十九年），相距已有二百五十年，中间经过动乱和易代，这所"太学"当年盛况已渐趋衰落，但是依然存在，而且据"皇帝三临辟雍碑"的碑文记载，那时仍有学生一万多人。

经过二百五十年，而且已处于衰落时代的这所"太学"，学生还有一万多人，那么东汉的全盛时代，有三万多学生的记载，该是可信的了。

皇帝三临辟雍碑

朱黑奴造像碑

西安的碑林[1]

一九六四年十月,我有机会游览西安,参观了有名的碑林。最近听说这里要举办一个展览会,展览西安碑林所藏的著名碑刻拓片,还有许多西安古代其他著名石刻艺术的拓片。这对我来说,将不啻有机会再游一次西安碑林了。

西安的碑林,现在已经是陕西省博物馆的一部分[2]。这座博物馆的范围很大,内容也非常丰富。陕西本是历代古文物的集中地点,在这座博物馆内,除了碑林之外,还有石刻艺术馆、西安历史文化馆、青铜器馆、陶瓷馆四部分。其中石刻艺术馆内的陈列品,包括有名的昭陵四骏(本是六骏,其中有两骏石刻在过去已经被盗运到美国),汉代霍去病墓上的石刻,唐代陵墓上的一些巨型石刻,还有近年新发现的唐永泰公主墓的石椁等,可说比北京故宫雕塑馆所陈列的石刻更为丰富。

碑林是这座博物馆的精华所在,其中藏有汉唐以来的历代名

---

[1] 编者注:本文原载于《文艺世纪》1965年7月号。
[2] 编者注:陕西省博物馆原设在碑林,1977年起筹建新馆,新馆即是现在的陕西历史博物馆。新馆建成后,原陕西省博物馆即分成陕西历史博物馆和西安碑林博物馆两馆,互不隶属。

碑一千多块，矗立在几座特建的陈列室和走廊上，一眼望去，高低大小苍褐色的古石碑森森如林，可说是不折不扣的"碑林"。

这是全国保藏古碑最多的地方，也是一处世界闻名的保存古文物的中心。

西安碑林的历史，从宋朝就已经开始了。西安是中国周秦汉唐等朝建都的地方，古建筑文物最多，可是由于历次兵燹战祸，破坏得也最厉害。到了宋朝，西安城内外破坏更甚，古碑刻到处可见，无人过问，当时的漕运官吕大成氏目睹及此，不忍这些古碑日渐湮没，就发起宏愿，捐赀建屋，雇人将这些无人管理的石碑集中在一起，以便保管。有名的唐"开成石经"，共有一百多块，就是这么被保存下来的，这就是"碑林"的由来。

所谓"石经"，就是中国最古的"课本"。从汉朝起，就已经有了这个办法，将士人必读的"五经"刻在石上，竖立在太学内，任人来抄录和校勘。因为当时还没有印本，读的全是抄本。可是由于辗转传抄，错字脱简越来越多，又苦于无从校勘，实在误事。现在有了"石经"，这些都是官刻的正文，错误较少，可供抄字和校勘，实在是一件好事。

从前在洛阳也发现过汉刻石经，可是由于无人注意保管，盗卖失散，现在仅剩下一两小块残石。但是像"开成石经"，由于集中在"碑林"内，遂能保存至今，历经千百年还完整无恙，可见"碑林"保护文物作用之大。

碑林里面所保存的这些汉唐以来的千余块古石碑，在艺术和文献价值上来说，每一块都像"石经"一样，各有它们自身的特

西安孔庙太和元气坊　1906

殊价值。古石碑刻大部分都是出自著名书法家之笔，唐代著名书法家颜鲁公、欧阳询、柳公权所写的较多。唐以来的中国主要书法流派的变化，在这里可以溯本寻源。就是这些碑文的文体，也可以看出历代文章辞藻造句的变化，还有那些人物的传记事迹、官爵制度，也是研究历史的可靠参考资料，至于石碑本身的镌刻艺术，碑额和碑身所刻的花纹图案，在艺术上的价值，那更不用说了。

西安碑林所保存的古代石碑，自然有许多是特别有名有价值的，其中有一块更是世界闻名，那就是唐朝在西安建立的那座

大秦景教流行中国碑

"大秦景教流行中国碑"。

这是在一千多年前，欧洲东罗马帝国的僧人[①]，因为仰慕中国唐代长安文化人物之盛，不惜跋涉千里到中国来观光和传教后所建立。这块举世闻名的有关欧亚文化交流的古碑，建于大唐建中二年，即公元七八一年，距今已有一千一二百年。碑文甚长，除了中文以外，还有叙利亚文字记载这些僧人的原来姓氏，因为他们是经由叙利亚东来的，因此极其宝贵。

"大秦"是中国当时对罗马帝国的通称，当时基督教的一个支派，译称"景教"，唐太宗贞观十二年初来长安，碑文上说：

> 贞观十有二年秋七月……大秦国大德阿罗本，远将经像来献上京，详文教旨，玄妙无为……所司即于京师义宁坊造大秦寺一所，度僧二十一人……

这块景教流行中国碑，就建在这座大秦寺内。后来历经变乱，湮没无闻，直到明朝才被发现。在清末曾被外国传教士觊觎，要偷运到国外去，幸被西安士绅发觉，及时制止，迁入碑林内，这才保存至今。

[①] 编者注：指基督教的传教士。

九龙寨城附近的宋王台

宋王台沧桑史

九龙的宋王台，可说是香港最有名的一处古迹，自宋末至现在，已历六百余年，一向被好好地保存着，供人游览。在五十多年以前，曾有人向香港政府建议要开采宋王台的山石，居民闻讯反对，并由当时的香港立法局议员何启先生在立法局会议席上提议，通过了一件议案，明令禁止将宋王台及其附近若干地段作为建筑或其他用途，并立碑为示 [此事曾见诺顿凯希氏的《香港法例法院史》(Nottoou-Kyshe: *The History of The Laws and Courts of Hongkong*) 1898 卷下记载]。清朝亡后，避居香港的遗老们，为了发挥自己缅怀故国的感伤情绪，曾集资将宋王台加以修理，筑了围墙和一座小亭，以便暇日登临凭吊之用。这样，直到一九四一年发生太平洋战争，香港沦陷，侵占香港的日本军队，为了扩充启德机场，将九龙城的许多房屋拆毁以后，竟用炸药将宋王台和它附近的小山炸毁了。日本军人当时对于拆毁宋王台的工作似乎看得很慎重，一九四三年一月动手炸毁山石之前，曾请了日本和尚来念经作法，以作禳解之用。但是扩充机场的工程还没有完成，日本便战败投降了。因此宋王台的那座小山和附属的建筑物虽不存在了,但是作为宋王台古迹中心的那几块大石却仍躺在地上。战后虽有人提议设法加以保存,但也没有具体计划。现在,当我们坐五号巴士经过马头围道转入机场旁边的时候,便会看见宋王台的残迹,刻着"宋王台"三字的巨石裂开抛在山脚,山下是一片菜田,几座木屋点缀其间,已经没有当年那种雄浑的形势,而且那些北帝庙和二王殿的遗迹也很难找得到了。"宋王台"三字从此真的成为一个历史上的名词了。

九龙宋王台这一古迹的由来,是由于南宋二王南下避元兵,曾在这里停留过。九龙古名官富场。所谓南宋二王,即益王昰与卫王昺。这是宋末的两个小皇帝,益王是哥哥,后称端宗,卫王是弟弟,后来陆秀夫在崖山负之投海的便是他。关于这两个小皇帝来到官富场的经过,明钱士升修的《南宋书》说:

景炎二年二月,帝舟次梅蔚,四月次官富场,九月次浅湾。

梅蔚和浅湾(今之荃湾),都是至今还在沿用的地名。他们当时虽是流亡的小朝廷,但是既然在这里停留了半年多,自然不免有若干建设遗迹留下来。《大清统一志》说,在南方沿海一带,"宋行宫三十余所,可考者四,其一为官富场"。

古称官富场的九龙,旧时归新安县管辖。新安即今日的宝安。清嘉庆二十四年修的《新安县志》卷十八古迹门对于南宋行宫和宋王台的记载共有三则。其一云:"景炎行宫在梅蔚山,宋景炎二年,帝舟抵此,作行宫居焉。"其二云:"官富驻跸:宋行朝录,丁丑年四月，帝舟次于此，即其地营宫殿，基址柱石犹存，今土人将其址改建北帝庙。"第三则是关于宋王台的："宋王台，在官富之东，有磐石方平数丈，昔帝昺驻跸于此，台侧巨石旧有宋王台三字。"

我们在这里要留意的是，上文说"昔帝昺驻跸于此"，实在是记载错了。因为这里一再提起的"帝"，实在该是端宗，即益王昰。据《宋史》所载，他是在福州即帝位不久，因为元兵来攻，便仓皇沿海南下的。《南宋书》所称"景炎元年十二月，帝次甲子门，二年二月次梅蔚，四月次官富场"，所指的便是这些事。至于帝昺，即卫王，他是益王昰（端宗）的弟弟，是在端宗逝世以后始承帝位的，但他其时早已又从官富场流亡到碙洲去了。所以在官富场驻跸的实际是帝昰而不是帝昺，这本是很清楚而简单的史实，不知为何当时修撰《新安县志》的人竟记错了。

未遭毁坏以前的宋王台，本是坐落在一座小山上，俗名圣山，三面连陆，一面濒海，九龙湾的浅滩直伸到山脚下。潮涨潮落，在这一带拾取蚝蚬的小孩很多。那几块大石，恰如《新安县志》所说，有一块特别平坦阔大，临空伸出，下面有一块小石撑住，构成一个"石殿"模样。"宋王台"三个大字便刻在北面的石壁上。每字大有二尺多，"臺"字下半从口从土，所以有时又被人称为"宋王堂"。大字右手又有一行小字，作"大清嘉庆丁卯重修"。嘉庆丁卯是嘉庆二十四年，这年就是重修《新安县志》的那年[①]，县志上说："台侧巨石旧有宋王台三字。"现存的这三个

---

① 编者注：嘉庆丁卯是嘉庆十二年（1807年），重修《新安县志》在嘉庆二十四年（1819年）。

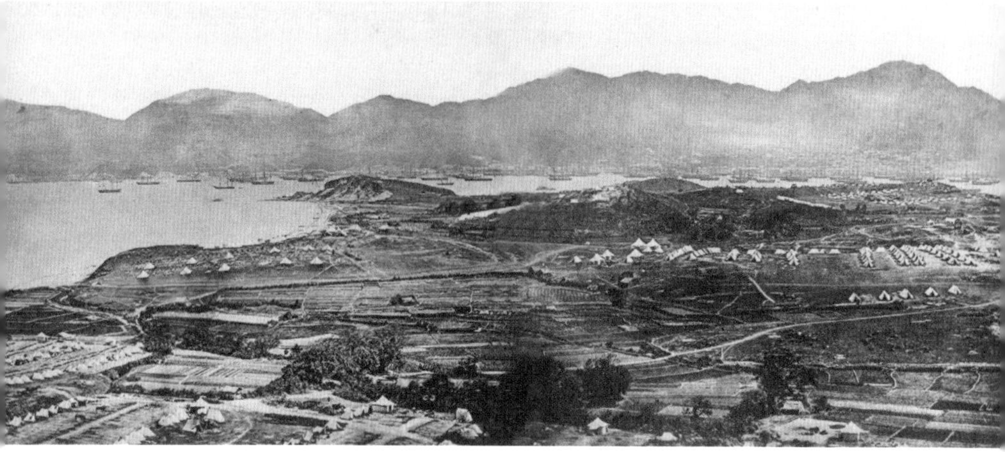

香港九龙 菲利斯·比托摄,1860

字是旧有的还是重修时新刻的，已不可考，也不知是谁人的手笔。

我第一次登临宋王台，已是二十多年前的事了。当时宋王台已经由那位住在九龙自署"九龙真逸"的清朝遗老陈伯陶等人修理过。山腰四周筑有围墙，有一座小亭，并有一座牌楼式大门。倚着宋王台的石栏，可以东望鲤鱼门，北望九龙寨城和那一道直达海边的石桥码头。

这班遗老们写下了许多诗词题记，其中如陈伯陶的《瓜庐文賸》《瓜庐诗賸》，苏选楼编辑的《宋台秋唱》，都给我们保存了不少有关宋王台的史料。

陈伯陶等人发起修理宋王台，是一九一五年，即乙卯年，也就是袁世凯发昏要想当皇帝的那一年。宋王台的石墙和小亭是由福建人李瑞琴出钱修理的，陈伯陶有一篇《九龙宋王台麓新筑石垣记》记叙此事，载在《瓜庐文賸》中。记云：

> 九龙为海舶往来孔道，东迆鲤门，南擘香港，重峦抱其西，岩嶂服其北，而其中有土戴石，嵬然下瞰海堧者，则崖巅石刻曰宋王台。予以壬子夏五，养疴九龙，暇日登眺，退而考诸史乘，乃知斯地为古官富场，而台则宋益王昰于福州登极后，与弟卫王昺泛海南奔驻跸之所也。……乃至今日而荒烟蔓草，樵童渔叟踯躅于其间，漠然惟见海潮之澎湃与崖石之巑岏，盖相去已七百七十余年矣，微石刻又孰知为宋二王之遗躅乎。李君瑞琴虑古迹之遂湮也，乃周台之麓，缭以石垣，复筑亭石坡上，俾供游赏，而属予为之记。予谓《新安县志》称，台南北帝庙为宋行宫旧址，今庙右村名二王

殿，以此证之，其说盖信。《县志》又云，台后山有宋杨太妃女晋国公主墓。公主溺死，铸金身以葬，俗呼曰金夫人墓，故老云少时墓石犹存，今毁。又台之西北，有杨侯王庙，相传为宋末忠臣，不知名。余考之史，知即为杨太妃弟亮节。是皆宜磨崖书石，俾与兹台并传。李君曰善，因并志之，以谂来者。时乙卯夏五月，九龙真逸记。

这篇题记曾经刻石，现在也一起被毁坏了。陈伯陶又写过一首《宋王台怀古》七古，诗作得并不好，倒是诗序对于宋王台的历史和九龙古称官富场的沿革颇有一点考证，兹录于下：

九龙古官富场地，明初置巡司，嘉庆间总督百龄筑砦，改名九龙。道光间复改官富场巡司为九龙巡司，而官富场之名遂隐。其地东南有小山濒海，上有巨石，刻曰宋王台。……《一统志》称定行宫三十余所，可考者四，其一为官富场。《广州府志》则云殿址犹存，今惟厓山最著。兹地改称九龙，世罕有知之者矣。余登眺之暇，因为考证诸书，以著其实。石刻旧称宋王，以史称二王而然，兹正之曰宋皇台，使后之人无憾焉尔。

陈伯陶对于王皇两字看得这样的认真，正是遗老的怀抱。因此《宋台秋唱》集里"宋王台"都被写作"宋皇台"，正是贯彻他的主张。《宋台秋唱》集卷首还有一幅南海伍德彝画的《宋王台秋唱图》，点缀这班遗老们当年在宋王台上诗酒流连的盛况。

九龙宋王台

宋王台与《宋台秋唱》

民国十一年十二月，溥仪还没有被逐出故宫，曾举行所谓大婚典礼，当时许多遗老纷纷报效经费，其中有一位住在香港的陈伯陶，居然进献一万元之多。这位清朝遗老，别署九龙真逸，据他在大婚趋朝进奉奏折上自述，"生从东粤，入直南斋，衡文历滇黔泰岱之邦，提学莅淮海维扬之地"。清朝亡国以后，他便守节穷居，避地海滨。倒也幸亏他将这海外乐园当作首阳山，目睹荆棘铜驼，故宫禾黍，无意中便替九龙一带的古迹做了不少史地上的考证工作。他编了《东莞宋遗民录》《圣朝粤东遗民录》，又与一班遗老诗词唱和，大都以宋王台为吟咏中心，辑成了一部《宋台秋唱》。这部选集，可说是仅有的关于宋王台的诗集。

日本人占领香港期间，为了扩充九龙启德飞机场，曾将九龙城沿海一带山石炸平，从此宋王台已不复存在，仅成一个历史上的名词了。本来，自从九龙割让给英国以后，早有人向政府提议要开采宋王台的山石，幸亏居民反对，政府为了保存地方古迹起见，曾立碑禁止。据诺顿凯希的《香港法例法院史》上说，一八九八年八月十五日，由于立法局议员何启（Ho Kai）的提议，立法局通过了一件议案，为了保存宋王台这古迹，禁止将宋王台及其附近地段作为建筑或其他用途。据凯希氏说，何氏当日曾在立法局会议席上为这提案发表了一篇极有趣的演说，可惜今天已无从知道他的演说内容究竟怎样有趣了。从南宋末年到现在已近七百年，保存了这么久的一件古迹终于毁在日本人手里，纵使当时日本人为了炸毁宋王台曾举行过所谓迁移祭，这损失终于已经无可挽回了。

宋王台旧址，在九龙城海滨岸边，由几块岩石相叠而成。这地方古称官富场，是煮盐的盐场，相传南宋景炎二年，端宗曾避元兵于此，故名。嘉庆二十四年修的《新安县志》上说："宋王台在官富之东，有磐石方平数丈，昔帝昺驻跸于此，台侧巨石曾有宋王台三字。"我们要注意的是，这里所说的帝昺，实在是帝昰之误。帝昰就是端宗，是度宗的长子，帝昺是他的异母兄弟，原封康王，帝昰即位后，改封为卫王。景炎三年四月，端宗崩于碙洲，群臣纷纷散去，陆秀夫晓以大义，才共立卫王昺。后来陆秀夫在崖山抱了投水而死的便是他。他也许随了小朝廷一同到过九龙官富场，但当时还没有做皇帝，所以宋王台的对象实在该是帝昰。这本是很简单的事，不知为何，舒懋官等人修的《新安县志》竟会弄错了。

钱士升的《南宋书》说：景炎元年十二月，帝次甲子门，二年二月次梅蔚，四月次官富场。在这里一共住了六个月，直到这年九月，刘深率元兵攻浅湾（今之荃湾），才逃往秀山（今之虎门）。据《一统志》说，沿海一带，南宋行宫遗址有三十余所，官富场的宋王台，便是其中之一。台上巨石之下有天然的石窟，据说这就是石殿的遗址。台上的刻石本作"宋王台"，不知是谁人所题，有嘉庆丁卯（十二年）重修字样。端宗虽然是小朝廷，但到底承继南宋正统的，因此有人以为"宋王台"实在应作"宋皇台"。

宋王台不曾被日本人炸毁之前，本来有石栏围绕着，背后山坡上还有一座小亭，据说这些都是李瑞琴修建的，九龙真逸有《九龙宋王台麓新筑石垣记》记载此事，记云：

> 九龙为海舶往来孔道，东迤鲤门，南擘香港，重峦抱其西，岩嶂服其北，而其中有土戴石，嵬然下瞰海堧者，则崖巅石刻曰宋王台。予以壬子夏五，养疴九龙，暇日登眺，退而考诸史乘，乃知斯地为古官富场，而台则宋益王昰于福州登极后，与弟卫王昺泛海南奔驻跸之所也。……乃至今日而荒烟蔓草，樵童渔叟踯躅于其间，漠然惟见海潮之澎湃与崖石之巑岏，盖相去已七百七十余年矣，微石刻又孰知为宋二王之遗躅乎。李君瑞琴虑古迹之遂湮也，乃周台之麓，缭以石垣，复筑亭石坡上，俾供游赏，而属予为之记。予谓《新安县志》称，台南北帝庙为宋行宫旧址，今庙右村名二王殿，以此证之，其说盖信。《县志》又云，台后山有宋杨太妃女晋国公主墓。公主溺死，铸金身以葬，俗呼曰金夫人墓，故老云少时墓石犹存，今毁。又台之西北，有杨侯王庙，相传为宋末忠臣，不知名。余考之史，知即为杨太妃弟

宋王臺秋唱圖

南海伍乙莊繪

宋王台秋唱图　原载苏选楼辑《宋台秋唱》

香港风景

亮节。是皆宜磨崖书石,俾与兹台并传。李君曰善,因并志之,以谂来者。时乙卯夏五月,九龙真逸记。

九龙真逸就是陈伯陶,东莞人,民国初年住在九龙,与一班遗老们诗酒唱和,抒发对于逊清的怀念。丙辰秋天,他们于宋遗民赵秋晓的忌日,在宋王台设酒致祭,各人都作了许多诗,这就是《宋台秋唱》的由来,是由陈伯陶的同乡苏选楼编辑的,还画了一幅《宋王台秋唱图》,画家是南海伍德彝。这一切资料,在宋王台本身已不复存在的今天,倒渐渐觉得珍贵起来。

《宋台秋唱》集里的诗人,除了陈伯陶、苏选楼两人以外,还有梁又农、黄日坡、黄慈博、汪兆镛等人。陈伯陶有《宋皇台怀古》《宋行宫遗瓦歌》，又有《杨侯王庙迎神送神曲》，并有《登九龙城放歌》。苏选楼也有《暮春游九龙城废署有感》。后面两首可说是关于九龙城寨仅有的题咏。

兹录苏选楼所作《自题宋王台秋唱图》绝句四首如下：

一鞭残照上烟萝，驴背诗人自啸歌。黄叶疏林秋色好，海天还属宋山河。

鼎湖龙去石犹存，三字摩崖映鲤门。一曲水仙杯酒酹，白杨风飐国殇魂。

离离禾黍故宫秋，羞见降幡出石头。终古难消亡国恨，怒涛呜咽向东流。

渔樵闲坐话南朝，鸦点长堤柳拂桥。绘出苍凉天水碧，白头词客亦魂销。

北京北海公园九龙壁

龙年谈龙[1]

今年岁次壬辰,属龙,谈龙最宜。

不过,谈龙也有几种谈法。科学家喜欢谈论龙的有无问题,星象家关心的是龙的来踪去迹;攀龙附凤之辈到处追求真龙何在;市井之徒则随时随地都在设法"刮龙"[2]。前几年,启明老人出版了《谈龙集》,他简直又将谈龙当作了谈天那么不着边际了。我虽不是科学家,却认为龙的有无问题最好避而不谈,这好比谈论谁是人的创造者的问题,看来似是智慧而其实是愚蠢。当你严肃地举出某处所发现的史前生物化石可能就是大家所说的龙的遗迹时,他们却会指着龙王庙向你说这就是有龙的真实凭据,这叫人从何谈起呢?至于将龙与衣食连在一起来谈,又似乎太势利,而将谈龙当作"今天天气哈哈哈",可惜又没有那么淡泊。因此只好就我们日常所见到的龙的种种形象来谈谈,虽然只是一鳞半爪,好在神龙贵乎见首不见尾,似乎谈得愈隐约愈能表现龙的性

---

[1] 编者注:本文原载于《星岛周报》第13期,1952年。
[2] 编者注:"刮龙"在广东方言中是"以不正当手段剥刮钱财"之意。

保定一座寺庙门头的雕龙

格了。

中国的龙，在传说中虽是变化莫测的东西，但它也有若干定型。龙从珠，有龙必有珠。王充谓世俗画龙，马首蛇尾，又谓龙有九似[1]，角似鹿，头似驼，眼似兔，颈似蛇，腹似蜃，鳞似鲤，

---

[1] 编者注：根据宋人罗愿《尔雅翼》，"世俗画龙，马首蛇尾"和"龙有九似"的说法都来自王符。"世俗画龙之象，马首蛇尾"一说可见于王充《论衡·龙虚》。

爪似鹰，掌似虎，耳似牛。又有人谓龙无耳，以角听；更有人说龙根本是聋的。《说文》谓聋字从耳龙声，"龙耳亏聪，故谓之龙"。龙头上有物，名尺木，龙无尺木，则不能升天。龙喉下有鳞，名逆鳞，批之者死，所以有"毋批逆鳞"之诫。又因自古以来龙就是帝王的象征，所以龙又有四爪与五爪之分。百姓家里的用具上如果有了一条五爪金龙，那就要大祸临头了。

古来画龙最有名的是宋朝的陈所翁。从流传至今的画迹看来，他也不过懂得龙见首不见尾的气概而已。这也许是正统的画龙方法，因为那形象正与一切传说中的龙的模样吻合，因此被人称赞。但在唐宋以前，龙的式样就更为单纯古拙。至于三代器物上的龙，那就简直同蛇没有什么分别了。

明代的龙纹琉璃砖　　大英博物馆藏

叶氏龙谈 [1]

今年是农历龙年,老编先生点景,要我新春开笔写一篇谈龙的文章来应景。我想,叫别人犹可,叫我来谈龙,简直有一点是广东人所说的向我"攞景",而不是应景。因为众所周知,吾家的祖先的祖先,对于龙这种生物曾经有过一个不很光彩的故事:因为吾家从前有位老祖宗"好龙"成癖,自负是爱龙的专家,有一天这事给"龙"知道了,大约为了感激世上有这么一个难得的知己吧,特地现身来同他相见,不料竟把他吓坏了,原来吾家这位老祖宗虽以"好龙"得名,事实上真龙是什么样子,他始终未曾见过,才闹了这个笑话。

虽然世上的所谓专家,大都不过是这样。但是这故事既然出在吾家的祖先身上,而且众所周知,要翻案也不容易,只怕比聚仁先生为他家的阿瞒翻案更难。

好在龙之有无,至今还是疑问,因此当年真龙下降叶氏庭中之说,还有商榷余地。即使真的有龙,则龙凤龟麟,它是四灵之

---

[1] 编者注:本文选自《叶灵凤卷(香港文丛)》,三联书店(香港)有限公司1995年版。

唐代龙凤纹琉璃璧

首，对于真知己假知己都分不出，谈何灵哉，简直是条"乌龙"而已！

"乌龙"这个俗语，源出广东方言，我觉得它的来历大可研究。"摆乌龙""乌龙龙"，都是极妙的口语。百越为濒海之区，居民多以水为生，龙是水中的灵物，龙宫就设在水中。可是粤人在口语上对于"龙"竟这么不敬。动辄"乌龙"龙，必有所见而言，可知龙之"乌龙"之处必甚多，不只是"大水冲了龙王庙"而已。

要向龙"攞景"，最好是搬出孙悟空来，其次就是搬出哪吒也不错。读过《西游记》和《封神榜》的人，都知道威风凛凛的四海龙王，在他们这两个人的面前多么没有办法。尤其是孙悟空，他对于龙王简直像是小使一样地差遣，要风就风，要雨就雨，要它睡在油锅底下，它只好睡在油锅底下充当临时冷气机，使得滚油永远不会滚。

今年既是龙年，正是它当运之年，也许暂时可以得意一下，不致是"一条虫"，但是只要有孙悟空在，他一个筋斗云翻到空中，大叫一声"敖广兄弟何在"，它就不敢不拱手听命，要它引水上山就上山，要大海让路也只好让路的。

我对于龙虽然不视为灵物，但是对于它的传统形象则十分爱好，尤其是古器物和汉碑上的龙。不爱真龙而爱画龙，这大约正是吾家对于龙的传统态度吧。

屈子行吟　陈洪绶绘

屈原·楚辞和民俗

一、伟大的爱国诗人

"小雨疏疏过,长江滚滚流。落霞残照晚明楼。又是一番重午,身寄南州。罗绮纷香陌,鱼龙漾彩舟。不堪回首凤池头。谁道于今霜鬓,犹自淹留。"

这是宋人杨无咎的《重午词》[①]。时间过得快,又到了一年的端午节了。每到了这样的时候,剥着粽子,大家自不免想到了屈大夫;对于我们爱好文艺的人,更要想到他一生坎坷的遭遇和留下来的不朽作品。

我一向喜欢读《楚辞》,尤其是《离骚》《天问》和包括在《九歌》这一辑内的各章。辞藻华丽,想象丰富,情调哀婉;有丰富的民俗与神话的资料,也有范围很广的自然科学知识。从前人劝人读《诗经》,说最低限度可以多识得一些草木虫鱼之名。我觉得读屈原的《离骚》《九歌》《天问》等篇,最低限度也有这

---

① 编者注:词名实为《南歌子·次东坡端午韵》。

些同样的好处，因为这些东西在今天虽然被称为古典文学作品，在当时所采录的却全是民歌民谣和一些流行的民间文艺形式，因此这些作品里面包括了丰富的当时口语、俗谚，以及风俗、神话和自然科学的资料，无论从什么角度去欣赏研究它们，都可以获得丰富的酬报。就是仅从文艺欣赏的角度去接近，这些也都是百读不厌的作品。

  我就是一向以欣赏文艺作品的方式去读包括在这一部《楚辞》里面那许多作品的。这就是说，我只是将它们当作抒情诗、当作故事诗、当作歌谣来读，用感情直接去体会和享受，对于有些不可解的地方就任其不可解。因为屈原的这些作品，已经是在两千多年前就写下来的。就是金石，就是一幅画，经过了这许多年代，有些地方也不免要磨泐模糊了，何况是文字。加之屈原的作品富于地方色彩，有些口语方言，现在早已不用了，或是外乡人不易懂的，或是经过历代抄写刊刻，变成了鲁鱼亥豕，若是仔细一一琢磨研究起来，这就成了训诂学，这就成了校勘学，已经另是一种专门学问，绝不是一个一般文艺爱好者有能力去尝试的，而且这样一来，要逐字逐句去反复比较对勘，对于作品本身的欣赏乐趣已经大减，反而吃力不讨好。因此我认为若不是去从事专门研究，对于屈原的这些作品，我们不妨坐享其成，选择别人已经整理过的本子，再参阅一点必要的注释和介绍，就已经够我们受用不尽了。至于那些版本字句的校勘，古音的正确读法，甚至江河的方向和地理位置，作为屈原作品的普通欣赏者，是不必去过分地关心，而且事实上也没有这份关心的能力的。

国殇　陈洪绶绘

"袅袅兮秋风，洞庭波兮木叶下。"这是屈原《九歌》中的，两句词意多么萧飒美妙，可是自古至今，对于这个"洞庭"是否就是今日我们所说的"洞庭湖"问题，就已经不知起过了多少争论，有的说在江南，有的说在江北，有的说即今日的洞庭湖，有的说当年洞庭山下的另一洼小水，纷争不定。做学问的态度固然要严谨，一字不能放过。但是对于一般文艺爱好者，无论"洞庭"在什么地方，对于《九歌·湘夫人》这两句的欣赏，都是没有什么影响的。

屈原的《离骚》和其他作品，当然都是不容易读的。但是我认为若不是准备对于词赋去做专门的研究，就不宜过分去着重有

三閭大夫
卜居漁父

三閭大夫 卜居 漁父 蕭云從繪

关《楚辞》的那许多训诂和史地考证上的问题，那样就反而要妨碍对于作品本身的欣赏。

二、诗人生平事略

在欣赏屈原的作品以前，我们应该先知道一下他的生活。

关于这位大诗人的生平事迹，司马迁的《史记》有《屈原传》，这是我们今天可以读到的可靠而原始的资料。关于他的生卒年代，不同的考证很多，因为所据的资料的正确性是有限的。我在这里且引述郭沫若先生对于这问题所得的结论。据他考证，屈原生于楚宣王三十年左右，即公元前三四〇年前后；死于楚襄王二十一年，即公元前二七八年。他大约活了六十二三岁。有人推算他活了六十六七岁，但郭先生认为没有这么多。从他诞生的那一年算起，至今已快二千三百年了。他的一生，根据已经整理过的史料，可以概括如下。

屈原，名平字原。他与楚国王族本是同宗，所以是贵族家庭出身。司马迁的《史记》本传说他"博闻强志，明于治乱，娴于辞令"。他的为人一定是很干练的，再加上他出身贵族，所以很早就做了楚国的"左徒"，这是很高的一个官职，地位仅次于宰相。这时楚国是在楚怀王治下，屈原很得怀王的信任，参与国家的一切重要机密政事工作。在封建制度下，统治者的身边是照例少不了佞臣宠臣和新旧势力斗争的。从已有的史料看来，诗人屈原是想把楚国的政治军事和民生搞好的，因此他的所为自然遭受朝中旧势力的反对，引起若干同僚对他的嫉妒。《史记》中《屈原传》举出一事为例，说的是楚怀王因为听信谗言，开始疏远屈原的经过：有一次，屈原奉命草拟一项国家的重要宪令，起草尚未完竣，同僚上官大夫要求先看一下，并想据为己有。屈原当然拒绝了他的要求，上官大夫怀恨在心，知道屈原这人是无法妥协的，便暗中在怀王面前说屈原的坏话，屈原从此就失去信任了。

　　本来，在政治外交上，楚国是与齐国联盟的，这正是屈原的主张，所以秦国始终对这两国不敢正视。自从屈原被疏远后，楚国的联齐御秦自保的外交政策开始动摇了。秦国看见有机可乘，竟先在楚怀王左右布置了内线，然后再派张仪到楚国来，游说怀王与齐断交，愿意把"商於"一带六百里土地送给楚国作为交换条件。由于上官大夫等人的怂恿，楚怀王竟答应了。可是秦国破坏齐楚两国的联盟关系后，立刻食言，并不真的奉送六百里土地给楚国，反而开玩笑地说当时所答应的条件只是奉送"六里土地"。楚怀王当然生气了，又想恢复齐楚联盟，张仪竟又有本领勾结了楚怀王的宠妾郑袖的女儿，两国结为亲家。秦昭王要求楚怀王亲自到秦国去访问，怀王也答应了，结果昭王竟当面向怀王提出割地的要求，怀王不肯，立时就被软禁，过了三年幽禁的生活，最终死在秦国。

　　这时，正直忠贞的屈原，早已成为朝臣的眼中钉，被放逐到今日汉水上游一带。怀王的大儿子襄王继位后，次子子兰为宰相。虽然这时屈原被召回来，但是因为子兰当时是劝怀王入秦最力的人，一再向他责难。子兰这时是宰相，自然很容易地又在襄王面前说了屈原的坏话，再度将他放逐到江南。

屈原这一次的放逐，在湘沅一带辗转过了十多年的流亡生活。楚国的政治越来越不堪闻问了。楚襄王二十一年，也就是公元前二七八年，秦国大将白起领兵南下，竟攻破了楚国的都城，而且挖掘了楚王的祖坟。屈原得到这消息，就写了一篇《哀郢》以明志。这时他已是六十多岁的老人了，历经丧乱，眼看祖国由于奸邪弄谋，已经走上覆灭的末路，百姓从此也将更加流离失所，就在这年的五月五日，投入长沙附近的汨罗江自杀，结束了他悲痛的一生。

三、楚辞的内容

屈原虽然已经死了两千多年，但是这位忠贞爱国爱乡的伟大诗人所遗留下来的作品，却一直流传到今天，同他的声名共垂不朽。屈原作品所采取的形式，是介于"诗"与"赋"之间的一种字句长短不定的韵文体，这可说是当时流行在楚民族之间的一种民间文学形式，其中采用了很多楚国方言，又运用了楚人特有的歌诵声调，并且记载了楚国许多神话民俗和山川草木，是地方色彩很浓厚的作品，所以后人称他的作品为《楚辞》。

屈原遗留下来的全部作品，根据最早的班固《汉书·艺文志》的记载，共有二十五篇。今日通行的汉朝刘向所编的《楚辞》，其中包括了《离骚》，《九歌》十一篇，《天问》，《九章》九篇，《远游》，《卜居》和《渔父》，合起来恰好是二十五篇，与

《汉书·艺文志》所载的篇数相符。但是后人有怀疑《渔父》和《远游》都不是屈原的作品，而另有一篇未收入的《招魂》，前人说是宋玉追悼屈原所作，但现在已经断定是屈原自己的作品。据郭沫若先生的考证厘定，认为《楚辞》二十五篇的内容和先后次序是应该这样排列的：

> ……我把屈原赋的次第重新编排了一次：即《九歌》（十一篇），《招魂》，《天问》，《离骚》，《九章》（九篇），《卜居》，《渔父》。我把《卜居》、《渔父》排在最后，是作为附录的意思。

自然，在屈原的全部作品里面，他的代表作该是《离骚》。这是一首伟大的抒情长诗，全诗共有三百七十三句，二千四百九十字。由于他的这篇作品在我国文学史上所产生的重大影响，后人就称他的这种诗体为"骚体"。在我国文学史上，"风骚"并称，"风"是《国风》，就是收集在《诗经》里的那些歌谣古诗；"骚"就是指《离骚》，也就是指包括在《楚辞》里的屈原这些作品。它们对于我国文艺作品影响之大，几乎是不能估计的。

"离骚"两字的题名取义，从前有许多不同的解释。最标准的，如《史记》屈原本传引《淮南王》说："离骚者，犹离忧也。"王逸作《楚辞章句》也说："离，别也；骚，愁也。"但是也有人认为"离骚"两字是楚人俗语或歌曲的名称，总之不外是"抒发牢骚"之意。

人物龙凤帛画 湖南长沙楚墓出土

　　《离骚》是屈原晚年的作品，大约作于楚襄王时期与他被放逐到江南之际，所以通篇充满了低徊哀怨、惓怀故国之思。它的结构，一般都将它分为三大段，用自叙、回想、比喻、想象的手法，来发挥他心中的愤慨和对于国家的怀念。辞藻美丽，想象丰富，而爱国怀乡的感情充满了字里行间，读之能令人泪下，所以是少有的一篇伟大抒情作品。

　　《离骚》的文字，有些地方很不容易懂。对于中国文字修养

玄鳥貽喜

玄鸟贻喜 萧云从绘

比较浅的文艺爱好者，这是一个难题，好在现在已经有了郭沫若先生用语体文的今译，将它与原文对比着读起来，就便利理解多了。

屈原的另一篇杰作是《天问》，这是一首神话诗和故事诗。内容极为丰富，但是读起来比《离骚》更困难。因为其中运用了古史、神话、民间传说和自然现象为题材，用疑问的口吻加以质疑。这是一篇极恢奇的文艺作品。王逸在《楚辞章句》里解释《天问》的意义说：屈原放逐之后，流浪山泽之间，见到楚先王公卿的祠堂壁上，画有古史神话和山川草木的壁画，屈原便"呵而问之"，借以抒发自己胸中的愤懑，所以称为《天问》。

由于自古传抄下来的《天问》原文，不免有若干漏脱和前后颠倒的地方，再加之他所运用的那些神话传说，现在有许多已经失传了，这篇作品现在读起来，是屈原作品之中最难读的一篇，然而也是最恢奇有趣的一篇。

《九歌》的九字，并不是数目字，而是楚人祭祀时娱神的一种乐曲体裁，所以《九歌》并非九首，而是十一首，即《东皇太一》《云中君》《湘君》《湘夫人》《大司命》《少司命》《东君》《河伯》《山鬼》《国殇》《礼魂》。从这些小题上，我们已经可以看出它们同祭奠鬼神的关系很深。因此有许多人认为这些本是当时巫觋所用的乐曲，由屈原加以润饰修改的作品。这些小曲读起来，词意清快，简直像是牧歌和抒情小诗。

《九章》的内容，便与《九歌》完全不同，这是由后人收集起来的屈原九篇小品，所以著作年代先后不一，风格也不同。其中《橘颂》一篇，写作年代一定较早，其余八篇则是失意以后的作品。著名的哀悼楚国都城被秦将攻破的《哀郢》，就是《九章》之一。其中还有一篇《怀沙》，《史记》中《屈原传》说这篇的命题是怀抱沙石投江自沉之意，但是据近人的考释，这个"沙"乃是长沙，是怀念长沙之意。

四、有关诗人的民俗

我们一年一度的端午节，就是为了纪念这位伤时忧国，愤而投江自杀的大诗人的。虽然在我国风俗史上，每年五月五日另有夏季的其他许多风俗集结在这一天，但是吃粽子和划龙船，这两种端午节的最主要节目，毫无疑问是为了纪念屈原而设的。

《荆楚岁时记·五日事考》说，是日[①]竞渡，俗为屈原投汨罗日，伤其死所，故并命舟楫以拯之。又据《武陵竞渡略》说："竞渡事本招屈，实始沅湘之间。今洞庭以北武陵为沅，以南长沙为湘也，故划船之盛甲海内，盖犹有周楚之遗焉。"至于用粽子来纪念屈原的由来，则含有一点神话色彩，粽子古名角黍，《续齐谐记》说："屈原以五月五日投汨罗水，而楚人哀之，至此日，以竹筒贮米，投水以祭之。汉建武中，长沙区曲，白日忽见一士人，自云三闾大夫，谓曲曰：闻君当见祭，甚善。但常年所遗，恒为蛟龙所窃。今若有惠，可以楝叶塞其上，以彩丝缠之，此二物蛟龙所惮也。曲依其言。今世人五月五日作粽，并带楝叶及五色

---

① 编者注：原文为"五月五日"。

丝，皆汨罗水之遗风①。"

这是端午吃粽子的风俗由来。至于用竞渡来纪念屈原的原因，据《隋书·地理志》解释："屈原以五月望日赴汨罗，土人追至洞庭不见，湖大船小，莫得济者，乃歌曰：'何由得渡湖！'因尔鼓棹争归，竞会亭上，习以相传，为竞渡之戏。"原所武陵东门外旧有招屈亭的古迹，又有地名屈原巷，有小港名三闾港，更有竞会亭，这都是纪念他的。

由于舟子互相抢着去拯救投水自杀的屈原，就发展成为端午节龙舟竞赛的风俗；由于用食物投到水中去祭屈原，便演变成为后世端午吃粽子的风俗，这一切都显示对于这位伟大的爱国诗人，我们是怎样哀悼他的死，怎样地不会忘记他。

---

① 编者注：这段引文是《太平广记》引《续齐谐记》所载，与《续齐谐记》原文略有差异。

端阳喜庆　清代桃花坞木版年画

端阳竞渡

端阳龙舟竞渡,港人呼为"扒龙舟",北方则称"划龙船""赛龙舟"。端午节的许多点缀,都是与屈原投江有关的,龙舟竞渡也不能例外。据说起源于汨罗江上的船夫竞相去抢救这位投水的三闾大夫。但这是俗传,许多人则以为在屈原以前便有竞渡之举了。看来也许两方面都对,因为今日的端阳龙舟竞渡风俗,很有可能是原有的赛船风俗与追悼屈原联合一起产生的。

竞渡为纪念屈原之说,首见《荆楚岁时记》:"五月五日竞渡,俗为屈原投汨罗日,伤其死所,故并命舟楫以拯之,舸舟取其轻利,谓之飞凫。"《隋书·地理志》说得更详细:"屈原以五月望日赴汨罗,土人追至洞庭不见,湖大船小,莫得济者,乃歌曰:'何由得渡湖!'因尔鼓棹争归,竞会亭上,习以相传,为竞渡之戏。其迅楫齐驰,棹歌乱响,喧振水陆,观者如云,诸郡率然。"

然而又有人说是纪念伍子胥、曹娥,乃至纪念介之推的。但说得最好的是《武陵竞渡略》:"竞渡事本招屈,实始沅湘之间。今洞庭以北武陵为沅,以南长沙为湘也。故划船之盛甲海内,盖

端午　明新安汪氏《诗馀画谱》

犹有周楚之遗焉。"

　　无论端午龙舟竞渡是不是纪念屈原,但天下龙舟以湖南为最,则至今仍是事实。

东皇太一 萧云从绘《离骚图》

萧尺木的《离骚图》

为《离骚》作图的，著名的有李龙眠的白描《九歌图卷》。据王穉登的题跋说："此卷尤精密遒劲，用笔如屈铁丝，盖得意之作。"现在有很多临本，所画的是九歌中的东皇太一、云中君、湘夫人，以及"若有人兮山之阿，被薜荔兮带女萝"的山鬼画像。

此外，又有陈老莲的《九歌图》，也是有名的。共十二幅，除《国殇》《礼魂》外，并有一幅《屈子行吟图》，俱附在明崇祯年间出版的来钦之的《楚辞述注》卷首。这种明刊本有九歌图的《楚辞》，现在已经成为珍本书，很不容易买到了。

除了上述两种之外，还有一个尝试为《离骚》作图的人，便是萧尺木了。萧的《离骚图》，在神韵上当然比不上陈洪绶，但他除了《九歌》之外，居然有胆量动手去画《天问》，一共画了五十四幅，成为中国画家对于这部古文艺作品仅有的装饰。经萧尺木以后，至今还没有画家再尝试过。

萧尺木是明末清初时人，据秀水张庚的《国朝画征录》载，萧尺木，名云从，号无闷道人，江苏当涂人，明崇祯己卯贡

云中君 萧云从绘《离骚图》

生，山水不专宗法，自成一家，兼长人物[1]。《离骚图》本有刻本，现在已少见，而且已有佚缺。乾隆编辑《四库全书》时，也收入此图，并将所缺的补齐，从《离骚》以至《大召》，共成一百五十五图。

也许是受了一般尊《离骚》为"经"的遗毒，萧尺木的《离骚图》画得十分拘束，缺乏想象力，有些地方，在绘物象形方面，更力求与朱子的注释呼应，他也许认为这是他的长处，其实恰成了他作品的缺点。

---

[1] 编者注：《国朝画征录》原文为："萧云从，字尺木，号无闷道人，当涂人也，明经不仕。善山水，不专宗法，自成一家，笔亦清快可喜，与孙逸齐名，兼长人物。"

重阳　明新安汪氏《诗馀画谱》

重阳节的典故·风俗和意义

农历九月初九,是有名的重阳节,有些地方又称重九。这是每年季节从热到凉的真正转折点。因为过了立秋,虽然在节序上说,夏天已完,但气候照例仍很热,"秋老虎"更热得可怕,可是一过重阳,天气便无论如何不会再热了。所以北方人向来有"未吃重阳糕,夏衣莫打包"的谚语;这就是说,未过重阳节,天气仍有热起来的可能,只有过了重阳,夏天的衣服才可以真正地打包收藏起来留待明年再穿了。因为这样,重阳节在我们民间风俗上实在比中秋节更为重要。古人认为"九"是阳数,具有周而复始循环不尽之义。这时虽然是肃杀的秋天,却已暗藏着春天新生的萌芽,所以九月九日的这个节令就称为重九或重阳。

南方人在重阳节这天要拜山扫墓,这是在福建和两广一带的特有风俗,江浙人和长江以北各省人在重阳节是没有扫墓这风俗的。本来,古时秋天也有祭祖先的定例,称为秋祭,又称霜露祭,南方之在重阳节拜山,大约就是这古俗的遗意。

重阳节最重要的节目乃是登高,这是全国一致的风俗。从前城市中人平时很少有机会做户外活动,唯独每年三月三日的踏青，以及九月九日的登高，全家大小扶老携幼一起去做野外活动，尤其是重阳登高，爬到山上以后还要就地野餐，呼吸新鲜空气，疏散筋骨，实在是非常有意义的举动。重阳节的由来已经很古，本来是秋天的一个野宴游乐和讲武习射的假日（见《南齐书·礼志》和《荆楚岁时记》），但是到了道家思想在中国流行以后，重阳节就染上了迷信色彩，这就是重九登高避灾传说的由来。不过，秋天阖家到郊外爬山，锻炼体魄可以抵抗疾病，事实上就等于"避灾"，可见后来的传说仍含有若干这风俗的原意。

重阳节登高避灾这传说的由来，起于汉朝，据《续齐谐记》一书所载，汝南桓景向经过仙人传授的费长房学道，费对他说，九月九日汝家会有灾祸，你可以阖家出门登山去避灾，并要用纱囊盛茱萸戴在臂上，又要饮菊花酒。桓景听了他的话，全家到山上住了一天，夜晚回家，发觉剩在家中的鸡犬全都死了，据说它们都给活人挡了灾，从此就有了重九登高的传说，并且在这一天要喝菊花酒，佩茱萸，由此成为风俗。

茱萸是一种高大的落叶乔木，它的籽实朱红色累累如小葡萄，可以入药，古人重阳节所佩戴的就是这种植物的果实，诗人作诗咏重阳登高，总少不了要用这个典故。如唐朝的大诗人杜甫有名的七律《九日蓝田崔氏庄》，其中后两句就是："明年此会知谁健，醉把茱萸仔细看。"当时杜甫参加了在崔氏别庄举行的重九登高宴会，所以写了这首诗。杜甫有很多关于重阳登高的诗，都写得慷慨苍凉，表现了一位忧时爱国的大诗人在乱世缱绻景物

重阳节放风筝　T.Allom 绘，A.Willmore 刻版

感怀身世的意境。

　　重阳节还有一种风俗，是关于食物的，在北方各地至今还普遍流行，但在南方则少见，就是在重阳这一天要吃糕，称为重阳糕。这风俗也流传已经很久了，因为相传唐朝大诗人刘梦得，在重阳这天吃了重阳糕想作诗，可是从前作诗非要一句一字有出典有来历不可，"糕"字是个俗字，从前古书里是没有这个字的，刘梦得因为古人没有"糕"字，便不敢乱用，结果诗也作不成了，一时传为笑话。因此后人有诗嘲笑他道："刘郎不敢题糕字，空负诗中一世豪。"

这种重阳糕，从前北京人做得最拿手，糕上还要插一只用颜色纸剪成的三角小旗。这种彩旗有些是用刀刻成的，花纹图案非常精细，他们将许多小三角彩纸旗逐面黏在一起，联成一面大三角彩旗，每到重阳节，连同重阳糕一同送给出嫁的女儿。

据《燕京岁时记》所载，北京的重阳糕又称花糕，这是用面粉蒸成的，如普通的发糕与松糕，糕面嵌着枣栗干果，精细的则在糕内逐层夹着莲心、蜜枣等细果，分成三四层不等。

重阳既是登高佳节，古人每到这一天，一定要登高宴食赋诗，有山的上山，没有山的也要到城中的高楼上去眺望一番，所以流传下来的古人登高逸话很多，最有名的，如晋朝的孟嘉，随参军桓温①在重九一同登高龙山，一阵大风吹来，将孟嘉的帽子吹落了，孟嘉因为专心食酒作诗，自己竟不觉得。因此"龙山落帽"，便成为重九登高的一个有名佳话。还有田园大诗人陶渊明，最喜欢喝酒，重阳节这天恰巧身边没有钱沽酒，只好对着门外的菊花茫然出神，幸亏他的朋友王弘知道他穷得没有钱买酒，便差仆人送酒给他。陶渊明枯坐在菊花丛中望见王家的仆人来了，知道一定是送酒来的，后来果然没有料错，于是就放怀痛食一顿。因为王弘的这个送酒仆人是穿白衣的，就有了后世"白衣送酒"这个重阳节的典故。

还有，因为季节转换关系，重阳节向来是多风雨的。相传宋朝有位诗人潘大临，家里很穷，苏东坡、黄山谷等人很喜欢他

---

① 编者注：孟嘉是时任征西大将军桓温的参军，而非桓温任参军。

的诗,有一次有人写信问他可有新作否,他回信说,这几天秋风秋雨,本来是很好的作诗天气,可是欠了租,刚作好了一句诗,就给催租人打断了诗兴,从此作不下去了,现在仅奉上诗一句云云。这个故事见《冷斋夜话》,这一句诗是"满城风雨近重阳"。虽只有一句,从此却成了描写重阳节天气最具代表性的名句。

秋天本是最适宜于旅行郊游的季节,古人定在九月九日重阳节这天阖家大小登高爬山,虽然后来染上了迷信色彩,其原来动机却是非常有意义的,就是南方人在重阳这天拜山省墓,也是保存了另一种古风。所以重阳节登高,实在值得提倡。尤其是长期在城市居住的人,过着烦嚣的生活,在今天走到有山有水的郊外去,这样集体爬山之举,不仅可以锻炼体魄、振作精神,而且登临高处游目骋怀,面对先人庐墓、锦绣山河,也可以增加我们对家乡的怀念。若是身处海外,在重阳节登临高处,极目天末,想起诗人王维的重九登高名句:"独在异乡为异客,每逢佳节倍思亲。遥知兄弟登高处,遍插茱萸少一人",更能增加我们对于故乡和亲属的怀念了。

文财神武财神　木版年画

古今中外的财神

未谈财神的来源和种类之前，先说一个财神的故事，给看官们解解闷：

话说从前某处有一座冷庙，庙里有一尊财神和一尊观音菩萨。有一晚，两个菩萨聊天。财神爷说，世人的贫富都操在他的手上，因此谁都要敬重他。观音菩萨说，决定世人贫富的是他的命运，而命运之权却操在她的手里，如果她不赐给一个人该发财的命，就是有了财也不会发。结果两人争辩不下，便决定去实地试验一番。于是财神爷捧了一只金元宝，同观音娘娘一同走出庙门。庙外就是一座桥，这时恰巧有张三、李四两人向桥上走来。财神向观音说："请你暂时不要给他们注定贫富的命运，看我先试试我的手段。"说罢便将手中的金元宝放在桥头。这晚，张三、李四两人正喝醉了酒，两人歪歪倒倒地来到桥边。张三说，这座桥是他从小就走惯的，他就是闭了眼睛也不会摔倒。李四当然也不肯示弱，于是两人就闭着眼睛从桥上走过，因此财神摆在桥头的金元宝竟没有人看见。两人走过了桥，观音菩萨向财神说，现在该看看我的法力如何了。她说："我决定今晚该由张三发这一笔横财。"说罢,她就将那只金元宝藏到路旁的一个草堆中。话说张三、李四两人走过了桥,因为这晚吃得太多,张三忽然想大便,他就叫李四等他一下,自己钻到路旁草堆后面去大便,因为没有草纸,便毕就顺手去扯一把干草,不料一摸就摸到了那只金元宝。于是财神爷输了,这笔横财果然如观音娘娘所注定的那样,落到张三的手上。

这个故事当然很粗俗,但也可以给一般还不曾发财的人解嘲。因为只要观音大士一旦赐给他们一个发财的命,他们立即就可以发财了。因此观音娘娘虽该敬重,但是对于财神仍不可轻视。这也许就是世人明知观音法力大,但仍一致敬奉财神的道理。

发财可说是世人一致的愿望,不仅没有古今之别,而且也没有中外之分。因此中国有臭虫,外国也有臭虫;中国有财神,外国也有财神。外国财神名叫"玛门"(Mammon),据说原是上帝御前的一名天使,因事背叛了[①],遂成了"洋财神"。古代的法利赛人守财奴就最敬拜他,反而不敬上帝,因而引起耶稣大发牢骚,据《圣经·新约》马太福音和路加福音所载,耶稣曾一再劝告世人不可贪爱世俗的财宝,不要侍奉玛门,忘了侍奉上帝。可是世人对于玛门仍未能忘情,甚至英国大诗人弥尔顿在他的名作《失乐园》中,也不曾忘了提起他的权力。

中国本是多神之国,因此中国财神不仅有正财、偏财之分,而且还分文财神和武财神。文财神是增福财神财帛星君,武财神

[①] 编者注:指背叛了上帝。

则是我们的关老爷。关公曾经挂印封金，似乎不很爱财，不知他如何也能够左右我们的贫富。但既然有人到孔庙去求子（见《日贯斋涂说》：俗流妇人有露形登夫子之堂求子者[①]），则关公成了武财神也是极可能的事。至于正财神，是玄坛赵元帅；偏财神是五路财神。因此从前的皇帝在正月初二到财神庙去上香，所惊动便是赵玄坛。这表示做了皇帝虽仍然想发财，但总不好意思再想发偏财了。

玄坛的来源，出于道家。托名晋陶潜撰的伪书《搜神后记》说，赵玄坛是秦人，得道于钟南山。玄是北方，色黑，因此今日道士拜玄坛要向北方，而且神像的脸是黑色的。但是今日一般人奉玄坛为财神的根据，则出于小说《封神榜》。玄坛就是赵公明，他得道于峨眉山，受通天教主之邀，下山助阵，可是却给姜子牙用草人作法，拜了二十一天，用桃箭将他射死了。后来姜子牙封神，便封他为玄坛元帅，成了财神。他的神像十分威武，黑脸，手执钢鞭，跨着黑虎。左右还有两员大将，一名陈九公，一名姚少司，这两个人是被哪吒和杨戬打死的，后来都成了"招财利市"之神。此外还有两个童子，一名萧升，一名曹宝。许多人误会他们就是和合二仙，其实该是散财童子。

五路财神的来源很复杂，而且出身也没有赵公明那么堂皇。五路财神，北方人称之为五显财神，上海人俗称路头。有的说源出于古代的五祀，即门、户、行、灶、中霤五神，其中行神就是

[①] 编者注：原文为："流俗妇人多于孔庙祈子，殊为亵慢，有露形登夫子之榻者。"

赵公明与燃灯道人　山东杨家埠年画

西恒足
日

路神,因为路神有东南西北中五路之分,遂成了五路财神。但又有人说五路财神就是五通神的变相。五通本是淫祀,江南人最迷信五通神的威灵,可是在清初给官厅禁废了,遂改名为路头神。因为是邪神,他们所掌握的乃是偏财。

清人顾禄的《清嘉录》,对于五路财神的来源和接财神风俗曾有所考证。他说:

> (正月)五日,为路头神诞辰。金锣爆竹,牲醴毕陈,以争先为利市,必早起迎之,谓之接路头。……案《无锡县志》,五路神姓何名五路,元末御倭寇死,因祀之。今俗所祀财神曰五路,似与此五路无涉。或曰,即陈黄门侍郎先希冯公之五子。当黄门建祠翠微之阳,并祀五侯儿……明初,号五显灵顺庙,曰显聪显明显正显直显德。姑苏上方山香火尤盛,号为五圣。……康熙间,汤文正斌巡抚江苏,毁上方祠,不复,正五显为五通之伪,而祀者皆有禁矣。因更其名曰路头,亦曰财神。予谓今之路头,是五祀中之行神。所谓五路,当是东西南北中耳。

南方人通行的财神诞是正月初五,但北方的财神诞则在正月初二。北京彰义门外有座著名的五显财神庙,那里的财神诞庙会期便在初二。到了这一天,从黎明就有人赶着来烧香,等庙祝开门进去烧第一炷香,谓之"烧头香",甚至有隔夜就睡在庙门外以便捷足先登的,那情形颇与今日香港的贫苦病人在公立医院门前轮诊筹的情形相似。此外，烧香之后还要向庙中买一些纸锭元宝等带回家，谓之"借宝"，据说这样便可以发财，到了第二年又将加倍的纸锭元宝送回庙中，谓之"还宝"。这一来一往，借的人虽未必一定会发财，可是庙祝却绝不会赔本的，这也许就是财神庙之所以是财神庙。

北方的五显财神，其实就是南方的五路财神和五通神，清代俞蛟的《梦厂杂著》云："彰义门外有神祠三楹，俗呼五哥庙。塑五神列坐，皆擐甲持兵，即南方之'五通神'也。"

不过，对于五显财神，北京人却有一个不同的传说。据说他们原是五弟兄，姓伍，是五个大盗，专门劫富济贫，后来给捉到正法了，但是阴魂不散，时时作祟，遂由街坊醵资建庙，并在康熙年间敕封为五显。因为穷人前去求财特别灵验，遂成了今日的五显财神庙。

中国的财神，除了上述诸人之外，在民间传说中还有一位古怪的，那就是商朝的忠臣比干。比干被纣王挖了心，居然不死，一直到给一位妇人说破了才倒地，当然是一个可钦佩的人物，但他怎么会成了财神呢？在《封神榜》上，比干后来成了北斗七星之一，但这职位也不会使他成为财神的。何况，使一个失去心肝的人为财神，这未免太开玩笑了。

前面已经说过，赵玄坛是道家祀奉的财神，五路神是偏财之神，小商人和赌徒祀奉的居多。至于一般人家，所祀奉的财神乃是增福财神，也就是所谓财帛星君。样子非常文雅，饱满的白脸，五柳长须，与福禄寿三星站在一起，再加上喜神，就构成了

五路进财　木版套色武强年画

中国小市民向来所憧憬的人间最高幸福：福禄寿财喜。

在民间传说中，财帛星君时常会下凡，或是向有善缘的人点化，或是戏弄贪得无厌之徒。财帛星君的法宝是聚宝盆，也就是传说中的明初巨富沈万三家中所藏的宝贝，不仅能聚财，而且能生财，是一个取之不尽、用之不竭的宝库。

正月初五是财神诞，从前上海的叫花子，在这天早上要挨家挨户"送财神"。现在上海解放了，想来该不致再有这玩意儿存在了。香港没有财神庙，年初五也不见有人送财神上门。我想，这并非表示香港人清高不喜欢发财，也许他们所崇拜的乃是"洋财神"——玛门吧？

三百六十行图 清代

三百六十行的祖师

我国三百六十行,不仅行行出状元,而且行行都有祖师。昨日读报,见到马会职工同人举行集会,庆祝先师宝诞。他们的先师,原来是伯乐。"世有伯乐,然后有千里马。"以马为生的人奉伯乐为祖师,这倒是名正言顺的。只可惜职司铺草皮的"马迷",大约未能算在同行之列。因为他们已经属于另一行了。我不知赌徒的祖师是谁,但是我国从前制造骨牌骰子行业的祖师,却是个了不起的人物,因为他不是别人,乃是著《道德经》的老子。相传老子入西戎,造樗蒲,发明了所谓呼卢喝雉的掷骰子游戏。我想赌徒如果奉他为祖师,倒也甚合人选,因为他既著有《道德经》,赌品一定很好,绝不会滥赌的。

我国三百六十行,有一个共同的祖师,那就是关帝。大部分的行业,都是拜关帝的,不仅屠户如此。这大约旧时各业中人认为关公讲义气,而且扶正祛邪,敬他为师,不仅生意兴隆,还可以获得保护,防范宵小。所以连香港的侦探差人,他们也都是奉关帝为师,并不拜福尔摩斯或是苏格兰场创办人的。

从前我国妓院,奉白眉神,神像颇与关帝相似,也是美髯伟

汉寿亭侯关羽像

貌，跨马持刀，因此被人误会。他其实是另一个神，称为白眉神。清人谈迁①《枣林杂俎》云："教坊供白眉神，朔望用手帕针线刺神面，祷之甚谨，谓撒帕著人面。则或溺，不复他去。"据云白眉神就是古仙人洪崖先生，仙人为何成为妓院的保护神，实在令人想不通，也许他未成仙以前是一个广东人所说的"打斋鹤"吧。明人《野获编》②也说："近来狭邪家，多供关壮缪像，余窃以为亵渎正神，后乃知其不然，是名白眉神，长髯伟貌，骑马持刀，与关像略肖，但眉白而眼赤。京师相詈，指其人曰'白眉赤眼儿'者，必大恨成贸首仇，其猥贱可知。狭邪讳之，乃驾名

---

① 编者注：谈迁（1594—1658），明末清初史学家。
② 编者注：全称为《万历野获编》。

于关侯。坊曲娼女，初荐枕于人，必与其艾猳同拜此神，然后定情，南北两京皆然也。"

木匠泥水业的祖师是鲁班，这是尽人皆知的。从前唱戏的拜老郎神。据说老郎神就是唐明皇，因为唐明皇不仅喜欢看杨贵妃出浴，而且还能够撰曲唱歌、吹笛伴奏，所以成为戏曲界的祖师。

有些行业的祖师很偏僻，如茶博士的祖师是陆羽，明人闻龙《茶笺》云："鬻茶者，至陶其形，置炀突间，祀为茶神。可谓尊崇之极矣[①]。"可是做"茶神"也不好受，因为茶市生意不好时，茶博士便要将陆羽神像请出来，用一壶滚茶兜头一淋。

有些怪行业也有祖师，如太监的祖师是明永乐年间一个宦官武将，称为钢铁将军。最荒唐的是做贼的也有祖师，他们的祖师不是别个，乃是《水浒传》上以偷鸡盗甲著名的时迁。他的神像也很怪，作倒竖蜻蜓式，据说这样可以行动无声，是第一流的窃技。时迁的神像都是铜制的，很小，以便藏匿，据说从前曾有人在北京旧货摊上买到过一个。

鼓上蚤时迁　陈洪绶绘《水浒叶子》

[①] 编者注：引文典自《钦定古今图书集成·经济汇编·食货典·茶部汇考八》收录的（明）屠隆《考槃余事·茶笺》。闻龙《茶笺》并无此文。

梁山伯与祝英台　张光宇绘

花蝴蝶的恋爱故事

江浙一带的孩子们,在春天里看见花间翩跹的花蝴蝶,往往叫一种大型的黑色蝴蝶为祝英台,这是一种很美丽的凤尾蝶。他们又叫另外一种较小的黄色纱翅蝶为梁山伯。因为民间传说,这是梁山伯和祝英台这一对古代大情人死后精灵的化身。

梁山伯祝英台的故事,在我国流传得非常广。在从前,差不多各阶层的人都熟悉这个故事,而且也喜爱这个故事,诗人文士将他们写成诗歌传奇,民间的戏曲家将他们编成各种形式的地方戏,坊间也有多种梁山伯祝英台的七字唱本和木鱼书,南北各地,都有用不同方言唱的梁祝山歌,甚至远在陕西也有,如:

> 锣鼓打起来哟,
> 闲言丢开哟呵呵我的唱本;
> 祝英台哟,二伯子访友来哟。

云南的唱本则有这样的句子:

年年好唱祝英台，孤坟拦路墓门开，

英台同化痴情墓，一对蝴蝶飞出来。

早几年前，香港的电影界也有人以提倡民间故事为名，不知多少次拍摄过粤语的梁山伯祝英台的故事。这故事的流传范围之广，甚至南洋爪哇和朝鲜都知道，各有用当地语言写的梁山伯祝英台故事流传。

梁祝的恋爱故事是在三国以后的东晋时期发生的。东晋距今已有一千五百多年。因为时间已经这样久，流传的区域又这样广，所以我们今日所见的梁山伯祝英台的故事，已经成了一种传说，包括许多逐渐附会增添上去的枝节和神话。如四川传说的梁山伯祝英台的故事，说他们两人死后都被神仙救活，祝英台上山为寇，成了山寨女王，后来梁山伯做了官奉命去招安，两人始结为夫妇。

又如广东海陆丰的梁山伯祝英台的故事说是两人死后到阎王那里去告状，祝英台所许配的马家郎也向阴间告梁山伯谋夺他的妻子，结果阎王命判官查阅各人的"姻缘簿"，发觉梁祝二人本有姻缘，遂判马家郎退婚另娶，梁祝还魂成为夫妇。诸如此类的画蛇添足的可笑附会，都代表了各个时代环境下人们的不同愿望。无论怎样庸俗荒唐，都掩没不了梁祝故事本身的可爱之处。也正因为这样，梁山伯祝英台的故事才可以经历了千余年流传到今天。

中国旧时的宗法社会虽然是以男子为中心的，但梁山伯祝英台的故事，却毫无疑问是以祝英台为主角的。因为梁山伯不过是当时一个普通的读书人，祝英台却是以当时封建礼教社会的女子之身，为了求知欲，敢于女扮男装远远地离家出外去求学，后来为了恋爱自由，能一再反抗家庭，终于坚决地用自杀来殉她已死的爱人，实在是一个了不起的女子。这样的女子在当时可说是大逆不道的礼教叛徒，本来是不容别人对她有所赞许的，可是她所表现的伟大恋爱牺牲精神，实在使旧时为了恋爱和婚姻不自由而苦痛的男女，从她的行为上看出了自己愿望的化身，所以尽管历来有人将这故事改装蒙蔽，使他们复活，使他们成为神，使他们成为"正统"，但仍无法减低或歪曲一般人从心底所发出的对这故事的真正喜爱。

为了使大家明白梁山伯祝英台这个故事的由来和它最原始的形态，我且从浙江《宁波府志》等书上摘述两人的事迹大略记述于下。因为梁山伯曾做过宁波县令（当时称为鄞县），祝英台所许配的马氏子也是宁波乡下人，所以宁波地方关于他们两人流传的故事记载最多，同时也比较可靠。

据《宁波府志》和《宜兴荆溪县新志》等书说，祝英台，是东晋永和年间人，小字九娘，是上虞县的富家女儿，她兄弟姊妹都死了，只剩她一人，生得才貌双绝，所以父母对她非常疼爱。父亲要替她选配，她说，不如由我出去读书游学，访求合意的男子，她将自己化装成相士，她的父母竟认不出是自己的女儿，遂只好任她女扮男装出去求学，并且改名为九官。她在路上遇见了梁山伯，梁是会稽人，当时也是出外求学的。两人一见如故，并

河梁分袂　明刊《同窗记》插图

且结拜为兄弟，遂一同乘舟到宜兴善权山，在一个名叫碧藓庵的地方拜师读书。两人同居同宿三年，梁山伯始终不知道祝英台是女的，其间他虽然有几次觉得祝的举止不似男子，可是总给祝英台用种种言语瞒过了。后来祝的家中来信叫她回去，她也有一点想家，只好辍学回去。临行的时候，两人依依不舍。祝这时很想向梁表示自己的爱，说明自己真是女儿身，可是又没有这勇气，她只好在梁山伯下山送她上船的一段途中，用种种暗示向他表示，可惜梁山伯始终不领悟，最后直到分手的时候，祝英台只好向梁山伯约定日期，请他到期见访，并说家里有一个妹妹可以许配给他。

后来日期终于到了，梁山伯因为自己家贫亲老，无意进行婚事，因此跨蹰不去。结果日期已过，祝英台遂由她父母将她许给鄞城廊头马家的儿子马文进为妻。后来梁山伯为地方官绅推荐，被任为鄞县令。路过上虞祝家庄，这时候才有勇气去访问旧日的同窗"祝九官"。可是祝家的仆人说他家只有一位九娘，并无九官，而且根本没有到外边读书回来的男官人。梁山伯这时才醒悟，知道祝英台真是女人，遂请相见。

祝英台知道梁山伯来到了，但自己已由家中许配给马家，为礼教所束缚，只能出来侧身拜了一拜就进去，不敢多说一句话。梁山伯看见自己铸成大错，痛骂自己是傻瓜，竟因此得病，不久便死了。他遗嘱要葬在鄞县清道山九陇墟下。梁死后，祝英台曾去吊孝，并且违抗父命，穿了孝服去痛哭。后来马家迎娶的日子到了，祝英台作新嫁娘，迎亲的船只经过九陇墟下时竟搁浅不前。祝英台知道梁山伯的坟就在这里，便上岸去祭墓。她临墓痛哭，据说这时忽然风雨大作，坟墓裂开，祝英台便扑入墓中，墓又复合，在旁的人抢救不及，只扯下一片裙角，后来就化为蝴蝶。

这就是最动人的梁山伯祝英台故事的大概。有些书上还说，马家子因为不甘损失，曾告官请开棺查验，墓内有大蛇护棺，乡人不敢接近。后来丞相谢安将这事上奏，朝廷便敕封祝英台为义妇，并勒石立碑为纪念云云。至今宁波有梁山伯庙，称为梁圣君庙，并有梁山伯墓。宜兴善卷山的善权寺也有"祝英台读书处"的古迹。

此外各地有关梁祝的古迹也很多，甚至山东曲阜的孔庙内也有梁祝读书台的古迹。梁祝是江浙人，在当时怎么会这么远一同跑到山东曲阜去读书呢？这显然是后人附会的，虽然可笑，但也可以看出这个故事流传之广和感人之深。

梁山伯祝英台的故事，颇近于莎士比亚所写的罗密欧与朱丽叶的恋爱故事。罗朱在西洋被称为古今大情人的模范。但我们依据这两个故事的内容来看，罗密欧朱丽叶不过是中世纪的恋爱至上主义者，为了恋爱而恋爱，服毒自杀又在墓中复醒的场面，不过是一个"大团圆"。但梁祝故事便曲折委婉得多，尤其是祝英台所表现的那种个性，多么有人情味，又多么富有反抗精神。不要以为她是消极地自杀了，这在当时已经是一个女子对于幸福婚姻生活和恋爱自由所能表示的最积极的举动。末尾化成蝴蝶的一段传说，也比罗密欧与朱丽叶的大团圆收场要美丽得多。这正是民间传说中充满了诗意的想象。而且这想象是积极的，象征他们两人终于在牺牲中完成了自己的愿望。

用梁祝故事编成的传奇戏曲，从明末就已经流行。因为梁祝两人的家乡相传就是绍兴和上虞，他们又在宜兴读书，死在宁波，因此浙江的地方戏扮演他们两人故事的最多，也最受欢迎。最近在国内各地上演的越剧《梁祝哀史》，便是新改编的梁山伯祝英台这一段为了幸福恋爱生活而奋斗的悲剧故事。虽是改编的，但仍保存了原有民间传说的最大成分，如死后化为蝴蝶，等等，因为这实在是很合理而又美丽的想象。越剧中并有一出名为"楼台会"的戏，描写梁祝在家中的真实恋情和心理非常细腻，最近也改编拍成了电影。

祝英台如果生在今天，她当然无须自杀来殉情。但在一千五百多年前，她在经过那样的大胆反抗之后，仍然无法实现自己的愿望，当然只能用死来表示自己的抗议，因为这在当时已是像她那样的女子所能做得出的最积极的行动了。于是千余年以来，祝英台这个人物就始终成为民间所钦佩爱护的人物，而那一对翩跹的蝴蝶和他们的传说，也就永远活在追求自由恋爱和幸福的儿女们的心上了。

古器图册　清代

古器释名

壶

是古代盛酒浆的礼器。形制有方有圆。《礼记》云,宗庙之祭,五献之尊,门外缶,门内壶。注疏说,"壶大一石"。虽然重量古今不同,但今日我们所见到的"壶",体积大多很大,总有一尺多高。有的有耳,有的有环。壶本是有盖的,但今日所见到的壶,多数都遗失"盖"了。

盘

是盛器又是盥器。古时会诸侯,用珠盘以盛牛耳之血作结

盟之用。但普通则当作盥器。《大学》所引的汤之盘铭，其辞曰"苟日新，日日新，又日新"，则是浴盘的铭。流传至今著名的盘，有散氏盘等。

鼎

这是今日最为人熟知的古器。鼎本是圆形三足的，但也有四足的方鼎。今日我们所见到的鼎，大都已变成了香炉。鼎在古代虽也作为陈设之用的重器，但主要还是用作烹饪食物。有时则又当作祭祀陈列牲体之用。

簠

音甫，原本是古时祭祀宴飨盛谷类之具，刻木或编竹为之。但后来则改为铜制的了，所以这个字的上头还是竹字头。簠与簋都是同类的东西，大都认为方者为簠，

圆者为簋。

簋

音宄，与簠是同一类的古代礼器。簋多数是圆的，有时也有方的。原来是盛枣栗之类干果的，但改用铜制以后，就成为普通的食器。今日我们吃饭用四样菜，一般已经称为四簋了。

爵

饮酒用的礼器，俗称爵杯，三脚两柱，两旁还有扳手。爵与雀通，因此从前有人认为爵杯是像雀形而设计的，这未必可信。

匜

音移,这东西有两种用途,一种用于注酒,一种则是盥器。古人谓侍奉人为奉匜沃盥。它的扳手多用牛羊为饰,据说即象征女性对于男性顺从之意。

卣

音酉,中型的盛酒器。《博古图》说,夏商之世,总谓之彝。后人认为上尊曰彝,中尊曰卣,下尊曰壶。卣除了有盖有提梁之外,有的还有喙。

尊

这也是盛酒的礼器。古时尊彝并称。后人释彝为常用的酒器，尊则是特别郑重时用的。

觚

音孤，较爵更大的饮酒器。《周礼》谓勺一升，爵一升，觚三升。觚的形式，敞口狭腹，花纹多是饕餮纹。饮酒虽是礼貌，但醉酒或酗酒便要失礼失德，据说觚上的饕餮纹便是作鉴戒之用的。

凤翔年画《拾玉镯》

古玉图释

关于古玉图形的谱录，最早最完备的是宋代龙大渊所编的《古玉图谱》，记当时宫廷所藏的玉器，全书一百卷，附有图七百幅，真是洋洋大观。近代中外所出版的研究玉器的著作，虽然能有将实物摄影制版的便利，但仍越不出它的范围。其次是清代吴大澂的《古玉图考》，篇幅虽少，但在古玉形象名称上颇做了一些考证工夫，而且颇有见地。我们若不想对中国古玉做专门的研究，而只是在鉴赏上具备一点必要的准备知识，则翻阅一下上述的两部著作，也足够应用了。

中国的玉器，绝早已见记载。古代对于玉的尊重情形，真不是我们现在所能想象的。国家的重要典章制度，都用玉来作象征和准则，差不多视为圣物，决非现在仅视为装饰物或古董玩物的可比。这种风气自三代以至汉朝都维持不堕，所以今日所谓"古玉"，最低限度也要是"汉玉"才有资格够得上这称呼。汉以后的玉器的制作，已着重于装饰陈设品，甚或三代古器的仿制和伪造，已经丧失古代用玉的原意了。

玉的色泽很多，古称玉有九色，以苍璧礼天，黄琮礼地，青

玉璧 约公元前2500年，大英博物馆藏

圭礼东方，赤璋礼南方，白琥礼西方，玄璜礼北方，后来古董家根据古玉入土后受了其他物质的侵沁所起的变化，所定的色泽名称更多。

中国古玉的特点，是质地坚实，看来有一种敦厚温润的感觉，形式古朴和辗工精妙还是其次，这就是古人比德于玉的道理。这是对于古玉鉴赏的最高境界，绝不是一般古玩商人和伧俗[1]的暴发户所能理解的。

---

[1] 编者注：伧俗，粗野庸俗之意。

骆驼载乐俑　西安鲜于庭诲墓

中国古俑精华

《礼记·檀弓》谓"为俑者不仁",孔老夫子也说"始作俑者,其无后乎"。其实,俑是用来替代古代殉葬的活人的。所以我们还可以从殷墟的坟墓里见到被杀殉葬的奴隶的遗骸,但以后所见到的则只有俑和明器了。在人道上说,这实在是进步的大仁举动。无论如何,用土木来代替活人,总是文明得多了。

今日所见到的俑,以唐墓出土的最多,汉墓也有,秦以前则很少见到。汉人殉葬的俑和明器,规模最大,包括日常饮食起居用具以至车马仆从,规定有四十二种一百九十余件之多,此外还有俑三十六具,涂车九乘。所以我们见到今日出土的汉代瓦陶明器,其中井灶鸡犬无不具备,而那种整队的骑兵武士和扬袖起舞的乐伎,实在是洋洋大观。唐俑有的是彩色的,较汉墓中的更为精致,而且开始渗入了外来的影响,造型也愈加优美。唐人对于丧葬仪式比汉人更加重视,明器视生前服官品秩而定,九品以上四十件,五品以上六十件,三品以上九十件,埏马偶人高一尺,乐队僮仆之属率长七寸。因此,今日出土的唐俑最多,而那种带有外来风格的驼马,更为艺术爱好者所珍视。中国的古俑和明器，向来不为古董家所重视。其实这是中国艺术最接近生活的制品，是研究社会史和风俗史的绝好资料。因为它的制作动机是要供死者身后服用，所以一切形象无不刻意模仿原物，务求逼真，因此给我们保存了不少当时最真实的社会生活史料。这不像供诸庙堂之上的那些大件的雕塑，而是非常接近日常生活和非常写实的。除了作为艺术品外，研究古俑和明器的重点实应该放在这上面，可惜至今很少有人注意到。

秦骑兵俑和陶马

麦积山雕塑供养者像头部 宋代

我国佛教石窟艺术遗迹

我国初期佛教建筑艺术遗迹，因为当时寺院多是木构建筑，历经兵燹火灾，至今已荡然无存。且不说我国最早的佛寺，汉永平十一年（公元六八年）创立的洛阳白马寺和寺内的著名壁画《千乘万骑绕塔三匝图》，这些胜迹的模样如何，由于早经毁灭，至今无人能够臆断。就是后来六朝最壮丽的佛教建筑永宁寺，我们至今也只能从文字记载上想象其盛况。洛阳永宁寺为北魏胡太后所建（建于魏熙平元年，公元五一六年），寺中的九级浮屠，华丽冠绝当世。据《洛阳伽蓝记》云：

> 永宁寺，熙平元年灵太后胡氏所立也，在宫前阊阖门南一里御道西。……中有九层浮图一所，架木为之，举高九十丈。上有金刹，复高十丈；合去地一千尺。去京师百里，已遥见之。……刹上有金宝瓶，容二十五斛。宝瓶下有承露金盘一十一重，周匝皆垂金铎。复有铁锁四道，引刹向浮图四角，锁上亦有金铎，铎大小如一石瓮子。浮图有九级，角角皆悬金铎，合上下有一百三十铎。浮图有四面，面有三户六

窗，户皆朱漆。扉上各有五行金钉，合有五千四百枚，复有金环铺首。殚土木之功，穷造形之巧……浮图北有佛殿一所，形如太极。殿中有丈八金像一躯、中长金像十躯、绣珠像三躯、织成五躯，作工奇巧，冠于当世。僧房楼观，一千余间……寺院墙皆施短椽，以瓦覆之，若今宫墙也。四面各开一门。南门楼三重，通三道，去地二十丈，形制似今端门。图以云气，画彩仙灵，绮钱青璅，辉赫丽华。拱门有四力士、四师子，饰以金银，加之珠玉，庄严焕炳，世所未闻。

这样一座宏大壮丽冠绝宇内的寺院，在落成以后，不到二十年，就在孝武帝永熙三年（公元五三四年）二月毁于火灾。相传大火三月不灭，周年犹有烟气云。

永宁寺的命运，正是我国古代一切艺术建筑命运的代表，结果总是毁于火灾，化为灰烬。因此，现在要想研究我国古代佛教艺术，只有向分布于全国各地悬崖峭壁之上的石窟遗迹中去寻求。其中如著名的敦煌莫高窟，开凿于东晋太和元年（公元三六六年），比永宁寺的建造时间更早了一百五十年。永宁寺早已片瓦无存，但莫高窟由乐僔和尚最初开凿的若干石窟，虽一再遭受自然风沙的蚀剥和人为的损害，经历千余年至今，仍旧多少可以窥见一点当年的本来面目。

这些石窟虽是宗教建筑，但因为古代佛教势力兴盛，所有的石窟开凿，同大寺院一样，差不多都是由皈依佛教的帝后，以国家财力去经营的；就是私人为了祈冥福而开凿石窟，也不惜倾家

麦积山悬崖上的佛像

荡产去完成。所以除了皇帝富豪的宫室园林以外，佛教建筑实是我国古代艺术的集中地。它们虽是宗教的，实际上不啻是我国古代艺术的精髓所在。古代的宫殿和园林巨宅，它们也像古代的寺院一样，多是木构建筑，最容易遭遇火灾。虽然在文字记载上尚有若干资料流传下来，但可供我们印证的实物，可说一点也没有了，幸亏还有石窟。保存在石窟的雕像、壁画和塑像，大部分都是完成于隋唐和南北朝的。这些宝贵的艺术遗产，历年经不肖商人串通外人盗卖窃取，损失甚大。所幸这种现象现在绝对不会出现了，在政府和人民保护修葺之下，已足够我们艺术爱好者安心研究和欣赏了。这些现存的我国佛教石窟艺术遗迹，除敦煌千佛洞外，还有大同云冈石窟、伊阙龙门石窟、太原天龙山石窟、榆林万佛峡石窟，以及近年所发现的甘肃天水麦积山石窟、小积石山炳灵寺石窟，都是惊心骇目、美不胜收的古代艺术伟绩。此外，如河南巩县[①]石窟、南北响堂山石窟，以及分布在山西、山东许多规模较小的石窟私佛龛，以及南京栖霞山的石窟雕刻，最近许多人专程去研究欣赏的四川大足[②]石刻，都是优秀的佛教艺术遗迹。这些石窟佛龛的开凿修建年代，自南北朝以迄唐宋都经营不断，甚至有些到了元明还在继续经营。对于研究我国古代艺术的人，实在是丰富无比的资料源泉。我们平时在古董市场上偶然见了一两幅唐刻宋画，不逮鉴别真伪，就已经刮目相看。但是

---

① 编者注：今巩义市。
② 编者注：今重庆市大足区。

在这些石窟内，所保存的绝无可疑的唐刻宋画，乃至六朝的精品真迹，几乎随处可见。所以这些石窟遗迹对于艺术爱好者，实在是最值得珍惜和重视的伟大艺术遗产。

（附注：这是我在写作中的《中国艺术简史》初稿中的一章，《文艺》编者索稿，特录出向读者就正。）

云冈石窟大佛　沙畹《华北考古记》

五百盲贼得眼之修禅　敦煌莫高窟壁画

千佛洞及其壁画

在今甘肃省敦煌县[①]东南的鸣沙山，山上的沙石，受到从沙漠吹来的朔风拂掠，时能嘘嘘作响，所以名为鸣沙山。山腰有一带断崖峭壁，其上开凿了几百个洞窟，内中供着佛像，四壁上下遍施彩绘，这就是著名的敦煌千佛洞。

千佛洞最初开凿的年代，已经没有直接的记载可供考证，仅能从现存的圣历二年（公元六九八年）李怀让重修莫高窟碑上，知道在前秦苻坚的建元二年（公元三六六年）沙门乐僔，曾在山上开凿第一座佛窟，称为莫高窟。所以敦煌千佛洞古时又称莫高窟。但据《沙州志》所载，则说修于晋永和八年，即公元三五二年，这比三六六年又早了十余年，未知哪一种记载可靠。但无论怎样，千佛洞从晋朝就已经开始建造，则已经是可以确认的事实。

千佛洞并不是一朝一夕建造的，自晋代开建第一座洞窟以来，经过南北朝，隋唐五代，直至宋元，一共经历千余年，都在不断的增修兴建之中，所以佛洞越建越多，所占的面积也越来越

---

① 编者注：今敦煌市。

千佛洞洞窟

大。元以后，继续开凿石窟的工程似乎停顿了，但千佛洞仍是中国西北佛教徒瞻仰的圣地，至今不衰。

因为西北边陲风沙大，鸣沙山的石质又是沙石掺杂的，所以千佛洞的规模虽然宏大，但历时千余年，且不说人为的损害，仅是自然风霜的蚀剥就已经很厉害。据唐朝的修窟题记，当时千佛洞的范围，西起九陇坂，东迄三危峰，上下共有一千余龛。后来历经沙碛摧毁掩没，至清末经法国的伯希和等人调查编号时，仅存三百余洞。但最近十余年来，由于敦煌艺术研究所同人不断的整理发掘，清除粪土积沙，陆续发现了许多被湮没多年的洞窟，目前已经编号的共有四百六十九洞[①]。

历朝开凿的石洞，以唐朝最多，现存四百余洞，其中有一半是在唐朝开凿的。洞的面积大小不一，有高达三十六米，有长十七米者。洞内都有壁画和塑像，很少有雕像，这是因为鸣沙山的石质不宜雕刻的缘故。原来洞门前各有木构的门楼，彼此之间还有栈道梯级互相沟通，现在这些木构建筑物早已坍毁，甚至有些洞窟的入口也崩溃，内部的壁画塑像已经暴露在外，有的洞顶塌下，上下两个洞变成一个洞了。

研究中国美术史是离不开中国古代壁画的。从汉代以至六朝、隋、唐的大画家所创作的画，都是壁画。宋、元以后的画坛被当权人物所窃据，许多民间艺人都被湮没了。加以历经兵燹，

---

① 编者注：1951 年，敦煌研究所公布重新梳理的莫高窟编号，时为 469 号。2003 年以来，莫高窟南北二区洞窟编号总计为 767 个。

九色鹿　敦煌莫高窟壁画

大多数壁画随宫殿寺院而俱毁。直至敦煌千佛洞壁画的发现，从六朝至元代约千年来的绘画史，才得到大批资料，在研究工作上有了系统，同时纠正了过去艺术批评者的错误。

千佛洞的壁画，规模十分宏伟。从北魏、西魏、隋、唐、五代以至宋、元各代都有重要的作品保留在那里。具有各种各类的题材，各式各样的风格。尤以研究我国文化遗产、历代衣冠、文物制度以及美术工艺图案等工作，都有很重要的贡献。敦煌壁画可称是我国无上珍贵的艺术宝藏，且是世界上绝无仅有的最宏大的美术馆。

近年来我国重视古代文物，加以保护、整理和研究，这座中国古代艺术最丰富的宝藏，才真正保存下来。

玉女　永乐宫三清殿北壁

永乐宫壁画的画家题名

关于永乐宫壁画的内容、绘制年代和绘制这些壁画的画家们，在国内还不见有较详细的研究文字发表。文物出版社在一九五八年出版的那册《永乐宫壁画选集》，只是一般介绍性质的画册，说明很简单，图版也不够大，郑振铎先生的那篇序言也只是一般的概括介绍。因此未曾有机会到过永乐宫，未曾见过原件的人，要凭这本画册来有所研究，是不够的。所幸者，图版第四十二曾将三清殿上的题记摄影印入了，使我们初步知道了这些壁画作者的姓氏。这几行题记，据图版说明是在"三清殿内槽北扇墙顶部"的。没有平面图解，很难知道这题记的位置究竟是在三清殿内何处，但这也无关紧要，因为要紧的乃是题记文字的本身。这题记共有十七行，文字是：

河南府洛京勾山马君祥长男马七待诏把作正殿前面七间东山四间殿□□□心东面□半正□云气五间泰定二年六月工毕门人王□□王二待诏赵待诏马十一待诏马十二待诏马十三待诏范待诏魏待诏方待诏赵待诏

除了几个模糊难辨的字之外，这题记使我们知道永乐宫三清殿壁画，是在元泰定二年（公元一三二五年）由洛阳马君祥的长男马七待诏率领一批门人绘制的。

除了这几行题记之外，据郑振铎的序文所载，在永乐宫后座纯阳殿的壁上，还有元至正十八年（公元一三五八年）这样的题记："禽昌朱好古门人李弘宜、王士彦、王椿、张秀实、卫德、张遵礼、田德新、曹德敏。"

这也是画家的题名，可惜《永乐宫壁画选集》里没有制版印出来。看来既然三清殿和纯阳殿的壁画都有画家题记，其余的无极门、重阳殿等处的壁画，一定也有，但是不见提起，也许已经剥落了。

待诏本是御用画院画师的尊称，可能后来凡是从画院画师学画出身的画家，一般也都称他们为某某待诏，因此永乐宫壁画上的题名，才有那么多的待诏。同时，西北一带固然特多姓马的，但是洛阳马君祥一家人似乎乃是世代以壁画为专业的，因此除了长男马七待诏之外，当时一同从事永乐宫壁画制作者，还有马十一、马十二、马十三这许多姓马的画家。

在纯阳殿壁画上题名的禽昌朱好古，显然也是当时一位有名的壁画专业画家，因为他除了有李弘宜等那许多门人以外，在加拿大多伦多博物院所藏的自我国山西稷山县兴化寺盗窃去的一幅元代佛教壁画，其上也有朱好古和他的门人的题名。

在美国传教士怀履光的那部《中国壁画》里，载有两个中国学生抄给多伦多博物院的一些有关他们所藏的那幅壁画的资料。

天丁力士　永乐宫三清殿东壁

这是他们将壁画已经偷盗回去以后，为了取得一点研究资料，才委托这两个学生去的。

两人看来是当时教会学校的学生，也许根本不知道壁画被盗窃的事。他们是在一九三八年夏天利用暑假的闲暇去的。在关于稷山县兴化寺的调查报告里，有一则抄自兴化寺北院壁画上的题记，记载这寺院建筑的捐助者和绘制壁画画师的姓氏，以及完工日期。题记云：

> 当院贿绘画大雄殿主（一行）。讲经沙门安和尚施地（一行）。讲经沙门宁和尚施地（一行）。宁和尚又施地壹拾贰亩（一行）。襄陵县绘画待诏朱好古门徒张伯渊（一行）。时大元国岁次戊戌仲秋冀生十四叶工毕（一行）。

这两个学生大约没有带摄影机，所以没有摄影，只抄下题记寄回去。同时他们中文程度又很差，认不清壁上的字迹，题记中有几个字显然抄错了。说不定每行上下还有其他的字，模糊看不清，被他们漏抄了。但无论怎样，这是一点非常可贵的资料，使我们知道为永乐宫纯阳殿作壁画的"禽昌朱好古"和他的门人，也在兴化寺画了这幅壁画。永乐宫纯阳殿的题记年月是元至正十八年，即公元一三五八年。兴化寺的题记年月是"时大元国岁次戊戌仲秋"。这里虽没有纪年，但是若这题记抄得完全正确，就发生了一件有趣的事。因为至正十八年就是"戊戌"，那么，兴化寺的壁画竟与永乐宫纯阳殿的壁画，是由朱好古和他的门人在同一年绘成的了。

兴化寺的所在地稷山县和永乐宫所在地永济县[①]，都在山西南部的黄河北岸，相距不远。朱好古既是当时作壁画的能手，则同时主持两地的壁画工作，是完全有可能的。

永乐宫纯阳殿的题记中，已经记下了八个朱好古门人的名字，但是在兴化寺的题记中，又出现一个"张伯渊"，可见他的门徒实在不少。

同时，他既为道观作壁画，也为佛寺作壁画，不难想象他的手上一定拥有各式自古相传的壁画粉本[②]，能适应各项要求，可惜这些粉本现在都失传了。据说永乐宫原本藏有一套壁画的粉本，这是预备有损坏时依样补绘的，直到抗日战争时才失去，这更可惜了。

[①] 编者注：今永济市。
[②] 编者注：粉本，是古代绘画施粉上样的稿本。

五台山东台之顶　敦煌莫高窟壁画

五台胜迹

五台山在山西五台县东北，高出海面三千余米。山西本多高原，五台山又高耸于高原一千余米之上。这是中国北方有名的佛教圣地，比南方的普陀珞珈更有名。

五台得名的由来，是因为这座山有五座山峰，以中峰为主，向四面分驰。中峰名为中台，其余名为东西南北四台，是谓五台，其中以北台最高。著名的佛教寺院，多在中峰下的山谷中，旧时相传共有丛林大刹三百余所，后来逐渐湮没废弃，现在也仍有百余座，不过都已经年久失修了。五台山除了和尚庙之外，还有喇嘛庙，又有道观，所以成了一个重要的宗教中心。道家称五台为紫府山，佛家又称它为清凉山。

五台山成为中国佛教圣地的最大原因，是因为相传文殊菩萨在五台山得道，这里是他的道场，佛经《文殊师利法宝藏陀罗尼经》云："尔时世尊告金刚密迹主菩萨言。我灭度后，于此瞻部洲东北方，有国名大振那，其国中有山，号曰五顶。文殊师利童子游行居住，为诸众生于中说法。"经中世尊所言的大振那国的五顶山，据说就是五台山。

○ 五台山显通寺铜殿前象征"五台"的铜塔
◐ 五台山佛光寺大殿

五台山多佛教圣迹，其中如豆村镇的佛光寺，建于公元八五七年，是中国现存最古的木构建筑，大殿梁架上还存有唐人题记的墨迹，梁思成氏在一九三七年曾亲往调查。

爾時佛告觀世音菩薩當愍
此無盡意菩薩及四眾天龍夜
叉乾闥婆阿修羅迦樓羅緊
那羅摩睺羅伽人非人等
故是受瓔珞

即時觀世音菩薩愍諸四眾
及於天龍人非人等受其瓔珞
分作二分一分奉釋迦牟尼佛
一分奉多寶佛塔無盡意觀
世音菩薩有如是自在神力遊
於娑婆世界

慈悲妙相

每年的农历二月十九日是观音诞，我们不妨乘这机会在这里瞻仰一下她的这种慈悲妙相，顺便再谈谈她的身世。说观音菩萨是"她"，也许有少数人认为是错误的。在印度经典中，观音原是男身，实在应该称"他"。但这称呼不仅许多佛门中人会反对，就是读者们的太太或母亲听见也要反对，因此我们只好从俗了。

观音的名称真是太多了，在佛经上该称为观世音自在，这就是自在天，今日西藏喇嘛教所供奉的观音就是作这称呼，而且是男装的。但我们的男女佛教信徒，则尊她为观音菩萨、观音大士、白衣大士，种种不同的名称。最庄严的该是她的全衔：千手千眼大慈大悲观世音菩萨。

观音菩萨在中国成为女身，显然是印度经典的传说与中国民间传说混合以后产生的。元代管道升撰《观音大士传》，谓观音本为妙庄王之季女，在龙舒县落发出家，后来在普陀洛珈山得道，所以普陀山成为观音的圣地。她的千手千眼的来源，据《观音大士传》说是庄王生病，观音断手割眼以愈王病，王叩求天地为完之，俄顷已生手眼千数。又传说谓观音割手眼为妙庄王治病

△ 苏州戒幢寺四面千手观音　　恩斯特·柏石曼摄
▶ 吴道子白描观音像

后，王欲为女塑像，吩咐匠人要塑成全眼的，但匠人听错了，遂塑成千手千眼，从此就成了她的大法相。这是中国民间传说，与佛经上所说的菩萨千手千眼妙容完全不同。

在中国信徒的心目中，观音的法力是无边的。在信徒们的心目中，她实在是人世大慈大悲救苦救难的大救主。她不仅照料人世一切灾难中的男女，甚至还顾及航海中的水手，以及没有儿女的夫妇。

十八罗汉图之第十三位罗汉因揭陀　大英博物馆藏

十八应真罗汉像

　　罗汉又名阿罗汉，是佛门弟子的尊称。修得这种善果者称为得阿罗汉果。今日每称五百罗汉，但原来仅十六名。十六罗汉之名，曾见于《大阿罗汉难提密多罗所说法注记》。这十六人都是佛弟子，受命于佛涅槃后继续宣扬佛法，颇类于基督教的十二使徒。十六罗汉在印度本土受崇敬已久，传入中土后始从十六衍成十八，盖于原有十六人之外，加入庆友尊者与宾头卢尊者[①]，成为今日习见的十八罗汉。这种变化大约是在唐朝才发生的，因为中国以画罗汉像著名的禅月大师贯休，他是五代人，所画的全作十六人而不是十八人。除了贯休以外，宋朝李龙眠的罗汉像也很有名，他画的罗汉已经是十八人了。

　　画罗汉像，以体格魁梧，容貌奇古而善良为上。除了画轴塑像以外，各地寺院也有很多罗汉像的刻石。本文所介绍的罗汉像刻石，系湘中拓本，原作者未知何人，每幅下角时有"善化韩开锡陈炎，湘潭朱后元等敬修"字样，大约是捐款人的姓氏。

[①] 编者注：十八罗汉中增加的两位罗汉众说纷纭，庆友尊者和宾头卢尊者只是其中一说。

贯休画十六罗汉像 原藏于杭州西湖孤山圣音寺罗汉堂

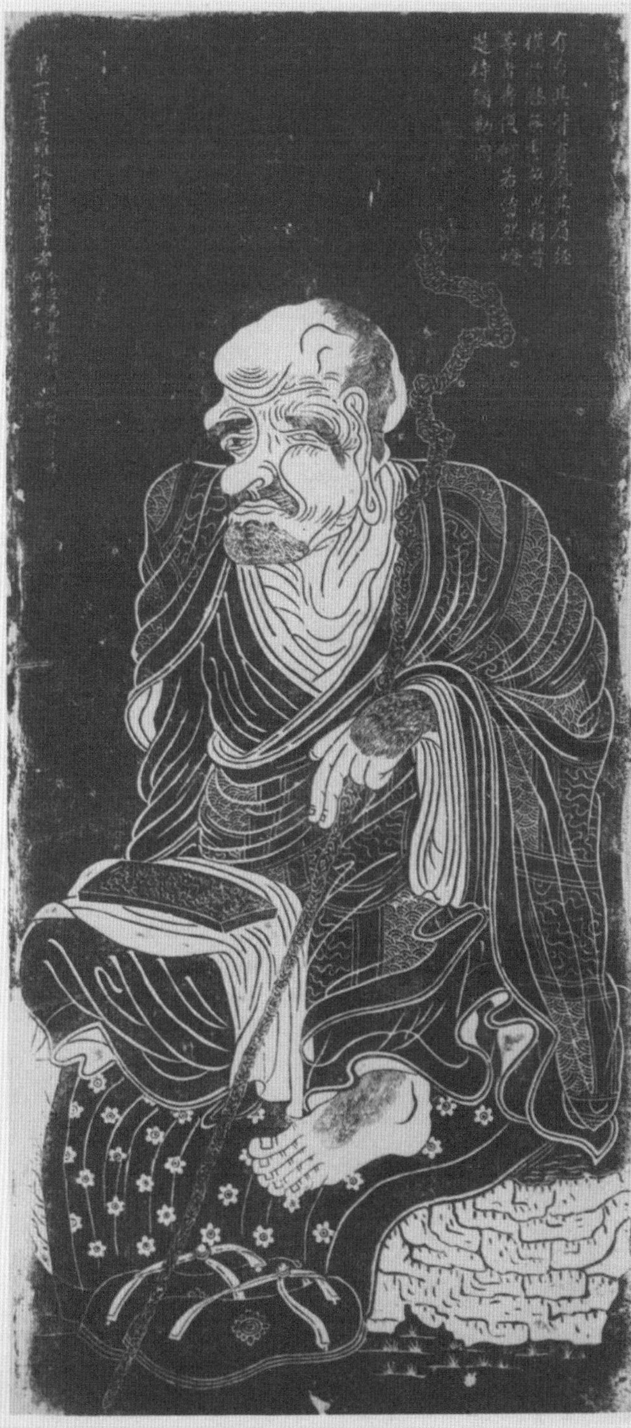

宋代周季常《五百罗汉图》 大德寺旧藏

五百罗汉

罗汉又称阿罗汉，是佛门弟子的尊称。修得这种善果的称为得阿罗汉果。十六罗汉之名，曾见于《大阿罗汉难提密多罗所说法注记》。这十六人都是佛弟子，奉命在佛涅槃后继续宣扬佛法，颇类于基督教的十二使徒。十八罗汉则是佛法传入中国以后产生的，于原有十六人之外，加入降龙、伏虎两位尊者[①]，成为今日俗称的十八罗汉。这变化至早是在唐以后才有的，因为以画罗汉著名的五代禅月大师贯休，他所画的就是十六罗汉像。贯休的十六罗汉像流传至今的很多，但多数是临本或临本的临本。今日所有的罗汉画像，差不多都是根据他的作品刻画的。

五百罗汉之名不见于佛经，所以这五百名尊者究竟是从哪里来的，实不可考。但毫无疑问是更次于十八罗汉以后中国佛家的产物。佛门传说这五百人都是海盗，后来放下屠刀，立地成佛。又说他们原是商贾，五百人结伴出海采宝，给盗贼夺去所有，并剜瞎了他们的眼睛，他们日夜痛哭，无处可去，后来经人指点，

[①] 编者注：十八罗汉增加的两位罗汉众说纷纭，降龙、伏虎两位尊者之说由乾隆皇帝钦定。

"灵鹫佛氏能救汝，若与我重宝，引汝见之。商且行且舍，至大林精舍，佛氏为说法，各证阿罗汉果"。但是这五百人究竟是谁，其名实不可考。今日从罗汉堂里所习见的五百罗汉塑像，其中甚至有达摩祖师和《马可·波罗游记》的作者意大利人马可·波罗。

梵刹中增入五百罗汉堂，也不知起于何时。但今日中国各地规模较大的庙宇中，都建筑有五百罗汉堂或罗汉殿了。这些罗汉都是塑像：有的仅一二尺高，有的则全体五百尊都大如真人，金姿宝相，规模宏大，如杭州西湖的灵隐寺净慈寺，广州的华林寺，罗汉堂都是十分有名的。更有五彩妆銮，将五百尊罗汉附有背景塑在堂上，表现各人呼风唤雨、降龙伏虎的灵迹，如云南圆通寺那样，更见中国佛教艺术的壮观。

妇女们对于庙中的罗汉堂有许多迷信，凡是罗汉相貌嬉笑的都被当作求子的对象。更有数罗汉之举，从自己眼前所见到的一尊，按照本人的年龄数下去，数到岁数相等的一尊，依据罗汉的尊号表情来判断自己未来的凶吉。

前面已经说过，古来画罗汉最有名的是五代的贯休和尚，其次是宋朝的李龙眠，他的白描罗汉手卷流传至今的很多。更值得提起的是唐朝杨惠之的罗汉塑像，遗迹在今日江苏苏州甪直镇的保圣寺。杨惠之与吴道子齐名，他的塑工与吴道子的画工，都是中国艺术上的绝品，流传至今的已凤毛麟角。这些罗汉像都是附有背景塑在壁上的，即古称塑壁。民国初年被人无意中发现，当时曾设法加以保存，不知现在情形如何了。

广州华林寺罗汉堂

風幡堂圖

读《光孝寺志》

光孝寺为广州有名古寺之一，寺与禅宗六祖慧能的关系很深。寺中那株有名的菩提树，相传就是六祖祝发受戒处。又有六祖发塔，是瘗藏他剃下来的头发的地方；又有风幡堂，更是纪念六祖因风幡飘动与众僧辩论大道的处所。还有六祖殿，则是后人为纪念他而建的。六祖慧能是南方禅宗的祖师，所谓东山法门[①]，即是由他而开。

他后来虽然住锡曹溪南华寺，但羊城光孝寺却是他受戒传法的根本地，因此在光孝寺留下来的六祖遗迹也最多。

据清人顾光的《光孝寺志》所载，六祖慧能与光孝寺发生渊源之始，是在唐高宗龙朔元年（公元六六一年），六祖在湖北黄梅县东禅寺五祖弘忍座下，受得禅宗衣钵，隐于猎者家，韬光敛彩，一十五载。后来忽然感到弘法度人的时机已经成熟，遂南下来到广州光孝寺。

当时光孝寺为南方名刹，寺志记载六祖因辩论风幡为众僧所

---

① 编者注：东山法门实为禅宗四祖道信、五祖弘忍的法门，而非六祖的法门。

认识的经过情形道:"值印宗法师讲涅槃经,偶风吹旛动,一僧曰'风动',一僧曰'旛动';六祖曰:'风旛非动,乃仁者心动。'满座惊异,诘论玄奥,印宗契悟,作礼告请西来衣钵出示大众。时仪凤元年丙子正月八日。是月十五日,普会四众,为六祖薙发。二月八日,集诸名德,授具足戒……乃于菩提树下开东山法门,显示单传宗旨,一如昔谶。风旛堂由此名焉。"

所谓"一如昔谶",是说远在南北朝时,有梵僧求那跋陀罗,在光孝寺诃子树下创立戒坛,预言"后当有肉身菩萨受戒于此"。后来在梁天监年间,另一梵僧智药三藏法师,携来一株菩提树种在光孝戒坛,也立碑作预言道:"吾过后一百六十年,当有肉身菩萨来此树下,开演上乘,度无量众。"后来慧能到了光孝寺,大家都认为这些预言都在他身上实现了。

六祖发塔就在菩提树下,最初建于唐仪凤元年(公元六七六年),有僧法才的碑记,记瘗发建塔的经过道:"遂募众缘,建兹浮屠,瘗禅师发。一旦落成,八面严洁,腾空七层,端如涌出。"

不过我们今日所见的六祖发塔,早已不是原塔,而是明崇祯九年(公元一六三六年)所重建的,据说规制仍是依据唐塔。这是用砖石砌成的实心塔,高约二丈,八角七级,每级有檐和斗拱,都是用石砌的。各层有佛龛,内供佛像。据传塔基下面埋有无数小陶塔,时有出土。塔旁旧有六祖像碑,正面刻六祖半身像,碑阴刻达摩像,衣褶线条古拙可爱,颇与南华寺六祖真身坐像相似,为元人所立。

东铁塔图

碑座画像　唐代

石刻画像趣味

我很喜欢搜集石刻拓本，以画像为主。觉得它比画在纸绢上的绘画作品，更具有一种古拙朴素的美感。我又一向喜欢木刻，对于我国石刻拓片的爱好，可说正是这种趣味的延伸。

石刻拓片，在内地搜集起来很方便，而且花钱也不多。在境外则不然，不仅价钱贵，而且有时有钱也买不到，变成可遇而不可求的东西。如广州从前海珠寺相传出于吴道子手笔的观音像石刻，拓本从前在文德路一带的碑帖店里很容易买得到，我在香港想找一幅看看，可是找了许多年还未曾如愿。

有许多古代画家的作品，在石刻上被保存下来，虽然只存线条，但是若是原作本是白描的，那也就相去不远了。我国的石刻艺工上石奏刀[①]保存原作神韵的本领，是令人惊叹的，这只要看书画家怎样尊重碑帖，就可想而知了。如吴道子、李龙眠等人，他们本来都是以白描著名的，原作在今天已经很难见到，只有从那些相传出于他们手笔的观音像、罗汉像等的石刻拓本上，还可

---

① 编者注：奏刀，是下刀之意。

武梁祠画像孔子见老子　原载《金石索》

以想象出一点原来的面目。

再有，唐宋绘画真迹，在今天已经很难见到，唐以前的绘画作品更不用说了，但是在石刻方面，却给我们保留下来许多很可贵的参考资料，如有名的武梁祠画像石，都是汉人所画、汉人所刻的，不仅使我们见到当时绘画的面目，还可以使我们间接从这些石刻上见到汉代社会的生活面貌。这都是在纸绢上见不到的东西。

前几年[①]国内新出土的沂南汉墓画像石，细腻精致，与武梁祠画像石的作风又不相同。没有这些，我们几乎不能确定唐以前的我国民间绘画风格是怎样的。石刻还有一个令我特别感兴趣的地方，那就是保存了许多古代人物的画像。自然，这些画像在面

---

① 编者注：本文选自《红豆集》，香港新绿出版社1962年版。沂南汉墓画像石出土于1954年。

貌上的真实性如何，是值得怀疑的，但是有些古代的人物，除了从石刻上可以找得到他们的画像外，我们又还有什么别的地方可找呢？武梁祠画像石上的《孔子见老子图》，不管所画的孔子和老子的形貌与真人相距有多远，但是除了在这一幅汉朝刻摹上石的画像[①]外，我们能找到更古，或是更好的他们的画像吗？孔子画像当然很多，但是最好的也仍然是从石刻上得来的，如相传出于吴道子之笔的《孔子行教像》《孔子燕居像》，都是石刻本。

还有其他无数历史上的风流人物、文士才女，我们也是只有从石刻上才能见到他们的面貌。

石窟天花

北魏

---

① 编者注：根据现在的考古发现，《孔子见老子图》在汉代墓室壁画、画像砖中较为常见，并非只有这一幅。

武梁祠画像四足怪兽　原载《金石索》

汉武氏祠画像石刻小传

汉代石刻画像保存至今的很多，其中规模最大最著名的有孝堂山画像、武梁祠画像、两城山画像石刻三种。孝堂山制作最早，为前汉作品[1]，因此比较单纯朴素。两城山最后[2]，最为纤巧华丽。武氏祠刻石[3]的制作年代是在这二者之间的，据祠前石阙铭文的记载，是后汉桓帝建和元年（公元一四七年）开始建筑的，因此风格最为圆浑雄健，刻石的面积最大，题材也最丰富，可说是汉代画像石刻的代表作。

所谓画像石刻，是刻在石面上的薄肉浮雕[4]，这些刻有浮雕的大石块，是用来建筑墓前的享堂供后人祭祀之用的，所以称为"祠"，又称为"石宝"，这是汉代流行的坟墓建筑。武氏祠石刻画像，便是武氏墓前享堂石壁上所刻的各种画像。本来，这类汉

---

[1] 编者注：孝堂山画像建于东汉初年，并非西汉时期的作品。
[2] 编者注：两城山画像石为东汉永和二年（137 年）刻，比武梁祠画像石要早。武梁祠画像时间最晚。
[3] 编者注：武梁祠是武氏诸祠之一，另有数祠，一般通称为武氏祠。
[4] 编者注：薄肉浮雕是一种浮雕类型。

武梁祠壁画县功曹向处士致敬画像

代墓前享堂的石刻画像很多,但武氏恰巧是当时的望族,因此石室的建筑规模特别大,石壁上所刻的画像也特别多,而且是由当时的良匠卫改所制作的,所以特别有名。

武氏祠(武梁祠是武氏诸祠之一,此外尚有其他数祠,一般统称武氏祠)的画像刻石,被发现得很早,唐朝已有拓本,宋赵明诚的《金石录》,洪适的《隶释》《隶续》都已著录,有武氏的碑文和画像的缩摹。到了清代,经过黄小松、李铁桥等好古家的搜寻与整理,更为世人所熟知。

武氏祠在今山东嘉祥县东南之紫云山。因武氏旧时为一大族,其地即名武宅山①。刻有画像用以建筑石室的大石块,至今已发现的共有四十余方,计前室十五方,正室三方,后室十方,左

---

① 编者注:又名武翟山。

室十方，此外还有新出土的十余方。这些石块，本来都是塑在祠堂墙壁上的，现在有些还保持原状，有的已经被拆卸下来储藏着。如著名的《孔子见老子图》，已由黄小松移置济宁学宫中。

这些刻有画像的石块，大都是长方形，有二尺多高。画像分为三格、四格以至五格，上下有时还另有一些装饰花纹，每格为一图，有时又数图合占一格。

画像的题材，包括神话、历史、死者的经历、生前和冥间的生活起居用具，以及守护镇压的神祇图像，等等。这都是用来表现死者生前的盛德、子孙的孝思，以及供后人垂训鉴戒之用的。所以从这些画像上，我们可以见到中国史前的神话和传说、历代帝王圣贤英雄的事迹、古代的以及当时的宫室车马、服饰用具，乃至飞潜动植、狩猎烹饪的实际情形。汉代绘画真迹已不可复见，当时的和古代的历史传说记载更不易得到实物的比较和证实。这两种缺憾，我们都可以从这些石刻上获得相当的满足。因此，这些流传至今的汉代画像石刻，不仅是极珍贵的中国古代艺术品，同时更是研究古代历史和社会风俗难得的好资料。

中国美女　明代崇祯年间

中国古镜鉴赏

中国古镜是一个极好的鉴赏和研究对象。除了作为艺术品之外，可以从它上面研究中国古代风俗（中国古代以镜作殉葬、镇压、驱邪之用）、神话（中国关于镜的神异传说极多）、宗教（镜为中国道家法物之一）、天文（镜为日月象形，花纹作二十八宿图像者甚多）、文字学（铭文可以考证文体及文字演变）、冶金学（铸工及合金术）、医药学（《本草》载镜可以煮汁治病及退鬼之用），乃至中国历史本身。

对于一般的艺术爱好者，仅是镜背上的花纹图案，已经足够把玩鉴赏，或作专门的分析和研究了。我们可以不必像古董家那样，斤斤计较真伪和年代问题。其实，许多伪制的古物，正是有些古董家自己的作品。不过，中国古镜因为本身并不是怎样值钱的东西，有意伪造的倒并不多。有些后人的仿古制品，只要花纹铸造得够精致，即使明知是赝品，对于一般鉴赏是并没有怎样妨碍的。

中国的古镜，在质地上，大都是以白铜为主的合金制品，也有少数是铁的。在形状上，当然是圆形居多，有时也有菱花形、

唐代铜镜　日本奈良东大寺正仓院藏

葵花形和方形的。镜背上有鼻，可以穿纽握在手里。镜的尺寸大小不一，据《西清古鉴》所载，大者径八寸，重九十六两，小者径二寸四分，重五两。

铜镜的功用，和今日的玻璃镜一样，都是作整容照物或装饰之用的。当时有一种混合水银的"镜药"，涂在铜面上，加以磨淬，便能清晰地反映物象，与今日的玻璃差不多。镜背大都铸有花纹图案，随朝代时尚变化。仅有极少数背上是没有花纹的，普通称为素镜。

中国古铜镜之所以值得艺术爱好者鉴赏研究，就是因为它背上那些结构巧妙、变化无穷的花纹图案。

这些花纹，有的是抽象的，有的是写实的，无论人物禽兽，花果虫鱼，或天文图形和纯粹的装饰图案，都能随着镜本

身的形状安排得极为巧妙，而且变化多端，实是中国工艺美术上的极高的成就。它的优美，无论从实物上、拓本上，甚至经过木刻或石印的模写之后，仍能够使艺术爱好者见了爱不忍释。

除了花纹之外，中国古镜背上所附的铭文也值得研究。铭文有多至一百余，文体有散文韵文，四言、五言、七言、长短句或回文之别。因为镜是日常用品，这些铭文的性质，包括颂祝、规谏、吉祥，甚至制镜者自己的广告。又因为镜是妇女闺中恩物，有些铭文的措辞极为艳丽，如那面"当眉镜"铭文便是。此镜见《博古图》，又名练形镜或莹质镜，据说是六朝或唐制品，铭句的全文是三十二字："练形神冶，莹质良工，如珠山匦，似月停空，当眉写翠，对睑传红，绮窗绣幌，俱含影中。"

陈三磨镜　董天野绘，《陈三五娘》，社会文化出版社 1955 年版

从陈三谈到磨镜

有名的潮剧《陈三五娘》，其中有一个重要情节，就是陈三为了能与五娘相见，乔装为"磨镜人"，到黄家为五娘磨镜，失手打破了所磨的镜，无法赔偿，只好卖身在黄家为佣。这是全戏重要的一个关节。

但是，什么是"磨镜人"呢？镜为什么要磨呢？在玻璃镜已通行的现在，多数人已经不知道"磨镜"是怎么一回事了。

我国在未有玻璃镜以前，所使用的是铜镜。我们懂得用合金铸镜，使用铜镜的历史已经很久。俗话就有"秦镜高悬"一语，表示秦朝所铸的镜，具有能鉴别隐微，甚至善恶的效能。但是现在出土的战国铜镜更不少，可见我国使用铜镜历史的悠久。

我们现在称铜镜为"古镜"，视为古董。但是我们千万不能忘记，正如许多其他"古董"一样，这些"古董"并非生来就是古董，它们在古代乃是实用物，多数都是日常生活用具之一。铜镜也是如此。古人用铜镜照容，正如我们今天用玻璃镜一样。铜镜使用日久，镜面昏暗照物不清晰，这时就需要用到"磨镜人"了。

我国大约一直到明末清初还在使用铜镜。那时虽然已经有背后涂有水银的玻璃镜从国外输入，但是价贵，大的玻璃镜更是"珍物"，只有皇帝和富豪之家才用得起。在小城市和乡下，铜镜一直继续在使用，因此磨镜人也继续存在。直到鸦片战争后，玻璃镜的使用已经普遍，铜镜退居到辟邪装饰的地位，不再是日常用具，磨镜这一行业这才随之淘汰了。

我国的铜镜，是用青铜与锡混合铸成的，在镜面附有水银，照物十分清晰，与玻璃镜相差不远。若是以为古代美人用铜镜"顾影自怜"，镜中的影子模糊不清，或是像"哈哈镜"那样凹凸不平，那就误解了。我国古代铸镜的技术是非常优秀的，今日有些出土的古镜，历经百年或是千余年，有些镜面被保存得好的，仍是晶莹明澈，光可鉴人。

磨镜人和磨镜的工具，我们从有些古画和民间版画留下来的材料看来，他们的设备颇与今日的"磨铰剪铲刀"相似。整日挑着小担，穿街过巷的高声呼喊，兜揽生意。由于他们的主顾都是妇女，工作地点总是在后门、庭院里，或是大户人家的后花园里，这才构成了《陈三五娘》戏中的那个情节，乔装磨镜人的陈三，才有机会进入黄家，并且与五娘和益春相见了。

我国的铜镜，是用铜和锡的合金制成，再渗入水银。所以使用过久，镜面不免昏暗，这时就需要磨镜了。《天工开物》说：

> 凡铸镜，模用灰沙，铜用锡和。不用倭铅。《考工记》亦云："金锡相半，谓之鉴燧之剂。"开面成光，则水银附体而

潮州府审陈三　清乾隆年间福建漳州年画

成，非铜有光明如许也。

磨镜有药，称为磨镜药。因为除了要磨去镜上的积垢之外，还要敷上镜药，使其恢复光明。《集仙传》有一则吕洞宾用镜药点化人的故事云：

尚书郎贾师雄，久蓄古镜，尝欲淬磨。吕洞宾称回处士，于笥中取药，置镜上曰："药少，归取之。"既去，久不来，止留诗一首于佛庐扉上云:"手内青蛇凌白日,洞中仙果艳长春,须知物外烟霞客,不是尘埃磨镜人。"视镜上,药已飞,一点通明如玉。

唐诗人刘禹锡,有《磨镜篇》诗,诗云:

流尘翳明镜,岁久看如漆。门前负局人,为我一磨拂。萍开绿池满,晕尽金波溢。白日照空心,圆光走幽室。山神妖气沮,野魅真形出。却思未磨时,瓦砾来唐突。

他还有一首《昏镜词》,则是有所寄托的。前有小引云:

镜之工列十镜于贾奁,发奁而视,其一皎如,其九雾如。或曰:"良苦之不侔甚矣。"工解颐谢曰:"非不能尽良也,盖贾之意,唯售是念,今来市者,必历鉴周眺,求与己宜。彼皎者不能隐芒杪之瑕,非美容不合,是用什一其数也。"予感之,作《昏镜词》。

由于古人用镜是时常要磨淬的,磨镜的生意大约很不错,同时工具简单,又不难学,所以不仅《陈三五娘》一戏里的陈三能够乔装磨镜人混入五娘家,就是古人也有不少因为困乏,临时借磨镜自给的。《益都耆旧传》云:"杜真孟宗,周览求师,经历齐鲁,资用将乏,磨镜自给。"

《海内士品》云:"徐孺子尝事江夏黄公。公卒,孺子往会葬,无行资以致,赍磨镜具自随。每所在磨镜取资,然后得前。既至,祭毕而退。"

可知若不是磨镜工夫甚易学会,而且生意又好,绝不致读书人可以随意磨镜自给。从这上面,也可看出陈三乔装磨镜人,虽是戏中情节,在现实生活中也是有所根据的。

《陈三五娘》的故事,据考发生在明朝。那时铜镜仍是闺中恩物,磨镜匠和货郎一样,是直接可以和妇女交易的,因此陈三乔装为磨镜人,遂有机会进入黄家,见到了益春和五娘。我们在舞台上见到戏中的陈三,乔装为磨镜人后,挑了一副金漆小担,在黄家后园里坐下。他显然从李公那里学到了几度"散手",只见他取出了几个小纸包,又用一根药杵一样的东西,在一只小钵里又捣又研,然后在那面镜上磨墨一样用力地磨,又一再用一幅小巾去拂拭。

这几个手势都做得很仔细,那些小纸包代表磨镜药,只是一般观众大约未必能体会这些细节了。

磨镜匠,古称负局先生。唐诗人刘禹锡《磨镜篇》有句云:"流尘翳明镜,岁久看如漆。门前负局人,为我一磨拂。"鲍溶的《古鉴》诗也有句云:"古鉴含灵气象和,蛟龙盘鼻护金波。隐山道士未曾识,负局先生不敢磨。"

为什么磨镜人要称为"负局先生"呢?这也是有典故的。据《列仙传》说:"负局先生者,不知何许人也。语似燕代间人,常负磨镜局,徇吴市中,炫磨镜一钱。因磨之,辄问主人:'得无有疾苦者？'辄出紫丸药以与之。"由于神仙也隐于磨镜，因此后人遂称磨镜人为"负局先生"了。

又，《修务训》[①]云："明镜之始下型，蒙然未见形容，及其粉以玄锡，摩以白旃，鬓眉微豪，可得而察。"这也可以作为《陈三五娘》戏中陈三磨镜时那些小动作的注解。

不过，有些铜镜，由于制作上的特殊设计，却是不适宜于磨的。《梦溪笔谈》说：

> 古人铸鉴，鉴大则平，鉴小则凸。凡鉴凹则照人面大，凸则照人面小。小鉴不能全视人面，故令微凸，收人面令小，则鉴虽小而能全纳人面。仍复量鉴之小大，增损高下，常令人面与鉴大小相若。此工之巧智，后人不能造。比得古鉴，皆刮磨令平，此师旷所以伤知音也。

有关磨镜的小品，还有潘默成的《磨镜帖》，见宋人《脚气集》。帖云：

> 仆自喻昏镜，喻书为磨镜药。当用此药揩磨尘垢，使通明莹徹而后已。倘积药镜上，而不施揩磨之功，反为镜之累，故知托儒为奸者，曾不若庸夫愚妇也。

[①] 编者注：即《淮南子·修务训》。

陈三磨镜时所唱的那首歌："七尺丈夫莫漫猜，青梅有约故人来，殷勤为谢深情意，愿下温峤玉镜台。"末一句也用了一个有关镜的典故，见《世说》"刘聪为玉镜台，温峤辟刘越石长史，北征得之，后娶姑女下焉"，即以玉镜台为聘。

关汉卿有一出《玉镜台》，就是用这个故事作题材的。

献请毁故得身画凌烟之阁名藏太室之廷郈其威矣然而终之始难故曰满而不溢所以长守富也高而不危所以长守贵也可不做惧乎书曰尔唯弗矜天下莫与汝争功尔唯不伐天下莫与汝争能以齐桓公之盛业片言勤王则九合诸侯一匡天下葵丘之会微有振矜而叛者九国故曰行百里者半九十里言晚节末路之难也

颜真卿争座位帖拓本

拓本——我国独有①的艺术品

金石文物的拓本，可说是我国独有的一种艺术品。现在我们所说的"碑帖"，事实上完全是指碑帖的拓本而言，并不是指石碑本身，这些被书家奉为圭臬的"碑"和"帖"，它们的原物，大都谁也不曾见过。事实上也不能有机会一一见到，因为它们散处全国各地，有的在高高的悬崖之上，有的甚至在水底下（如有名的《瘗鹤铭②》），因此就是想看看这些拓本的原物也不容易。何况还有许多有名的古碑，原物早已破碎失散，根本就不存在了。我们至今还能见到这些古碑的面目，就全靠有拓本流传下来。

我国的书法艺术，可说完全是建筑在金石拓本上面的。所谓"临池""临帖"，都是指对着拓本在临摹而言。古人若是不曾发明这种"拓"的方法，仅就书法艺术来说，我真想象不出我们将采用什么方法来承继研究古代著名书家的艺术。

仅就研究书法方面来说，拓本的作用和重要已经如此。但是

---

① 编者注：日韩等国从中国学会了拓印，也有各种拓本。
② 编者注：原石刻因山崩坠入江中，后被打捞出，只存五残石，现陈列于江苏省镇江焦山碑林中。

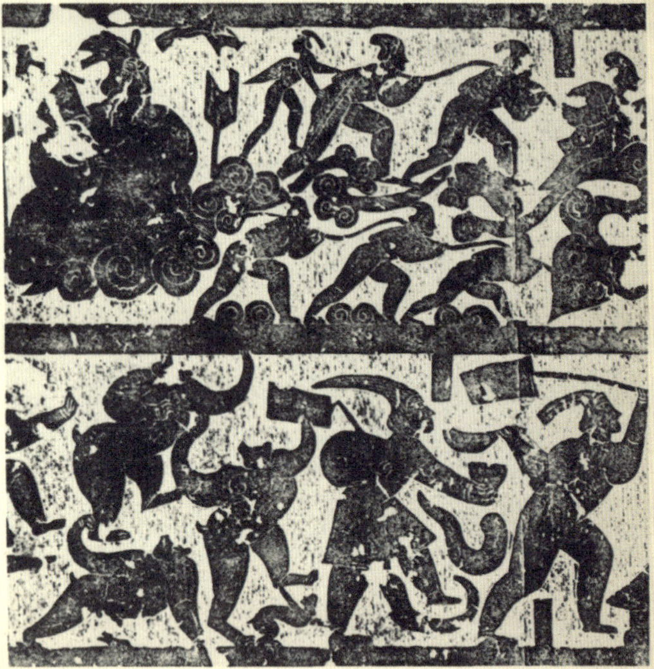

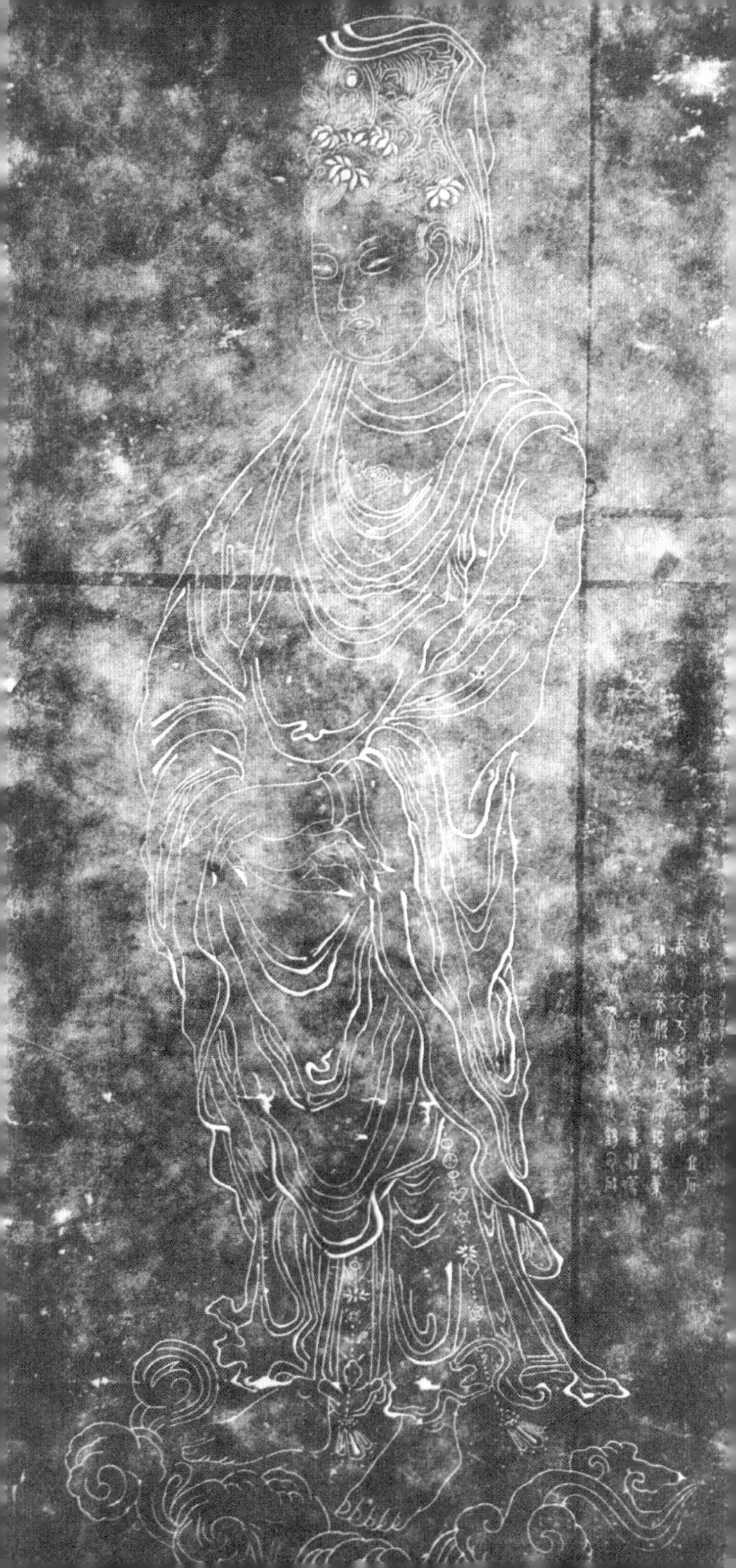

先师孔子行教像拓本　唐吴道子绘

我们的拓印对象，不仅限于古碑法帖，古代铜器、玉器、有图像的墓砖和石刻，以及砚、墨、钱币，都是可以拓的。同书法一样，我们的金石文字考古学，也全是靠着有拓本。我们研究古代鼎彝铜器的铭文款识，研究古镜、古兵器的式样和年代，也都是全靠有拓本。

在绘画艺术方面来说，唐代和唐代以前的绘画真迹现存的已经很少，可是刻有图像的汉代墓砖和石刻，则现存的极多。这些虽不是汉人绘画的原迹，但是都是在当时由石刻工匠依据原稿刻在砖上和石上的。这些都是仅次于真迹的汉代绘画作品。这些作品，也全靠拓本才可以使我们有机会见到。我们所说的"汉画"，也就是指这些汉墓出土的石刻图像拓本。如有名的"武梁祠画像""孝堂山画像"，全是靠着有拓本才为世人所知。

我们的金石古物传拓艺术由来已久，如有名的武梁祠画像，就有宋拓本。许多有名的秦汉古碑，更有所谓"唐拓"。中国的"碑版学"，事实上就是专门研究校勘各种碑本的。

现代的摄影术，当然对于保存古文物很有帮助，但是摄影并不能替代拓本。摄影不能依照原物大小，就是预先记录了尺寸，然后再用底片依尺寸放大，也不能绝对准确。可是我们的拓本必然与原物大小一致，不差累黍。这可说是我们拓本独有的特点。大至寻丈的摩崖石像，小至印章的钮纹和玉器小饰物，它们的器形和文字图案都可以拓下来。有些有本领的拓工更能将古代铜器，依据立体形象拓到纸上，宛如原物。这是我国独有的一种艺术。

吴哥窟浮雕拓本　第二号壁

吴哥窟浮雕拓片和中国的拓印技术 [1]

最近在中环一家镜框店里,见到有几幅吴哥窟浮雕的拓片,拿到那里配镜框。拓片拓得相当好。打听一下是谁交来的,才知道是一个美国人最近从金边带回来的。

吴哥窟在高棉[2]。据我所知,在高棉未脱离越南的时代,对于这座东南亚最精美的宗教艺术建筑遗迹,除了摄影以外,从来没有人试行用墨拓的方法,将那些浮雕拓下来。关于吴哥窟的图籍,出版最多、印刷最精美的自然是法国人出版的。因为吴哥窟遗迹在近代重新被发现,是由法国人经手的。同时,许多年来,越南一直是法国的殖民地,他们在研究工作上自然占有最大的便利。

但是法国人不懂得对于金石雕刻的拓印方法。欧洲的考古研究,对于古物除了摄影之外,就是摹写,他们是从来不采用拓印方法的。他们不会这方法,也不懂得这方法的好处。

---

[1] 编者注:本文选自《新雨集》,香港上海书局1977年版。
[2] 编者注:即柬埔寨。

高棉吴哥窟的那些浮雕，人们第一次见到有拓本，还是第二次世界大战以后的事。这方法是日本人传过去的。在第二次世界大战期间，日本军队占领了这里，从军的文人之中便有人第一次用拓印的方法，将吴哥窟大走廊上的那些浮雕，试行拓了下来。因为日本人是早已从我们中国学会了金石古物的拓印方法的。后来他们曾出版了一部吴哥窟的图片集，里面全是用拓片印成的。看起来与摄影制版的图片完全不同，别有风味。我认为也最能传达这种东方宗教雕刻艺术的特色。这是摄影所不能表现的。

第二次世界大战结束后，苗子郁风夫妇回到南京，他们曾从旧书摊上买到了一部日本人留下来的这种拓印的吴哥窟雕刻集，远道寄赠给我，至今还是我最喜欢的关于吴哥窟的图籍之一。

拓印方法，是中国独有的一种技术，对于考古研究和保存金石艺术品的真面目可说有莫大的帮助。不要以为有了摄影以后，摄影就可以替代了拓印的工作。这是一知半解之谈。首先，用中国拓印方法拓下来的金石艺术文物的拓片，必然与原物尺寸一般大，不差毫厘。这种准确性，乃是照片放大所做不到的。再有，许多阳刻阴刻的古代题字铭记和图像，肉眼看不清楚，摄影晒印出来也同样不会清楚，但是拓片会特别清楚，往往能在研究工作上解决许多疑问。

拓印这方法不知为中国保存了多少古代文物。仅就石刻碑帖来说，试想，多少秦汉古碑刻已经损坏或是模糊了，全是靠着有拓本，才使我们今天还能见到它们的真面目。

吴哥窟浮雕拓本　　西北隅阁西南壁南寄

门神　清代杨柳青年画

年画与门神[1]

年画是中国绘画的一种，亦是常见的民间工艺品之一。顾名思义，是过年时候的一种装饰点缀品，用来贴在门上和屋内墙上的。从目前来说，年画已经有了新旧之分。旧年画就是过去固有的年画，新年画则是旧瓶装新酒，利用旧形式注入新内容的东西。甚至门神也有新旧之分。旧门神照例是红脸黑脸，手执大刀钢鞭的尉迟恭、秦琼或神荼、郁垒，新门神早几年则是抗日杀敌的武装军人，现在多数是努力生产的劳动模范了。

原来的年画和门神，都是木版套色，或是单色木版再用手着色的，后来渐渐改用了五彩石印，木版印的遂被淘汰了。现在的新年画新门神，因为都是从事新艺术运动的木刻工作者的作品，所以有些又是木刻的了。

旧年画的产地，一向分成两大中心，北方的都是天津附近的杨柳青出品的，南边的多是苏州桃花坞出品的。他们的市场范围很大。杨柳青出产的年画，不仅遍销华北各地，甚至远至关外内

---

[1] 编者注：本文原载于《星岛周报》第12期，1952年。本文收录时有删节。

蒙古、新疆、西藏一带。南边的桃花坞年画,则除了苏浙各地是它的销售中心以外,更远及湖南、湖北和云贵闽粤诸地。因为这是老百姓家中在新年的唯一装饰点缀品,无论贫富都要买几张来贴在家里,所以那销路是惊人的,大城市不用说了,就是穷乡僻壤的茅草棚,在过年的时候也有门神和年画来点缀。杨柳青和桃花坞的年画最盛行的时代,是清末和民初。经营年画业者为应付全国各地的庞大销场,每年春天就开始制作,一直要赶到秋末冬初,始能应付各地顾客的需要。

不用说,旧年画的题材,都是封建意识非常浓厚的东西,总不出福禄寿喜财的范围，仅有少数是风景和滑稽趣味的，或描写京戏和民间故事之类的。

中国旧年画的衰落，是由于大量生产的石印品替代了麻烦的木刻套版。等到美女月份牌出现以后，木刻印刷的年画就完全从各地的年宵市场上绝迹了。

近年国内所提倡的新年画，在创作方法和取材方面，都尽量地想不与旧有的年画距离过远，以免朴实的百姓不能接受。只是因为新美术的活动范围还不曾深入农村，要想恢复旧日的门神年画那样，普及到乡下每一间茅屋的门上和墙上，还需要更久的努力。

门神　清代杨柳青年画

鱼乐图　清代河北武强年画

新年画和旧年画

书店和街头的画摊上都挂出了大批年画，这显示一年过得容易，转眼就是农历的春节了。这些年画，都是新出品的，采取了旧形式新内容的方式，看了觉得样样都满意，只有一样就是：全是用胶版、石版彩印，没有用木版套印的，看了总觉得有一点不过瘾。

明知现在的年画，是大量生产的，自然只能用石印或胶印，不便再用旧法，再用木版来套印。但是由于从小所看到的年画全是木版套印的，有一种先入之见，反而觉得现在这些画得好又印得好的年画，怎样也是"新年画"，不免令人想起从前那些印得粗糙、画得稚拙，可是充满了土俗趣味的旧年画。

我国的那些旧年画，有两大来源。北方一带通常是天津杨柳青出品的，江南和上江一带则是苏州桃花坞出品的。我小时是在江南长大的，因此所惯见的年画，全是苏州桃花坞的。在那时候，偶尔也有从上海来的用"西洋五彩石印法"印成的年画，价钱比较贵，是时髦货，大家都认为精细可喜。没有想到我们到了现在，反而要怀念那些用木版印的旧年画了。

我孩童时的京戏知识、历史知识，大部分都是从这些年画上得来的。《三国志》《杨家将》里的人物，全是从这些年画上在我们的脑中完成了定型，因此不能不承认当年的那些年画，也多少具有教育作用。还有许多民俗知识（也许有些人会说是迷信知识），如老鼠嫁女、五毒图之类，也都是从年画上得来的。因此这些旧年画给我留下了极深刻的印象。

除了桃花坞的出品之外，当时在我们家乡，还有一些本地的出品，因为当地的刻版事业也是很发达的。本地的出品，很少是故事画，多是门神、花纸，以及那一种画得圆圆的"一团和气"，这是一个梳着双髻的胖娃娃，贴在单扇的门上或是橱上，给我的印象最深。可惜我多年要找一张这样原刻的"一团和气"，至今还未曾如愿。

我觉得这幅年画，简直可以送给世界和平保卫委员会做招贴，它的艺术性和宣传性，都不下于毕加索的那只和平鸽。

当然，这是我自己的感受。现在的年轻人，生活在新的环境中，对于那些旧的用木版套印的旧年画根本没有深厚的感情，反而会觉得新年画的气氛同他们的生活十分调和，这又是我们一时所不易接受的了。

百子图　清代桃花坞木版年画

一团和气　清代桃花坞木版年画

桃花坞和杨柳青的版画

中国有两处以生产木版年画著名的地方，一南一北，地名都很风雅有趣，北方的在天津附近，名杨柳青；南方的在苏州附近，名桃花坞。两处出产的年画在风格上有一点不同。桃花坞的年画趋向细腻精致，着色模仿绘画，题材也偏重士大夫趣味，多是"姑苏万年桥""西湖十景""连中三元""五子登科"之类。从前人说笑话，苏州人最文雅，就是灵岩山下抬轿的，也显得文绉绉的。桃花坞既在苏州，那里出产的年画自然也免不掉受到这种影响。而且，桃花坞年画的销路多在江南一带，自然就要适合江南人的口味了。

正如这两个地名所示，桃花坞有点脂粉气，杨柳青三字则朴素爽朗，两地出产的年画在风格上也有这样的差异。杨柳青年画的销场是在北方一带。年画的题材总是以北方人人通晓的京戏故事居多，特别是有侠义成分的武打戏，如《八蜡庙》《白水滩大战青面虎》之类，此外就是民间传说，如"老鼠嫁女""目莲救母"。也有少数略带风雅气味的，那是专销京城、开封、洛阳一带读书人家的。杨柳青年画的刻工比较粗壮，着色也喜欢用大红大绿，无意模仿绘画。这是民间艺术的本色，因此我一向喜欢杨柳青年画的这种风格，觉得苏州桃花坞的年画，敷粉描金，不仅不风雅，有时反而显得太俗气了。

这里所说的，当然都是指两地的出品在五十年以前的情形，也就是像我们这一辈的人，在儿童时代所见到的贴在家中墙上的那些花纸年画。自从西法石印流行以后，这些用木板套色和手着色的年画，起先是为时势所迫，模仿石印，接着自身更被石印打倒，于是美女月份牌就替代了木板年画，出现在穷乡僻壤人家的墙壁上了。这些月份牌都是"红锡包""哈达门"一类的广告，外国资本挤垮了手工业，就是在过去年画的兴替上也看得出来。

木板年画是我国民间艺术重要的一个门类，和版画图籍一样，该是我国今后版画艺术发展的一个源头。荣宝斋式的套印木板适宜于艺术品的复制，杨柳青式的木板年画则更适宜于创作版画。对于这一份文化遗产，近年已经有人在加以注意，整理研究，恢复生产。最近更将有《杨柳青年画资料集》、清代《京版年画》出版，都是整理杨柳青年画的产品。近来我国的木刻家很喜欢搞套色木刻，可惜多在西洋套色木刻旧风格上摸索，因此色调都是看来灰沉沉的没有精神，这是因为西洋套色木刻总是模仿日本浮世绘的，日本江户时代的套色木板就是这种风格。我们自己有更好的师傅在，何必去向别人学呢？

关云长刮骨疗毒　清代杨柳青年画

《中国剪纸》德文版　Bernd Melchers，慕尼黑，1921

剪　纸

剪纸，是中国民间艺术的一种，历史已经很久了。宋周密老人的《志雅堂杂钞》云：

> 向旧都天街，有剪诸色花样者，极精妙，随所欲而成。又中瓦（一本作原）有俞敬之者，每剪诸家书字皆专门，其后忽有少年，能于衣袖中剪字及花朵之类，更精于人，于是独擅一时之誉，今亦不复有此矣。

《志雅堂杂钞》是作于宋室南渡后的，所以对于承平时代的这种市井小艺术，周密老人也有"今亦不复有此矣"之叹。

时至今日，剪纸艺术更已濒于全然衰减之境，这一来由于时代环境的变迁，这种生活小趣味已逐渐被新兴的趣味所淘汰，同时，近年一般民间生活的不安定，已没有讲求这些趣味的余裕。剪纸花样本该在旧历新年最盛行的，可是在十分重视旧历年的香

---

① 编者注：本文原载于《星岛日报·艺苑》第 10 期，1948 年。

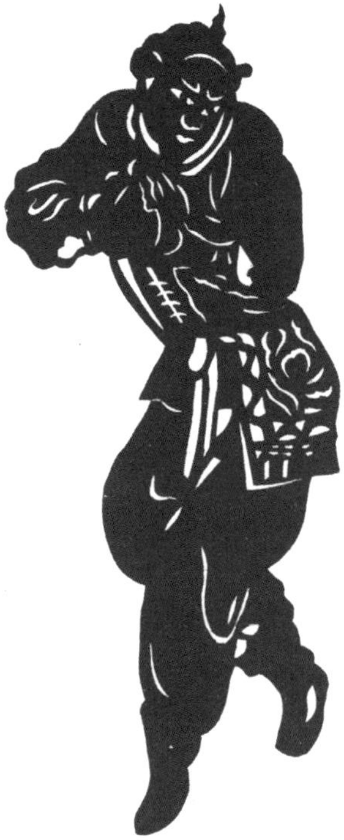

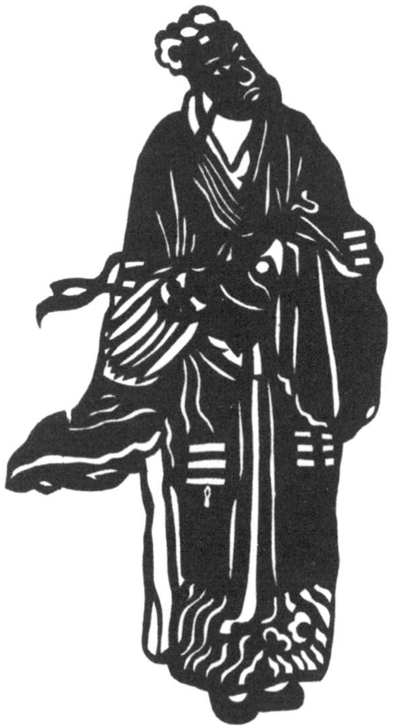

《中国剪纸》德文版　Bernd Melchers, 慕尼黑, 1921

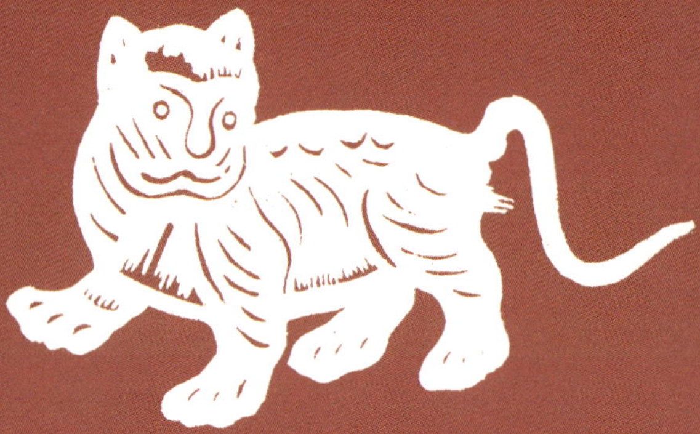

港，我特地光顾了几家纸扎香烛店，从祀神的点缀品以至馈赠装饰用的包纸签贴之类，有的全是粗劣的石印品，已不再有这类精巧的手工制作，仅是用挷刀刻成的，还残留着旧时剪纸花样的痕迹。

目前还多少保留着一点这一类旧时民间艺术的，该是中国北方。我所介绍的几种剪纸花样，都来自北平[①]，包括枕头花、鞋花，以及一般装饰用的花样。不用说，这类剪纸图案的题材多是取意吉庆的，而且带着浓重的封建意味。

《窗花：民间剪纸艺术》 陈叔亮编，高原书店 1947 年版

---

① 编者注：今北京。

京剧《活捉三郎》　A.C.Scott

外国人与我们的京戏[1]

早几天看日场的《杨门女将》,发现同座的外国观众特别多。他们好像是联袂而来的,几乎整整占了两排座位。里面有两个相识的,在休息的时候,他们向我表示对于孙花满的唱腔和演技的倾倒,说她激昂悲壮的音调完全能表现戏中人的感情。对于那些辉煌的服饰也认为是以前未曾见过的,肯定地说《杨门女将》是一出极为成功的"大型歌剧"。

第二天,我在一家英文报纸上也读到了比这更具体的好评。才知道这些外国观众之中,有不少都是行家。担心他们听不懂或是不能接受,简直是多余的。

这使我想起,早几年这里有一位驻港的欧洲国家领事,竟是十足的京戏迷。他不仅听得懂,还能够跟着胡琴唱《借东风》,一句"借东风保定了周郎",马派的韵味十足,听得我肃然起敬,因为我是怎样也唱不来的。

还有大家所熟识的那位施高德先生,他是英国人,是画家,

---

[1] 编者注:本文原载于1962年1月18日香港《新晚报》。

《中国戏剧》*The Chinese Drama* 插图　L.C.Arlington

又是戏剧研究家。他对于我们的京戏，竟比我们任何一个人都在行，已经成了专家。他是梅兰芳先生的朋友，也是马连良、张君秋的朋友。当他们两人旅港演出期间，施高德对于同他们在一起演出的名丑王德昆的演技十分喜欢（张君秋演《凤还巢》时，就是由王德昆演那个丑姊姊的），曾经给他画了许多速写。他在英国已经出版了好几部介绍京戏的专书。

比施高德老一辈的，如那位曾任我国邮务司的亚尔丁登，对于京戏也有深刻的研究。他在一九三〇年出版的那部用英文写的《中国戏剧》，是附有一百多幅彩色插图研究京戏的巨著，书中对于京戏的历史沿革、道具服装、乐器脸谱，介绍得非常详细。书中还附有三十出京戏的登场角色和剧情的介绍。那些民间年画风格的京戏人物图，就使我特别欢喜。书前还有梅兰芳先生给他题的"艺术津梁"四个大字。

这书是由当年本港别发书店印行的。第一版是仅印了七百五十部的豪华限定版。现在如果想找一部，怕要花很大的价钱了。

另外还有一位庄士敦先生，他也写过一部中国戏剧史。除了京戏，他还谈到了昆曲，而且也引用了王国维的《宋元戏曲史》，以及郑振铎、陈大悲等人对于我国民间戏剧形式的意见。

香港的外国朋友，学画中国画的已经越来越多。他们这次看了上青京剧团[①]的精湛演出，日后也想拜师傅唱两句，将是难免的事了。

---

① 编者注：即上海青年京剧团。

赵子龙 《中国戏剧》The Chinese Drama 插图 C.F.Winzer

过去的"梨园"时代 [1]

昨天我谈到外国人研究我国戏剧的著作时，提起了的亚尔丁登的那部英文的《中国戏剧》，今天在书橱里找了出来。这类书，我近年是很难得去摸一摸的，现在趁着上海青年京剧团还在这里上演之际，将这样的书拿出来翻翻，凑凑热闹，该是很难得的事，因为平时实在没有机会再看这样的书。

亚尔丁登的这本书，出版于一九三〇年。他自称在我国已经旅居了五十多年。不过，他在我们中国所生活的那半个世纪，与中国在最近十年所经历的变革，相差得已经很远了。不仅在政治上，洋大人任邮务司（亚尔丁登当年在北洋军阀时代的职务就是邮务司）、税务司的时代永不会再有了，就是在京剧界，像他在这本书里所说的，到科班里去学戏的孩子们，唱得做得不合师傅的心意时，便要自己端了长凳到师傅面前，双手举上板子，再自己扯下裤子让师傅打屁股的时代，也永不会再有了。

还有在艺术水准上，今日的京戏已经比五十年前的京戏，也

---

[1] 编者注：本文原载于1962年1月19日香港《新晚报》。

北京广和楼舞台 1898

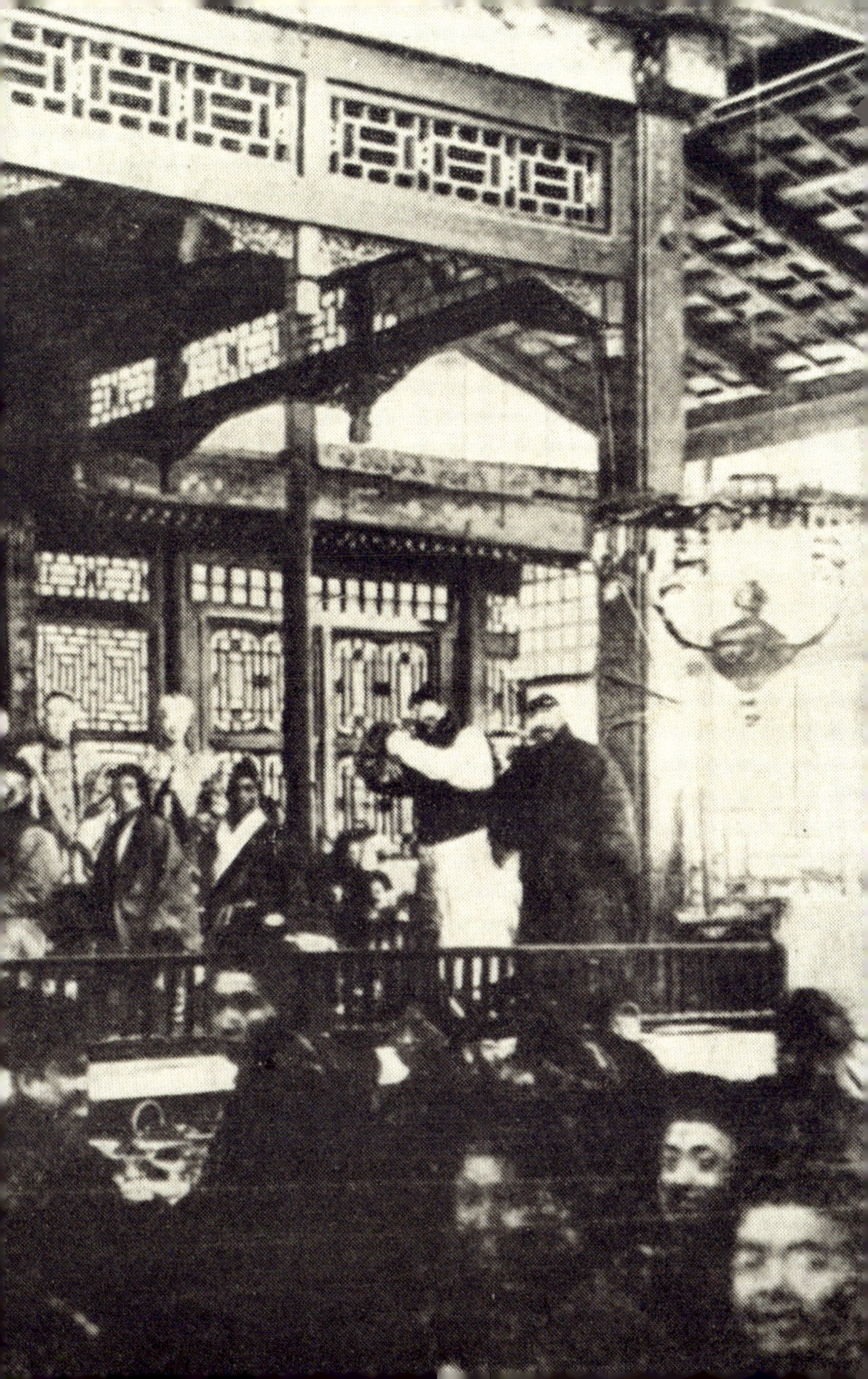

晚清时期的演剧　水彩画，作者不详

不知改良提高多少了。这都是亚尔丁登做梦也想不到的。因此现在再翻翻他的这部著作，倒也并不是全然凑热闹，实在还很有意思。

在本书的第八章里，他谈到了当时北京"梨园"所流行的许多俗语，称为"吊坎儿"。这些戏班里的俗语，现在读起来，不仅很有趣，而且还令人很有感慨。

如演戏时在台上故意讨好台下的观众，希望博取叫好喝彩声，称为"洒狗血"。这种情形，现在当然不会有了。

属于迷信的，如男角所扮的花旦，在台上掉下了头上的珠花或其他头饰，这是恶兆，在一年之内必定会遭遇不幸。

"拿桥"——演员为了要增加包银，或是对排名不满意，故意假装生病，不肯上场，借此要挟，就称为"拿桥"。

票友同正式演员抢生意，表面上说演义务戏，暗中却收受报酬，称为"拿黑杵"。

票友外行，在正式演员口中都称为"羊"。因此一个正式演员如果教票友唱戏，就轻蔑地称为"捉羊"。

此外，亚尔丁登在这本书里还说了当时"梨园"的许多黑幕陋规，以及在后台关于言语服装道具方面的许多迷信。

这些事情，我固然不懂，我想今日的青年京戏演员一定也同样不懂。但是不懂这些，却是一种幸福，因为亚尔丁登所经历的那个"梨园"时代，在我们中国已经成为过去了。

《红楼梦图咏》 清改琦绘

改七芗的《红楼梦》人物图

清代画家改七芗所画的《红楼梦图咏》，这书本是木刻的，在光绪初年出版。大约当时的销路很不错，不久就出现了翻刻本。现在原刻本固然不易得到，就是翻刻的木刻本也不易买到，好在今天国内已有了石印的重印本。

许多不同版本的《红楼梦》，本来书前都有按照书中人物或每章回目画成的"绣像"。但是出自名画家笔下的红楼梦人物图，历来只有改七芗的这一部最流行，也最有名。

改七芗是清代乾嘉年间的画家，活到道光初年才去世。据《历代画史汇传》所载：

> 改琦，字伯韫，号香白，亦号七芗，其先本西域人，以其祖殁于王事，家松江。写仕女绝妙，折枝花卉娟秀可爱，工诗文。

这记载虽然很简略，但是已经可以知道他身世的大概。他的画迹现在流传的还很多，都是着色工笔仕女。但他也擅长白描，如这册《红楼梦》人物图，底稿就是白描。这册《红楼梦》人物图创作的经过，据那位后来为他刊印这图册的淮浦居士在序文上说：

> 华亭改七芗先生琦，字伯韫，号玉壶外史，天姿英敏，诗词书画，并臻绝诣。来上海，下榻于李荀香光禄吾园。时光禄为风雅主监，东南名宿，咸来止止，文谳之盛，几同平津东阁。
>
> 先生在李氏园中所作卷册，惟红楼梦图为生平杰作，其人物之工丽，布景之精雅，可与六如章侯抗衡。光禄珍秘特甚，每图倩名流题咏。当时即拟刻以传世，而光禄旋归道山，图册遂传于外。前年冬，予从豫章归里，购得此册，急付手民以传之。时光绪己卯夏六月，淮浦居士记。

光绪己卯是光绪五年，即一八七九年，这大约就是这部《红楼梦图咏》初刻本刊行的年代了。

《红楼梦图咏》的第一幅图是《通灵宝石 绛珠仙草》。我觉得这一幅画得特别好，一拳顽石一株草。看来简直是《十竹斋笺谱》里面的作品。

这幅图后面有改七芗的弟子顾春福的题诗和跋语，也能供给我们一点有关画家和他这部作品的资料。这跋语是在道光癸巳年（道光十三年，公元一八三三年）写的。此时改七芗已经去世了。跋语说：

通灵宝石　绛珠仙草　清改琦绘《红楼梦图咏》

> 红楼梦画像四册，先师玉壶外史醉心悦魄之作，荀香李光禄所藏。光禄好客如仲举，凡名下士诣海上者，无不延纳焉。忆丁亥岁，薄游沪渎，访光禄于绿波池上。先师亦打桨由浦东来，题衿问字，颇极师友之欢。暇日曾假是册，快读数十周。越一年，先师光禄相继归道山，今墓木将拱，图画易主，重获展对，漫吟成句，感时伤逝，凄过山阳闻笛矣。道光癸巳夏，五月下浣，客上海官廨之禅琴趣室，听雨孤坐，并志颠末。玉峰隐梅道人顾春福。

跋中所说的"丁亥"是道光七年（公元一八二七年），据说"越一年先师光禄相继归道山"，那么，改七芗该是在道光八年（公元一八二八年）去世的了。可惜没有别的资料可供核对，不知道记载可靠否。

原刻的《红楼梦图咏》，还附有一篇吴县[1]孙谿逸士写的跋语，是在光绪十年写的，说明除淮浦居士的原刻本外，这时外间已有翻刻本。他对改七芗的这部作品推崇备至，认为画《红楼梦》的人物，比画其他的人物更难，因为：

> 红楼梦一书，欲征实则海市蜃楼，欲翻空则家庭琐屑；所传仕女，各有性情，各有体态，凭空想像，付诸丹青，自非笔具性灵，胸有丘壑者不办。云间改七芗先生，潇洒风

---

[1] 编者注：吴县已撤销，2000年改设为苏州市吴中区和相城区。

流，精通绘事，红楼图尤为生平杰作，一时纸贵洛阳，临摹纷杂。惟此图乃先生客海上李氏吾园时创稿，庐山真面，历世不磨，经淮浦居士授之剞劂，公之艺林，诚盛举也。近外间竟有翻刻本，虽依样葫芦，而神气索然。余惧碱砆混玉，贻买椟还珠之诮也，爰志数行，口夸眼福云尔。

我手边的一部《红楼梦图咏》，前面有"吴县朱氏槐庐"和"孙谿世家"的藏印，我拿来与阿英编的《红楼梦版画集》里的好几幅图，对比一下，一模一样。他说他是据原刻本制版的，看来我这一部也该是原刻了。

《红楼梦图咏》共有图五十幅。题咏者之中，有一个还是广东人所熟知的吴荣光。

洞房花燭　明代

秘戏图说

秘戏图，一般都叫春画，虽然是世俗的玩物，使道学先生见了要摇头，但在民俗学者的眼中，却也是有用的资料。将裸体男女、性器官，以至男女交接诸形态作为绘画或雕塑材料，其历史已与人类其他文化活动史迹同样悠久。选用这种材料的动机，绝不是娱乐或诲淫，而是由于宗教的巫术作用。在原始生殖器崇拜时代，这种诡异的艺术品正替代着今日的"神像"地位，受着人类的敬仰。至今还有人相信春画可以辟邪、辟盗，甚至辟火的，正是这种远古迷信心理的残留。

至于将这种东西作为贵族士大夫燕赏[①]以至闺房助兴工具，则显然是人类婚姻制度已经确立，道德习俗开始将人类的行为和欲望加以约束以后的事了。

中国最早见诸记载的秘戏图，是汉代宫闱的壁画。《汉书·广川王传》上说："（文）子海阳嗣，十五年，坐画屋为男女裸交接，置酒请诸父姊妹饮，令仰视画。"广川王后来因为这种

[①] 编者注：此处"燕赏"即玩赏之意。

淫佚的行为伏诛，但在中国艺术史乃至风俗史上，却已经成为秘戏图的始创者。沈德符的《敝帚斋余谈》，有一则谈春画的，就说中国的秘戏图实始于广川王，他说：

> 春画之起，当始于汉广川王画男女交接状于屋，召诸父姊妹饮，令仰视画。及齐后废帝于潘妃诸阁壁，图男女私亵之状。至隋炀帝乌铜屏，白昼与宫人戏，影俱入其中。唐高宗镜殿成，刘仁轨惊下殿，谓一时乃有数天子，至武后时遂用以宣淫。杨铁崖诗云：镜殿青春秘戏多，玉肌相照影相摩。六郎酣战明空笑，队队鸳鸯浴锦波。而秘戏之能事尽矣。后之画者，大抵不出汉广川齐东昏之模范。惟古墓砖石中画此等状，间有及男色者，差可异耳。

墓道祭堂的墙壁和砖石上有秘戏图，绝不是供奉死者享乐的，而是辟邪镇压作用的，这正是前面所说的原始宗教巫术作用的遗留。至于"间有及男色者"，则不外汉代和西域交通发达，这种近东特有的变态嗜好由国外传入，遂在民间宗教艺术品上留下了痕迹而已。发掘古冢每有秘戏图发现，其原因就在此。明李诩所著《戒庵老人漫笔》，有一则记载这类事颇诙奇，兹抄录如下：

> 青州城北四十余里丰山下，麦地古冢得厚蛤壳四五千枚，以锦绮重重间铺，锦皆毁化，壳背随尖阔就脐作嘴，二目、

明代性爱色刷木版画册《风流绝畅》 高罗佩藏

绢本画帖　明代万历年间

双角，短长异状，皆为鸟形，以漆画之。每壳中各色画树木人物，竹篮纷错，如妇人采桑之状，有在树上者，有倚树下者，坐卧行立，种种皆备。……余率众行男女交感，横斜俯仰，上下异态，不可具言。男闲有作回回貌并椎髻者，妇人或散发在后，长乳尖足，毛窍阴阳之物显然，抱持牵挽，一壳多者至十数对，正类今之春画，然不知作何用耳。

今日提及秘戏图，便想到唐伯虎和仇十洲以及《汉宫春晓图》、十二金钗之类，每一家古玩店大都备有一两幅，可是中国的鉴赏家都说这些作品伪托者居多，真者百不得一。相传仇十洲有一幅名作，画面唯见一床一猫，不见一人，帐已下，帐钩作摆动状，猫怒目注视着帐钩，像捉老鼠似的准备扑上去。然而这也只是得诸传闻，笔者自叹眼福浅，至今还未见过这类真迹。

在中国猎奇收藏家的眼中，日本秘戏图的价值颇高。沈德符说："扶桑春画更精，又与唐仇不同，画扇尤佳。余曾得一扇面，上写两人野合，有奋白刃驰往，又挽一臂阻之者，情状如生，旋失去矣。"

李诩也说："世俗春画鄙亵之甚，有贾人携东瀛春画求售，其图男女惟远相注眺，近却以扇掩面，略偷眼觑，有浴者亦在帷中仅露一肘，殊有雅致，其绢极细，点染亦精工，因价高远之。"

后者所见，显然是日本江户时代版画师的浮世绘，作者误以为是春画了。

金刚般若波罗蜜经扉画

中国的雕板艺术[①]

书籍式样的未来和过去

我们今日一提到书,脑中所唤起的书的形式,若不是木版的线装书,必然是排版的铅印书或石印书。这些书籍,不论是中文或是外国文的,不论是线装书或是所谓洋装书,在式样上说,它们所代表的,其实不过是书籍形式进化过程中的现阶段式样而已。若以为中国向来的书,都是像这样装订成一册一册的东西,那就错误了。

近一点说,敦煌石室所发现的唐人写经和抄本书籍,那模样尽是如今日画家手卷一样的卷子。就是为藏书家所珍贵的宋版书,那装订的式样也不似今日的线装书,而是像裱好了的碑帖或绘画册页那样的蝴蝶装和推篷式。今日和尚道士所用的经卷还保存着这种形式。这还是就我们已经发明了用纸写字或刻书以后而言。在所谓后汉宦官蔡伦发明造纸的时代以前,那时的所谓书

---

① 编者注:本文原载于《新中华画报》第 9 期,1952 年。

◐◐ 简牍及其加工工具

籍，都是用漆和墨写在竹片或木片上的竹简和木简。作家没有原稿纸，他们用硬的毛刷似的竹笔点了漆在竹片上起草，需要修改时便用刀刮去再写，所以我们至今请求别人修改文章时还称"削正"。一片一片竹签似的木简或竹简，用牛皮绳贯穿到一起时便成了一本书，这称为"册"，这是一个象形字，形容许多竹简用牛皮绳子贯穿在一起的情形。因此我们至今还称一本书为一册。

讲明白了我国书籍式样的变化过程，我且顺便讲一个笑话。中国商人最喜欢崇拜关公，许多商店的正中总挂有一幅关公像，绿袍金铠，五绺长须，手执《春秋》一卷。这本《春秋》的式样往往恰如我们今日所读的书一样。我们知道，关羽是三国时人，他那时如果看《春秋》，所用的"版本"即使不是竹简，最低限度也该是卷子，但是坊间的庸俗画家竟使他看线装的木版书甚或石印书，这对于中国书籍形式的进化过程真是开了一个大玩笑。

我们发明了雕板艺术

原始的中国书籍式样,就是这样用竹片木片穿成沓的简册,稍后又是用布帛和纸张装裱成为卷轴的卷子,所以我们至今还称书为一册或一卷。这些简册和卷子都是用手写成的,直到印刷术发明了以后,书籍才有刻本。

刻本是将每一页书先用木板刻好,然后再刷墨用纸覆上去印刷出来,所以最初不称为印书而称为刻书。刻书时在木板上刻字的程序称为雕板。

雕板印刷技术,是中国人首先发明的。这和造纸术火药指南针三者,是中国在世界文化史上对于人类最有贡献的四大发明。

中国究竟在什么时候发明了雕板印刷,现在已找不出明确可靠的记载,但最低限度在隋初(公元五九三年)已经运用雕板来印刷佛像和单页的经咒,则大抵是可靠的。要断定究竟在什么时候开始,这几乎是不可能的。因为像雕板印刷这样的文化产物,必然要经过多次的试验和改革,同时它本身又必受了其他事物的影响或暗示,这渊源和发展的经过必然是很复杂悠久而且缓慢的。绝不是一朝一夕,或者由某一个

人在某一天突然发明的。我们能相信中国古代文字果真是仓颉创造的吗？我们能相信在汉朝出现的造纸方法果真是蔡伦独自发明的吗？因此要想考证中国的雕板发明人是谁，这是不可能的。

我们现在所能做的，乃是只有从前人著作中看一看中国雕板艺术最初被记载的情形是怎样。本来，对于中国最初有雕板印本书籍出现的时代，一般有三种不同的说法。一说最早，说起于隋开皇十三年（公元五九三年），所根据的是费长房的《三宝记》；其次是说始于柳氏《家训》和《猗觉寮杂记》等书所记载的唐末益州墨本；再其次是说始于五代冯道的刊印九经。前人对于这三种说法互有辩诘，但我认为这三个不同而时代又恰巧衔接的说法，其实可能恰是中国雕板艺术逐渐发展的过程，恰如明人胡应麟在他的《少室山房笔谈》所说："雕本肇自隋时，行于唐世，扩于五代，精于宋人。"

雕本始于隋时的根据，首见陆深的《河汾燕闲录》，其言曰："隋文帝开皇十三年十二月敕，废像遗经，悉令雕撰。"

著《书林清话》的叶德辉，曾对此说固执地加以否认，他在《书林清话》卷一《书有刻板之始》中说：

> 近日本岛田翰撰《雕板渊源考》(所撰《古文旧书考》之一)，据《颜氏家训》称江南书本，谓书本之为言，乃对墨板而言之。又据陆深《河汾燕闲录》，引隋文帝开皇十三年十二月八日敕"废像遗经，悉令雕撰"之语，谓雕板兴于六朝。然陆氏此语本隋费长房《三宝记》，其文本曰："废像遗经，悉令雕撰"，

意谓废像则重雕，遗经则重撰耳。阮吾山《茶余客话》，亦误以雕像为雕板，而岛田翰必欲傅合陆说，遂谓陆氏明人，逮见旧本，必以雕撰为雕板，不思经可雕板，废像亦可雕板乎？

陆氏所引的费长房《三宝记》，一名《历代三宝记》，我未见过旧本，不知究竟应作"雕撰"或是"雕板"。但据《历代佛祖通载》所载，开皇十年文皇下诏复教，访人翻译梵经，置翻经馆，大建伽蓝，故有整顿废像遗经之举。《三宝记》的原文不论是雕板或雕撰，都可以说明这时已经用雕板来印刷佛经或佛像了。叶德辉所诧异的"废像亦可雕板乎"，实在是他不理解木刻艺术的起源乃是由于镌刻宗教图像。佛像的制作固然常用雕塑，但同时也可以雕成石板或木板来印刷传播。至今所发现的中西最古印刷品，差不多都是宗教图像，这就是很好的证明。

现存最早的中国雕板印刷物

敦煌除了壁画和塑像雕像以外，在距今五十多年又曾发现一个被封闭多年的石洞，其中收藏着大批古代刺绣绘画写本和印刷物，这些都是无价的中国艺术遗产。当时清朝政府也不注重这些事，以致被英国的斯坦因和法国的伯希和等人将这些宝物大部分偷运了回去。偷运回去的现藏于伦敦大英博物馆的几十箱敦煌宝物中，其中有一卷《金刚经》刻本，还保持着中国书籍原始的卷轴形式，卷首附有佛像装饰，全是用木板雕板印刷的，不仅是现存最古的中国

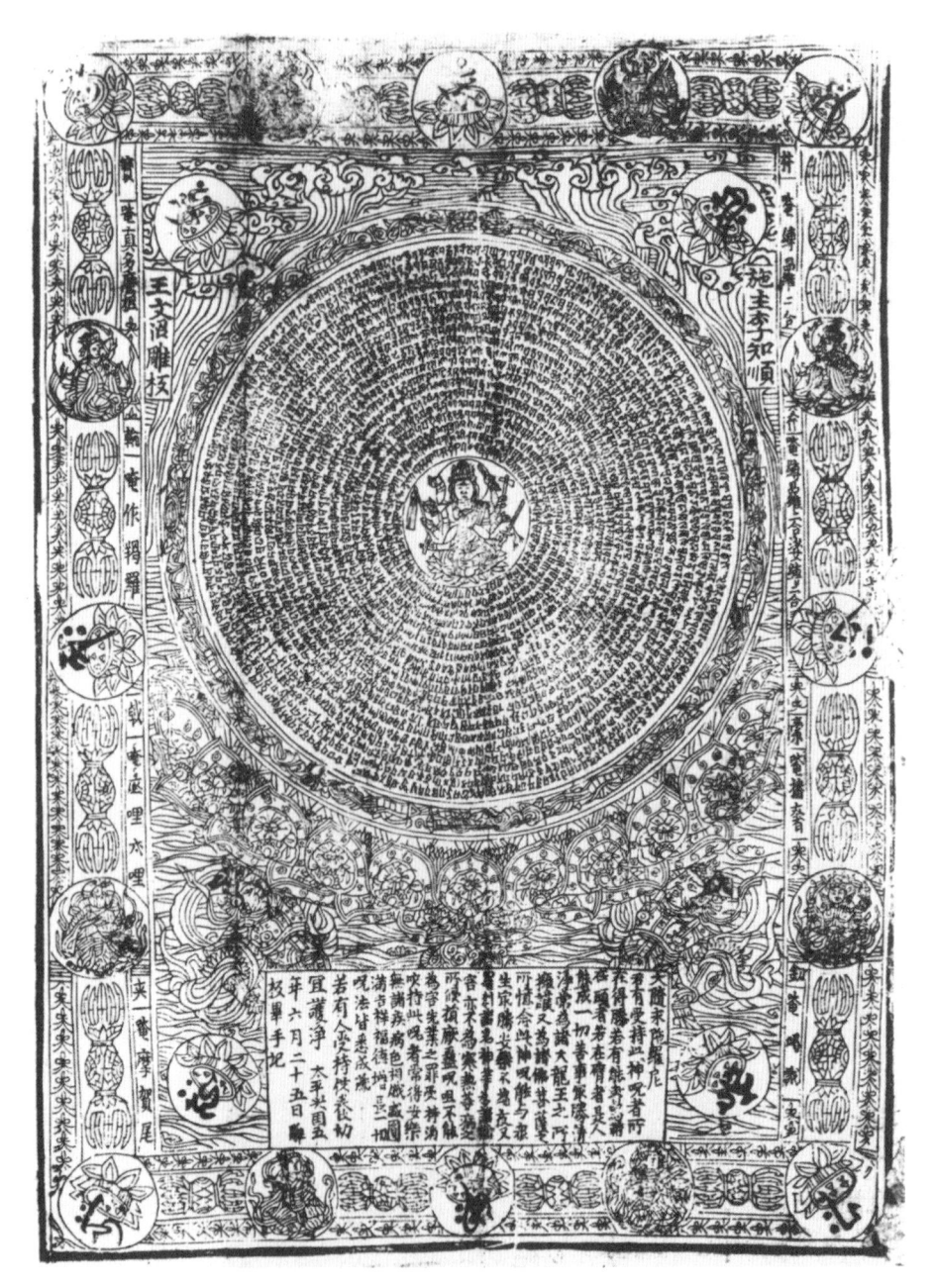

大隋求陀罗尼经咒

雕板书籍，同时也是全世界现存最古的一幅雕板印刷物。

敦煌所发现的这一卷《金刚经》之所以可贵，是因为在卷末明白的记载着它的雕板刊印年代："咸通九年四月十五日王玠为二亲敬造普施。"咸通是唐懿宗的年号，咸通九年为公元八六八年。在全世界现存的雕板印刷物中，其中附有明确可靠的年代记载的，没有比这更早的了，因此这一卷金刚经成了中国现存最早，同时也是全世界现存最早的雕板印刷物。由于卷首的佛像雕板技术已经很娴熟精美，还可以间接证明在它的刊印以前，中国的雕板艺术必然已有了相当时期的流传。可惜这样一件有关中国雕板艺术的重要宝贵证物已经流传到国外去了。

咸通九年雕板的这卷金刚经，很可以间接证明隋初已有雕板经像的记载为可靠。除此以外，另有一卷在敦煌石室同时发现的《求陀罗尼经》，也可以间接证明。罗振玉氏在《敦煌石室遗书》上说："大隋求陀罗尼圣本经上面，左有施主李知顺一行，右有王文沼雕板一行。宋太平兴国五年，翻雕隋本。"叶德辉的《书林清话》也有相同的记载。

大隋《求陀罗尼经》原本现在也在伦敦大英博物馆。罗叶两人似乎都未见过东西的原物或影片。据我从复制的影本看来（见美国道格拉斯，麦克茂特莱氏著《印书和制书的故事》第九十七页插图），这实在既非卷子，也非书册，而是一张单页的雕板印刷经咒。这经咒是梵文的，作一大圆形居中，中心有小佛像，四周也有佛像和莲花宝鼎的装饰，右上角有"施主李知顺"五字，和字又类知字，左上角有"王文沼雕板"五字。圆形梵文经咒的

土山湾印刷厂内景　法国范世熙绘

下面，有文字二十一行，排在一长方形框内，前作"大隋求陀罗尼"，中十六行系解说受持此咒所获得的各种功德。末四行云："若有人受持供养，切宜护净。太平兴国五年六月二十五日，雕板毕手记。"

宋太平兴国五年是公元九八〇年，可须注意的是原件上仅作"雕板"，并未如罗叶诸人记载上所说的"翻雕隋本"。如果王文沼所根据的隋本确是雕本而非写本，则可以确切证明隋朝已有雕板了，可惜这一点仍令人有可疑之处。

前面说起过的唐《柳氏家训》，其中曾提及唐朝的初期雕板书籍，此书曾为《石林燕语》所引，其言曰：

> 中和三年癸卯夏，銮舆在蜀之三年也，余为中书舍人。旬休阅书于重城之东南，其书多阴阳杂记占梦相宅九宫五纬之流，又有字书小学。率雕板，印纸浸染，不可尽晓。

中和三年是公元八八三年，这较咸通《金刚经》的雕板年代已后十余年。但仍是关于中国初期雕板书籍的可贵的记载。这记载使我们知道四川是中国最早用雕板印刷书籍的地方，正是后来临安和建安宋版书的先驱。而且所印的都是当时实用术科书籍，并非所谓经史正经书，正是特别值得注意的。可是以前的人对这记载都不甚重视，就因为所印的是杂流书籍而非经史。但是我们知道，文化和艺术都起源于劳动，有了雕板以后，最先被印行的主要是宗教书和实用技术书。

中华造纸艺术图谱　　法国耶稣会士蒋友仁编

中国书籍装帧艺术 [1]

书籍装帧艺术，是同书籍式样分不开的。要想理解一下中国现代出版物的装帧艺术趋向，就应该先明了一下中国书籍式样变化的过程。

我们现在通用的书籍式样，是处在平装书与线装书并存的阶段。所谓平装书，还应该包括硬面的精装本（从前称为洋装）在内。书籍的印刷方式主要是铅印的，则在印刷术语上通称为活版印刷的书籍。与这相对的，就是用木版印刷的书籍，这也就是我们所特有的线装书了。当然，我们现在有些铅印书或石印书也采用线装书的装订方式，但这是少数的例外。一般的线装书，必然都是用木板雕板印刷，不是用活字排印的。

我们的书籍式样，因此就有了这两大类别：一种是古老的线装书，一种是新式的平装书。

中国书籍采用平装的式样，不过是近百年以内的事，至于木版线装书，则从北宋时期就开始盛行，到现在已有近千年的历史

---

[1] 编者注：本文原载于《新中华画报》百期纪念特大号，1960年。

了。不过，在装订方法上来说，不要以为所有的木版书，必然全是用线装的方法来装订的。最初的宋版书装订方法，外表上看来倒有点与我们今日的平装书相似。他们将每一页的书反折起来，鱼尾部分向里，空白多的部分向外，并不用线装订，只是用糨糊粘在一起，然后在外面再包上一张书面，仿佛如今日的平装书一样。除了书脊以外，其余三面都参差不齐，很有点像我们初期的新文艺书籍所采用的不切边的毛边装订方法，在当时称为蝴蝶装，因为它是可以像蝴蝶的两翼一样平摊开来的。当时采用这样的装订方法，也许是还未发明像后来用线装订的线装书的装订方法。不过，"蝴蝶装"至少另有一点好处，那就是有文字的部分接近书脊，四处空白无用的部分向外，可以不怕虫鼠咬损，就是对于火烧水渍也略可防护。因此这种装订方法一直到后来都有人继续采用，如明朝的《永乐大典》、清朝的《四库全书》，全是采用这种"包脑"的装订方法，只是将每页正折向外，不再将鱼尾折向里面了。唯有最近新出版那几种《中国版画丛刊》，则是采用了正式的"蝴蝶装"的装订方式，不同的地方是将书边三面都切光了。

明白了线装书的这两种装订方法，就可以间接知道我们古代书籍装帧情形的一个大概，因为线装书是从来没有所谓"封面画"，只是用印有书名的长签条贴在书面的外角，此外就是书面的纸质和颜色略有变化，一般都是用磁青纸或仿古的栗色纸，精致一点的用珊瑚笺或洒金笺，再用颜色绢包角。若是皇帝所看的书籍，才用黄色或其他颜色的绸绢来作书面，如此而已。

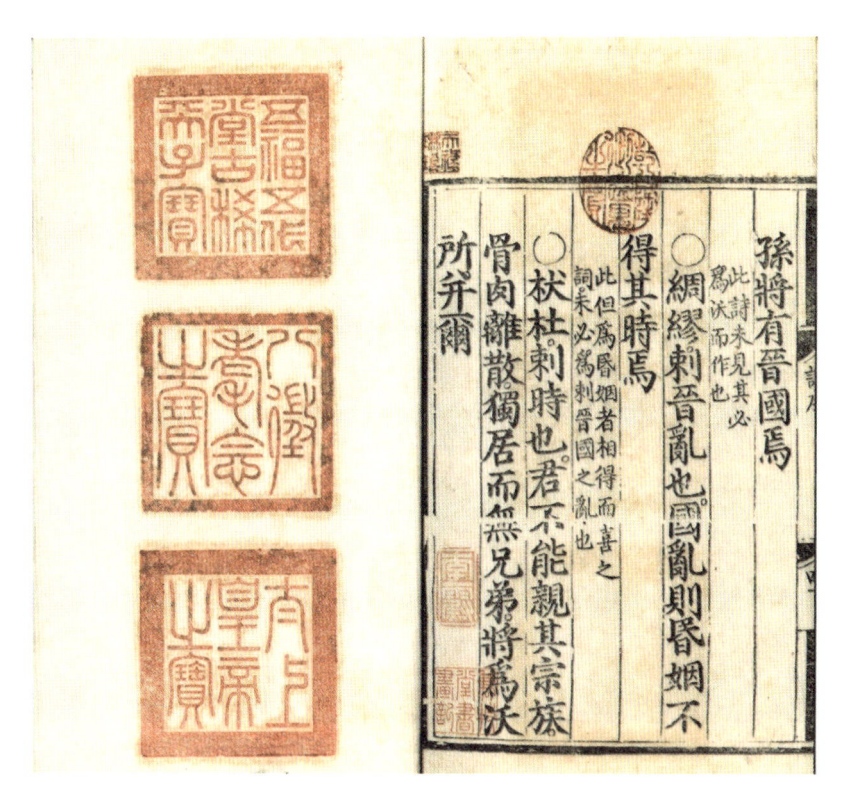

明版《春秋经传》　天禄琳琅旧藏

在木版线装书以前，我们当然也早已有了"书"。那时的书籍式样，则有点近于今日装裱成册的碑帖；更古一点，就像今日书画的"手卷"，已经接近最原始的用竹片和木片写成的"竹简"和"木简"了，再用牛皮索或草绳穿起来的"书册"（"册"字就是用绳索穿了木片竹片的一个象形字）。那时自然也有他们的"装帧艺术"，只是与我们已经相隔太远，无从知道，也不必深究了。

现在与我们一般读书人有切身关系的装帧艺术，乃是指平装书的装帧艺术。我们平时难免有一种误会，以为所谓"装帧"，不过是给一本书画上一张封面画，或者写几个"美术字"的书名，将一本新书的外表打扮得漂亮一点而已。在我们的"五四"时代，那些新文化运动初期的出版物，根本谈不上有什么装帧艺术。就是有，也不过如上面所说的那样，加上一张画得不很高明的封面画，就算已经尽了装帧的责任了。

其实，所谓装帧艺术，就是书的艺术，这应该包括一本书的整个设计在内。根据一本书的性质内容，它的读者对象，以及字数多寡，来决定开本，排印所用的字体，每页排版的格式和容纳的字数多少，构成一本书的初步样本以后，然后再设计里封面、版权页，以至封面画；若是需要插图的，更要注意所用的插图是否与这本书的性质和版面调和。能够将这一切当作一个整体来处理，不使它们有什么矛盾，使得一本书打扮得令人看起来舒服，而又适合它的身份，这才算是尽了装帧艺术的能事。若是将一本书已经排好，甚至已经印好之后，才找人画一张封面，那是不便称为装帧的。

由于我们现在的新书所采用的平装本和精装本的式样，很接近西洋书和日本书的式样，反而与我们固有的线装书式样距离很远，因此自新文化运动发生以来，我们所出版的新书，在装帧艺术的倾向上，毋庸讳言，一向是受到西洋书和日本书装帧艺术影响的。一直要到最近几年，随着中国出版物整个水准的提高，以及书籍爱好者的强烈要求和鼓励，从事装帧艺术的工作者才摆脱了三十年来所受到的外来的羁绊，努力从自己的文化遗产中，寻求一种新的依凭，作为我们自己的装帧艺术发展的道路。

这一条道路，现在可说已经探索出来了，这就是民族风格的大路。

本来，我们现在新书所采用的式样，虽不是我们自古以来的书籍固有式样，然而由于是采用活字排版，用机器大量生产的书籍，根本与采用雕板手工印刷的书籍不同了，所以不能混为一谈。并且，这种变化是随着时代进步的必然现象。因此我们现在所采用的书籍式样，与其说是外来的，不如说是书籍的一种世界式样。就装帧艺术这范围来说，问题只是在我们如何使这式样在中国落地生根，使它开花结果成为我们自己喜见乐闻的东西而已。

这就是中国的装帧艺术以后要走的，而且现在已经开始走上了的民族风格大路。在排印格式上来说，横排可以与直排并用。翻译文学，科技书籍，研究外国语文的著作，自然是适宜横排的；但是古典文艺作品的重印，以及研究中国传统艺术的各种著作，就该保持直排的形式了。就字体方面来说，目前通用的是所谓宋体字（俗称老宋体），也有少数用仿宋字的。书籍正文的字体，自以字划清晰、读阅方便为上，目前通行的宋体字已经够得上这个条件。但是中国的书法艺术，是有几千年光荣传统的一种独特艺术，在今后的书籍装帧设计上是该尽量加以利用的。我认为在封面和里封面上，是可以发挥我国书法艺术长处的好领域。这可以替代过去那种美术字和名人题字的方式。字体尽可以多多变化，从甲骨钟鼎，金石碑板，以至篆隶行楷都可以，但要记住

擺書圖

与书的内容和读者对象调和，同时更要容易使人认识。这一项设计的最高效果，是可以使得一本书的封面不需要图案和画，能完成装帧艺术上所应负的任务的。

近年来，中国的出版事业有了很大的发展。由于文化生活普及，人们普遍要求精神食粮，于是出版事业空前繁荣起来，出版物的数量之大和品质之多是过去任何时代都无法比拟的。出版物多了，人们除要求它是一本好书以外，还要求它们装帧得美观。近年出版的许多书籍，就是在民族风格这一原则的要求之下设计出来的，这些书籍的装帧艺术，不但在国内得到人们普遍的喜爱，在国际上也获得了很高的声誉。

中国的新出版物较近一次在国际上获得的最高荣誉，是在一九五九年举行的"国际书籍展览"上。这个规模极大的书展是在德国的"书籍之城"莱比锡举行的，参加书展的有中国、美国、巴西、比利时、英国、古巴、智利、法国、意大利、匈牙利、苏联、瑞士、墨西哥……近四十个国家。中国选了一批一九五九年以前出版的书籍送去参加，得到了优异的成绩：十枚金质奖章，九枚银质奖章和五枚铜质奖章。

获得金质装帧奖章的《永乐宫壁画》，我想这本书得奖的原因之一是由于那枚绸质挖镶的书套。这正是中国古老的京式书套方式之一。这也可以说是中国民族风格的装帧艺术的一次旗开得胜。

获得银质装帧奖章的《中国货币史》，在封面上采用中国古代货币形象来构成封面图案，和原著的性质取得一致，这是它最大的成功处。《杨柳青年画资料集》也是获得银质装帧奖章的，紫铜的封面上主要是民族风格的凹凸图案，这是一本利用西洋装订形式而创造出来的民族风格封面，高贵、大方而又美观（在这次书展中，其他获奖的书籍，据笔者所知还有如下这些：《五体清文鉴》，金章装饰奖；《上海博物馆藏画集》，金章复制画奖；《梁祝故事说唱集》，银章排字印刷奖；《朵朵葵花朝太阳》，银章儿童书籍奖；《在森林中》《儒林外史》，银章插图奖；《李长吉诗歌》，铜制装帧奖；《鱼背上面汽车跑》，铜章儿童书籍奖；《玉仙园》，铜章插图奖；《和平的音讯》和《民歌》分别获得银章和铜章版式设计奖，此外还有荣宝斋的水印画和连环画获得特殊奖）。

但是，上面所说的只是一九五九年以前出版的书籍，最近这一年多出版的书籍装帧设计，又有了很大的发展。譬如那本作为新中国建立十周年献礼的《中国》画册就是一本史无前例的辉煌的巨制。我第一次见到这本画册就被它巨大的开本，五百多页的篇幅，以及像长城古砖那样沉重的分量所吓住了。这确是只有一个能使高山低头，令河水让路的新国家才有这样魄力来出版的。何况它除了装帧以外，在制版、编排和印刷各方面可以说都已经达到了国际的第一流水准，并且全部材料都是中国的国产品。这是一个最好说明中国十年来成就的"立此存照"，因此不用序言，不用长篇大论的说明，从这个角度去看已经足够比什么都更雄辩地说明一切了。

可是，要编印像《中国》这样内容的一部画册，不说别的，仅是内容的分配，图片的选择方面，就已经要使负责编辑的人费尽心思了。举个例来说，揭开了这部《中国》画册，扉页是一幅横过两面的《柏树与儿童》：在参天的柏树林中，一群儿童正在欢天喜地地走来。略为粗心的读者，也许不理解为何一开始要选用这样一幅图片？其实这是经过一番苦心安排的。因为这幅柏树与儿童的摄影，象征着古老的传统与新生力量的结合。这正是今日的新中国，它秉承着过去先民的光荣优秀传统，以活跃的新生力量，向着光明的未来走去。因此这幅《柏树与儿童》，可说象征了我们这个国家的过去、今日和未来，同时也概括了这部《中国》画册的整个内容。

此外，还有好多书籍——特别是文艺部门的书籍，装帧非常讲究，尤其是装帧的设计服从于书的内容而又符合民族形式的要求，有许多书，应该说比一九五九年以前的书籍又跃进了一步。我可以随便举出几个例子，如郭沫若的《屈原》，封面采用古拙的白描手法，画《橘颂》的一个场面，右上角是原作者的书法，字体不大，装帧的格调和书的内容完全取得和谐，可以说是很成功的。又如《白毛女》的封面，简洁有力，黑底白线，调子强烈，主题突出，书名字体的风格新鲜而又强烈地吸引人，是一幅成功的封面设计。其他如《王老九诗选》用民间蓝花布作为封面，《李有才板话》用棉绸作封面衬地，都是很别致的。这些书籍的装帧艺术，一般公认已经达到了国际水平。

从以上随手所举的几个例子看来，可知中国新的装帧艺术所采取的民族风格路线，不仅是走得很对，而且是有着辉煌前途的。

乾隆皇帝大閱圖
北京故宮博物院藏

《四库全书》与文渊阁

一、《四库全书》的由来

在中国历史上，专制帝王为了表示自己在万机之余，还有精神与时间留意典籍，注重文治；或是为了羁縻读书人，使他们的精力有所集中，以免妄发议论，扰乱人心，往往采用编纂刊印大部丛书的办法，借以消耗这些人的精力，同时更可以为自己做宣传。这种办法可说相当巧妙。出于这个动机而编纂成的大部丛书，如宋太宗敕编的《太平广记》《太平御览》《文苑英华》，都是类书性质，就是为了掩饰自己的得位不正用来转移人们视线的。还有有名的《永乐大典》，其实也是明成祖为了夺位的纠纷，想借此来缓和当时读书人的怨怼的。到了清朝初年，康熙也编纂了一部《古今图书集成》，作为收服汉族人心的工具。

《四库全书》的出现，其原因也与以上的几种大类书的形成一样，虽然内容有一点不同。《太平御览》《永乐大典》，乃至《古今图书集成》，都是从各种书中采取相类的资料，比排在一起，借供检阅参考，是一种大规模的工具书，从前称为类书。但

《四库全书》却是将各书按照经史子集来分类，将每部书全部收入，所以它不是类书而是丛书，这是《四库全书》与以前几部大类书不同的地方。不过，它虽然号称是将每一种书的原文都一字不漏地收入，但实际上仍是不免经过删改，将有违碍的内容都删削过了的。

《四库全书》是由乾隆敕令编纂的。这部大丛书的编纂动机，也是与过去那几种一样，表面上是提倡文化，保守典籍，实际上是笼络人心，消磨读书人的志气。乾隆编纂《四库全书》更有一项特殊作用，就是借此来发掘明朝遗民的著作，借此来一网打尽，消灭一切异己的言论和思想。所以《四库全书》的编纂工作是与清代最有计划的焚毁"违碍著作"运动和残酷的文字狱同时并进的。

二、《四库全书》的构成

乾隆三十七年（公元一七七二年），第一次下诏征书，这是《四库全书》编纂工作的正式开始，到了三十八年，各省督抚和藏书家采购进呈的书籍已经有几千种，这时除了检阅抽毁违碍著作外，还成立了四库馆来计划编书的工作。所谓"四库"，就是指经史子集四项，这是中国图书分类历来最通行的办法。经部亦称甲部，包括经籍、六艺、小学诸书；史部亦称乙部，包括史记、传记、舆地志等；子部范围最广，诸子百家、艺术谱录、小说杂家著作，都属于这一类，亦称丙部；集部则是散文韵文的集合，称为丁部。《四库全书》这名称由乾隆自己定的。他在三十八年二月二十一日的谕旨上说："将来办理成编时，着名'四

文渊阁

库全书'。"这就是这个名称的由来。

　　负责编纂《四库全书》的四库馆，其组织方法，设有正副总裁官，总理馆务，又有总校官，主持校勘工作；总纂官，负责实际编辑工作，其余就是纂修和缮书处，执行各书的缮写绘图工作。这是编纂《四库全书》最重要的一个部门。因为所谓《四库全书》者，在当时并非用了木版或用活字来印刷，而是每本书每一字都是用手抄的。所以《四库全书》全部是精楷的手抄本。这是它的短处，也是它的长处。短处是手抄时容易漏脱，字体不能一律，读阅起来费事，抄时也费钱费时。但它的长处却是除了专制皇帝有此财力和权力能完成这样的工作外，一般人是不可能的。这就是《四库全书》在今日值得珍贵的地方，因为这是花费了无数人力和财力才能完成的东西。

《四库全书》的总纂官，至今为人所习知的是纪昀，即《阅微草堂笔记》作者纪晓岚。他对于全书的编纂工作，十余年始终其事，用力最多，虽然当时还有几个其他总纂官，但今日大家只记得纪晓岚的名字了。

《四库全书》当时一共抄了七部，最初四部是供皇帝自己看的，后来又另抄了三部，算是公开给南方读书人看的。从乾隆三十八年四库开馆办起，直至五十二年完成，先后一共花了十五年时间，此外还抄了《四库荟要》两部。这样巨大的工作能在十五年内全部完成，实由于专制皇帝的财力和权力。据统计仅是执笔缮写的誊录人员，先后就一共有二千八百二十六人。这些人每年要抄写三十三万余字，每人持续工作五年，期满后还可以放他做一个小官，以作为报酬。

三、《四库全书》的内容和形式

这一部全部用手抄写的空前大丛书，每一部有三万六千三百册之多，每册长清官尺七寸七分，阔五寸九分。字是很大的，每一面八行，每行二十一字，注字则是双行小字。书面是用颜色绢连脑包起的，外表看来有点像蝴蝶装，里面则仍是像普通书籍一样，版心向外装订的。书面的绢，按照经史子集分成四色，经部用葵绿绢，史部用红绢，子部用白绢，集部用灰黑绢。所有书内的插图，全由当时的内廷供奉画家按照原书的图样，精工仿制。

这些书每一本都是用上好白棉纸抄写的。卷首钤有"古稀天子之宝"和"乾隆御览之宝"的朱印，书前并有本书提要，附有总纂官和誊录生等的姓名。

《四库全书》的内容，据民国九年陈垣氏就北京文津阁所藏的一部，实地点查的结果，计经部有书五千四百八十二册，集部一万二千二百六十二册。以种类计算，共计收书三千四百七十种，七万九千一十八卷。所据的版本，除所谓通行本外，更有私人进献本，各省采进本，永乐大典本，内府本，敕撰本之别。私人进献本多是征借来的，后来抄完之后都一一发还原收藏者。

除了实际抄录者外，又为每种相类而认为不十分重要的书籍，编撰了一个"存目"，以备参考。这类存目的书，共有六千八百一十九部之多，比实际收入者几乎要多一倍，存目中所记录的书，现在有许多已经散佚了。

四、四库七阁的存亡和现状

乾隆下令编纂《四库全书》之初，他的预定计划是一共缮写成四部，分贮在四处地方，一部放在北京宫内，一部放在圆明园，一部放在奉天[①]，一部放在热河行宫，以便随时浏览。并先期建筑了四座藏书楼，专门贮藏《四库全书》，在北京宫内的名文渊阁，圆明园的名文源阁，奉天的名文溯阁，热河行宫的名文津阁，通称内廷四阁。这四阁的式样，都是模仿宁波天一阁的

---

① 编者注：即清之盛京（今沈阳）。

文澜阁图　　原载清孙树礼、孙峻《文澜阁志》

建筑，最适宜于藏书，而且防火的设备更佳，自明朝以来始终未曾发生过意外，所以特地派人去察看，按照它的式样来建筑。最先筑成的是热河的文津阁，其次是圆明园的文源阁，先后在乾隆四十年竣工。至于紫禁城内的文渊阁，则建于乾隆四十年，落成于四十一年。奉天的文溯阁建筑最后，至乾隆四十七年始落成。

　　第一份《四库全书》，缮成于乾隆四十六年，于是首先就近贮入紫禁城内之文渊阁。后来第二、三、四部完成，始分别贮入文溯、文津、文源三阁。内廷四阁完成之后，乾隆对于《四库全书》的编制很满意，为了"嘉惠士林"起见，又下令再缮三部，分贮到人文荟萃的江南各地，以便士人可以抄录传观。他择定的地点是杭州、镇江、扬州三处。也特地建筑了三座藏书楼，杭州的名文澜阁，镇江的名文宗阁，扬州的名文汇阁，这就是所谓江南三阁。总计《四库全书》先后一共抄写了七部，两部在北京，一部在热河，一部在奉天。这都是皇帝自用的，另三部在江南，则算是供一般读书人用的。

这七部《四库全书》和七座藏书楼的命运，现在可述者如下。关于内廷四阁部分：圆明园的文源阁毁于咸丰十年英法联军之役，只字不留。文津阁系在热河行宫，保存较易，曾在民国四年移至北京，现尚存在。奉天文溯阁的一部，经过九一八事变，存亡至今不明。只有文渊阁的一部，因一向贮在紫禁城内，所以是保存最完整的一部，而且因为是最先完成的所以也特别工整精美。

至于江南三阁，经过鸦片战争和太平天国之役，杭州、镇江、扬州三地都先后遭兵燹，其中扬州的文汇阁、镇江金山的文宗阁，都毁于战火，片瓦只字不留，杭州的文澜阁书，则一度失散，后来经过八千卷楼的丁氏昆仲搜购补抄，总算恢复了大部分，但已不是原来的面目了。所以现存的《四库全书》，最完整而又抄写得最好的，自要算文渊阁的一部了。

尤其值得注意者，现存的《四库全书》，文渊阁的一部不仅因为是第一部写成的，又是皇帝时常会翻阅的，所以工料和字迹都特别考究精工，而且从建筑上来说，文渊阁因为建在昔日的大内，所以格式规模都特别宏大，并且至今保存完整，阁内设有当年乾隆观书的御座，还有御笔"汇流澄鉴"的匾额。我们只要一看本页所附的图片，就不难想象出当年的"盛况"了。

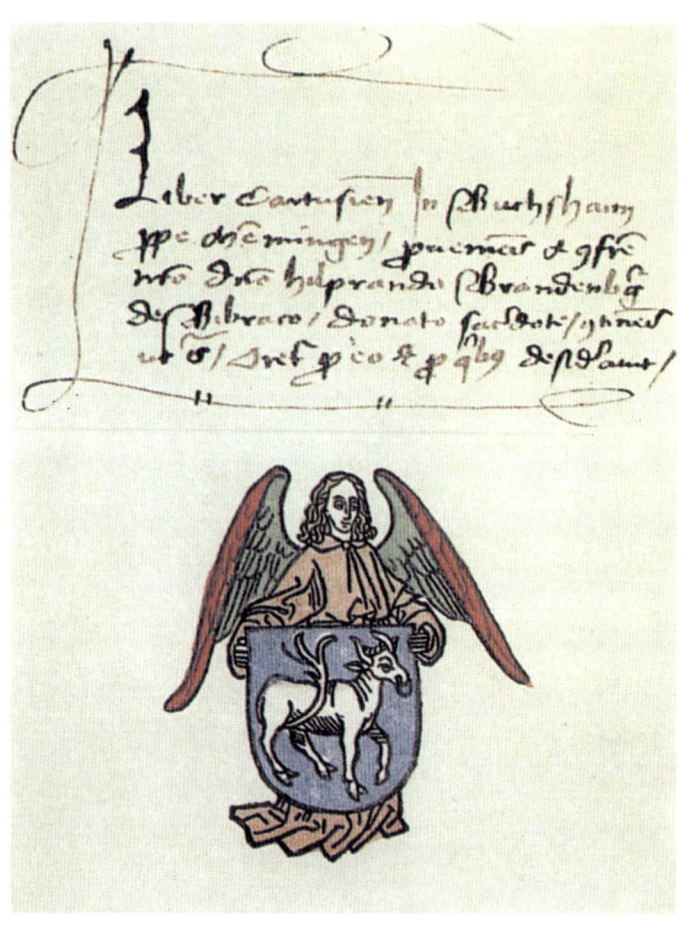

德国勃兰登堡（Brandnenburg）藏书票

藏书票与藏书印

所谓藏书票，在西洋通称作 Bookplate，也有人好古，爱用拉丁名词，称作 Ex Libris。它的形状大小不一，通常所见的大都是二三寸长方形的印刷品，像邮票或一般的商标那样，印着藏书者的姓氏、铭语，以及各种图案，用来贴在书的内页。因为爱书家不一定是藏书家，所以有些仅有可数的几册书的人，也喜欢为自己设计一张藏书票，贴在自己视作良友益友、人生伴侣的心爱的书上。

每一个真正的书的爱好者，总愿将自己苦心搜罗购置的书册，好好地保藏起来，不使它们随意失散。藏书票便是这种意念的具体表现，恰如我们中国有些人喜欢钤在线装书上的那种藏书印一样。西洋书籍的装订多是硬面厚纸的，最适宜粘贴这东西，正如软薄的线装书最适宜钤印一枚图章一样。西洋的藏书票和我们的藏书印，可说是二而一的同样性质的东西。

现在我们有些公立图书馆或大学的图书馆，都在他们所藏的书册内页，除了印章之外，再贴上一张印有学校或机关名称的标记，附着分类号码，虽然在图案方面不大注意，但这实在就是藏

祁承㸁藏书印

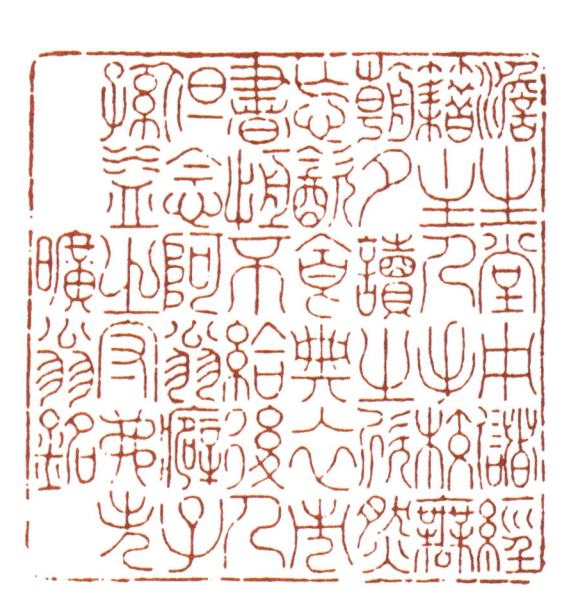

1. 瞿镛铁琴铜剑楼藏书印
2. 黄丕烈士礼居藏书印
3. 东郡杨氏海源阁藏书印
4. 徐乾学传是楼藏书印
5. 天一阁藏书印
6. 虞山钱曾尊王藏书印

书票。至于私人藏书贴用藏书票的，在中国至今还不多见。

藏书票在欧洲，几乎是与印本书籍同时出现的。现在最古的一张藏书票是德国人的，在布汉姆修道院的藏书中发现，据说是一四八〇年的遗物。因为这一批藏书是由一个教士在这一年捐给寺中的，藏书票上的图案作一个天使捧着一面盾，盾上的纹章是一只牛或山羊，相信就是这个教士的纹章。这张藏书票是贴在一本书上的，因此被考古学家认为是目前业已发现的最古的一张正式的藏书票。德国不仅是藏书票的发源地，而且至今还是藏书票艺术最发达的国家。

西洋古代的藏书票图案，大都注重本人的家世和爵位，图案中心多是代表自己门阀的纹章，因此几乎有一定的形式。现代爱书家则喜欢借了这小小的印刷品来表现本人的性格和爱好，花样千变万化，因此成了版画家和装饰画家施展意匠天才的最好对象，它的本身也就成了一种艺术品。现在有很多搜集家专门搜集藏书票，正如集邮家集邮票一样，他们也组织俱乐部和协会出版藏书票年鉴和专集，并且互相交换。搜集藏书票这趣味的发展是相当近代的，据《英国的藏书票》作者克绥在《大英百科全书》的藏书票专题论文里说，自从一八七五年，特布莱爵士出版了他的《藏书票研究指南》以后，这趣味才被搜集家们普遍地认识和接受。

至于我们的藏书印，据说在宋宣和时代已经使用，不过那只是一般的收藏考订的印章，可以钤在书本上，也可以钤在书画法帖拓片上，并非专用的藏书印。这种风气一直到现在还继续被保存着，如一方文句作"某某鉴藏考订之印"的印章，可以用在书本上，也可以用在画轴上。

专用的藏书印文，该作"某某藏书"或"某处某氏珍藏书籍之印"，可以用自己的姓氏，也可以用别号或斋名。至于作"某某经眼"或"某某读书"的印章，实在还不能算作正式的藏书印。

中国的藏书家，为了顾及流传子孙的问题，曾将叮嘱后人保存藏书的诗句铸成印章钤在自己的书上，这是别具一格的藏书印。据叶德辉氏在《书林清话》上说，明代施大经的藏书，钤有"施氏获阁藏书。古人以借鬻为不孝，手泽犹存，子孙其永宝之"的印章，钱榖的藏书印所刻的是一首绝句，诗曰："百计寻书志亦迂，爱护不异随侯珠。有假不返遭神诛，子孙不宝真其愚。"可惜这些不达观的藏书家虽然这么再三叮嘱自己的子孙，真能保存藏书家身后不散的，实际上很少，徒然表现自己的迂腐可笑罢了。

三报恩传奇

脉　望

凡是见过清末上海所流行的石印书的人，大约总记得除了著名的同文石印局以外，还有一家名叫脉望山房的。"脉望"两字很生疏，不仅今日的"束发小生"不会知道这是名词还是动词，就是有些曾在格物致知方面下过功夫的"通儒"也未必一定知道这两个字的出典。其实，说穿了，毫不偏僻，脉望就是蠹鱼，就是我们在旧书或衣橱中常见的那种银白色有长尾的小虫。但是，为什么称为脉望呢？

出典是段成式的《酉阳杂俎》，他说：

> 建中末，书生何讽尝买得黄纸古书一卷。读之，卷中得发卷，规四寸，如环无端。何因绝之，断处两头滴水升余，烧之作发气。讽尝言于道者，吁曰："君固俗骨，遇此不能羽化，命也。据《仙经》曰：蠹鱼三食神仙字，则化为此物，名曰脉望。夜以规映当天中星，星使立降，可求还丹。取此水和而服之，即时换骨上宾。"因取古书阅之，数处蠹漏，寻义读之，皆神仙字。讽方哭伏。

能化为脉望的蠹鱼，我们惯称之为书鱼或衣鱼，学名是 Lepisma saccharina。《尔雅》释虫称之为蟫，白鱼。注释说，衣书中虫也，始则黄色，既老则身有粉，视之如银，其形稍似鱼，其尾又分二歧，故得鱼名。这种蠹鱼在南方虽也常见，但为害似乎并不如另一种小黑壳虫的幼蛹大。因为将线装书或洋装书蛀成"玲珑板"的，并不是这种能化为脉望的家伙。

因为能使人白日飞升的脉望是蠹鱼吃了书中的神仙字化成的，遂有急于想得道成仙的蠢材特地写了神仙字来喂蠹鱼，希望它早日变成脉望。结果化不成神仙，自己却先得了神经病，这真是天大的笑话。事见宋人著的《北梦琐言》。唐尚书张裼之子，少年闻说壁鱼入道经函中，因蠹食神仙字，身有五色，人能取壁鱼吞之，以致神仙而上升。张子惑之，乃书"神仙"字，碎剪实于瓶中，捉壁鱼以投之，冀其蠹蚀，亦欲吞之，遂成心疾。

本来，书中自有黄金屋，书中自有颜如玉，已经够书呆子一生做梦了，现在再加上有机会能够白日飞升，自然除了变成神经病之外，没有其他途径可选择了。

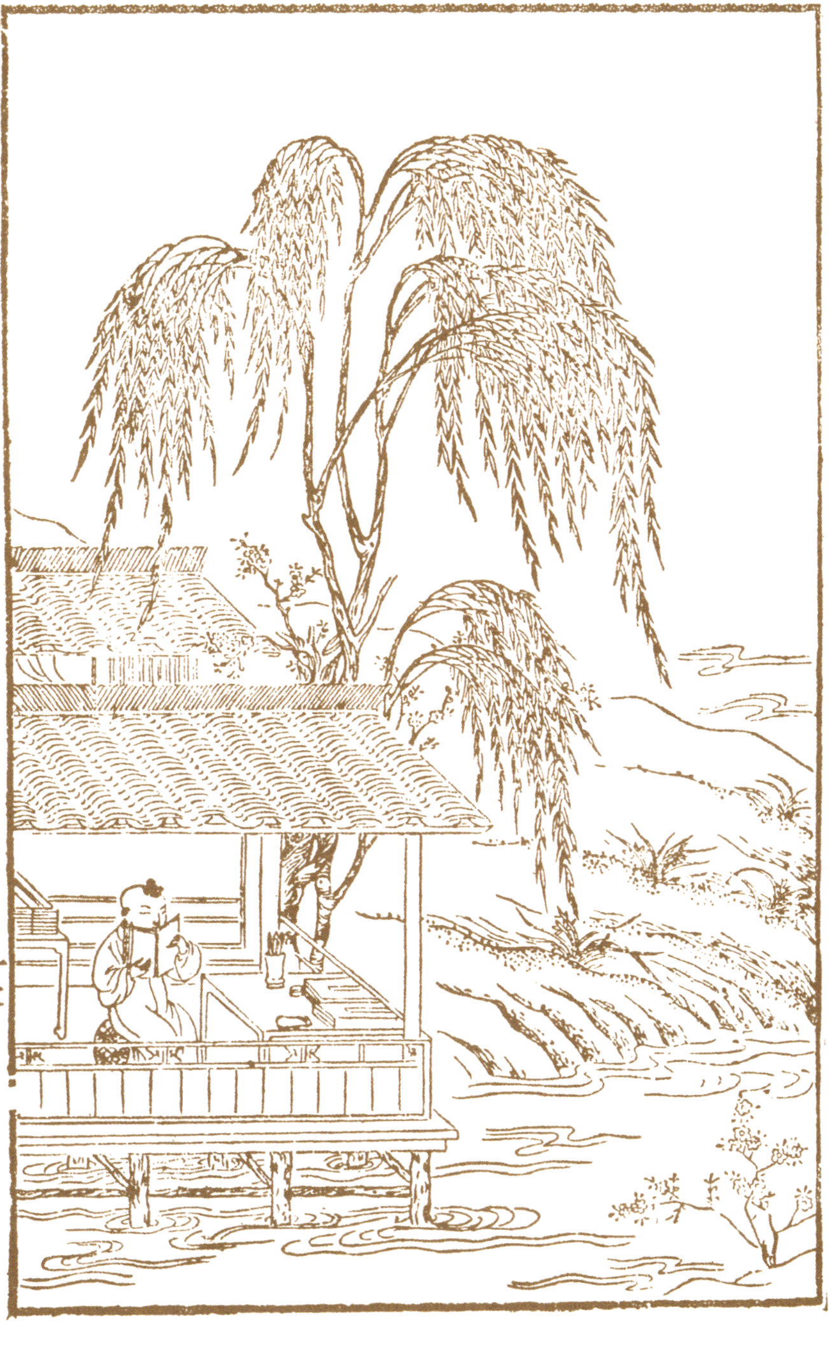

十二

南苑皇家狩猎场全图　清木版印刷

北京南苑的"四不像"

凡是读过《封神榜》小说的人，应该都记得那位手执杏黄旗、斩将封神的姜子牙。他胯下的坐骑，不同于《封神榜》上其他诸人，非马非狮非象，而是一头名为"四不像"的怪兽。

《封神榜》的故事虽然荒诞出奇，但是姜子牙所骑的这只怪兽"四不像"倒是实有其物的，它是我国华北所产的一种珍异大哺乳动物，自明清以来，在北京近郊的皇帝御苑"南苑"内，有大批蓄养着，供皇帝狩猎之用。可是自清朝乾道以后，外国势力伸入中国，清朝的统治基础开始摇动，有几次连逃难都来不及，哪里还有闲情按时狩猎，于是南苑逐渐荒废，高大的围墙被大水冲毁了也不修理，园内一向集中豢养的许多珍贵动物，逐年逃散死亡，或是遭人捕猎，也不再有人过问。单就有名的"四不像"来说，就被人捕杀殆尽，甚至被认为在我国北方绝迹了。除了在清朝同治年间，由一个英国贵族购去的几只在伦敦繁殖成群以外，这种我国特产的珍贵动物，在国内遂不再发现过。我国动物学家一向认为这是一件遗憾而且可耻的事。

其实，以我国面积之大，"四不像"虽然已经在南苑绝迹不见，可能在其他地方还有存在的。果然，据最近报载，被世人断定在我国已经绝迹不见有半个世纪以上的这种异兽，今年（公元一九六〇年）五月中旬在安徽省境内，有一位模范猎手竟一连捕获了五只活的。这实在是一个喜讯。这不仅打破了"四不像"在我国已经绝迹之谜，而且还可以证明除了华北原产地以外，它们也适合在华中的山区生存。我推测这几只"四不像"将来一定会被送到北京西郊的动物园去，与熊猫和金丝猴为伴，因为它们都是我国动物界稀见的"贵宾"。

所谓"四不像"者，乃是一种变相的巨型的"鹿"，它的形状"蹄似牛非牛，头似马非马，身似驴非驴，角似鹿非鹿"。它的原产地虽不能确定，但除了我国东北以外，一向从不曾在别的地方发现过，所以我国的吉林可能是它的原产地。"四不像"是它的俗名，这种少见的大动物，东北土人称它们为驼鹿，可见其形之大。在古书上则称为"麈"，古人清谈时手执的拂麈，称为"麈尾"，宋人有一部笔记就称为《麈史》。古人称拂麈为"麈尾"的原因，是麈的尾巴特别长，适宜做拂麈，可以显示高谈阔论时的潇洒风度。"四不像"的尾巴特长，正是它的特征之一，因为一般鹿的尾巴都是圆而短，但是"四不像"头上有鹿角，尾巴下垂似驴尾。说它是驴，可是它头上又有角，这正是"四不像"得名的由来。

清代豢养在南苑的"四不像"，就是古书上所说的麈。据说乾隆为了要实验月令上所说冬至麋解角之说是否正确，特地亲自到南苑去观察，发现解角的是麈而不是麋，因此下诏将颁发的宪书月令词句加以改正，改为"麈解角"。

我国关于"四不像"的记载甚少，据《吉林通志》引《竹叶亭杂记》云：麈即今之四不像，又名驼鹿，性驯善走，鄂伦春人养之。又记它头似鹿，尾似驴，背似骆驼，蹄似牛，然皆似是而非，故名。全身淡褐色，背部毛色较浓。头角分成两叉，一向前，一向后，向后的作平行状，这是它的头角的特征。大的体长七尺余，有重至四五百斤者。项下有肉囊。宁古塔乌苏里江也有出产，土名堪达汉。

"四不像"在外国称为"Elaphure"，又称为"大卫氏鹿"。这是因为首先在南苑发现这种珍异动物而将它介绍到国外的，是一个名叫比埃·大卫的法国人。这人是传教士，同时又是动物学家和旅行家，他在清代同治初年来到北京，偶然在禁卫森严的南苑围墙外窥见了墙内的成群"四不像"，令他大感惊异，因为这是他从未见过也从未听到别人提起过的一种"怪鹿"，不禁神往起来，千方百计想要得到一头来加以研究。当时南苑是禁地，是不许任何人进去的，大卫贿赂了守卫南苑的旗丁，好容易才得到已死的雌雄"四不像"皮毛各一张。后来又通过驻北京的法兰西公使，设法获得一头活的。由他将这一切资料标本送到巴黎去研究，这一种前人所未知的新种的鹿才为世人所知。

对于南苑的"四不像"，大卫神父可说功过参半。因为正是由于他的介绍，世人才知道我国有这种珍异的兽类；可是也正是由于他的介绍，各国动物学家和动物园都对"四不像"垂涎起来，想尽种种方法要获得一头，不能得到的话，就是死的去剥制

"四不像" Elaphure   James E Allen

标本也好，这就加速了豢养在南苑的"四不像"的灭亡。

目前在我国境内，除了新近在安徽境内发现几头以外，还不曾听到别的地方有"四不像"。倒是在外国却有不少豢养者，这都是直接或间接从我国获得的。目前豢养"四不像"最多的是英国的毕德福公爵，养在伦敦近郊的私人园囿里，最多时至三百余头。老公爵早已去世了，他在一八九五年（清光绪二十一年）起，就在北京努力搜购"四不像"，运回伦敦乡下的别庄里去饲养，从此渐渐繁殖起来。今日各国动物园里的"四不像"，大都是由毕德福的家人卖给他们的。

甘棠　程大约编《程氏墨苑》

南山古木

中国关于树木的传说和迷信很多。本来，认为树木有神，加以崇拜，本是原始宗教形式之一，这信仰流传很广，而且至今还在奉行。不仅香港的女佣生了病或有所禳祷时，要在路边的大榕树上贴一排红纸绿纸，就是欧洲的乡下人，至今生了病也要到古老的橡树根上去钉一根钉，并且从希腊时代以来，就同中国一样，认为树木花草都有神，能作祟左右人们的祸福了。

但是对于许多历史上有名的古老树木的崇敬，却全然是另一回事，其中虽不免也有神奇的传说和可笑的附会，却是像一切名胜古迹一样，是被当作一种史迹和历史文物来加以景仰和保存的。中国这类有历史性的古木，以曲阜孔庙和孔林为最多，如相传为孔子手植的桧，不仅树身的纹路是东西对称不相悖逆的，而且它的枯荣也和历代兴亡气运有关。又如那一株子贡手植楷，真伪虽不可知，但因为是象征弟子对先师的思念，那直而不屈的特质，竟成了后世的佳话。

另一株更古的古木，是在河南商丘的甘棠遗址。虽然仅是一截光秃的枯木，但累累的碑石却说明这是周朝召公曾听政休憩的地方。《诗经·召南》的"蔽芾甘棠，勿剪勿败，召伯所憩"，所歌咏的便是这一株树。

河南登封嵩山有三株古柏，曾经被汉武帝敕封为"大树将军"。它们同太原的那株周柏一样，若确是当时的遗物，年岁都在三千年以上了。

中国的文化历史，北方比南方为早，因此所谓周柏、汉柏，都是散布在北方的。同时，这类植物也特别适宜于北方的土壤和气候。至于大江以南，南京则有六朝松，其余便是唐桂和宋梅了。宋人对于梅花似乎特别爱好。这大约是受了林和靖的影响。

广州光孝寺六祖殿前的菩提树，也是岭南的一株有名古树，相传最初是在梁朝天监元年由梵僧智药三藏法师从西竺携来的，六祖慧能发表了著名的风幡论后，就在这株树下薙发。原树在清嘉庆二年（公元一七九七年）被飓风吹倒枯死，目前所见到的是从南华寺原枝分植的子树再移植过来的。

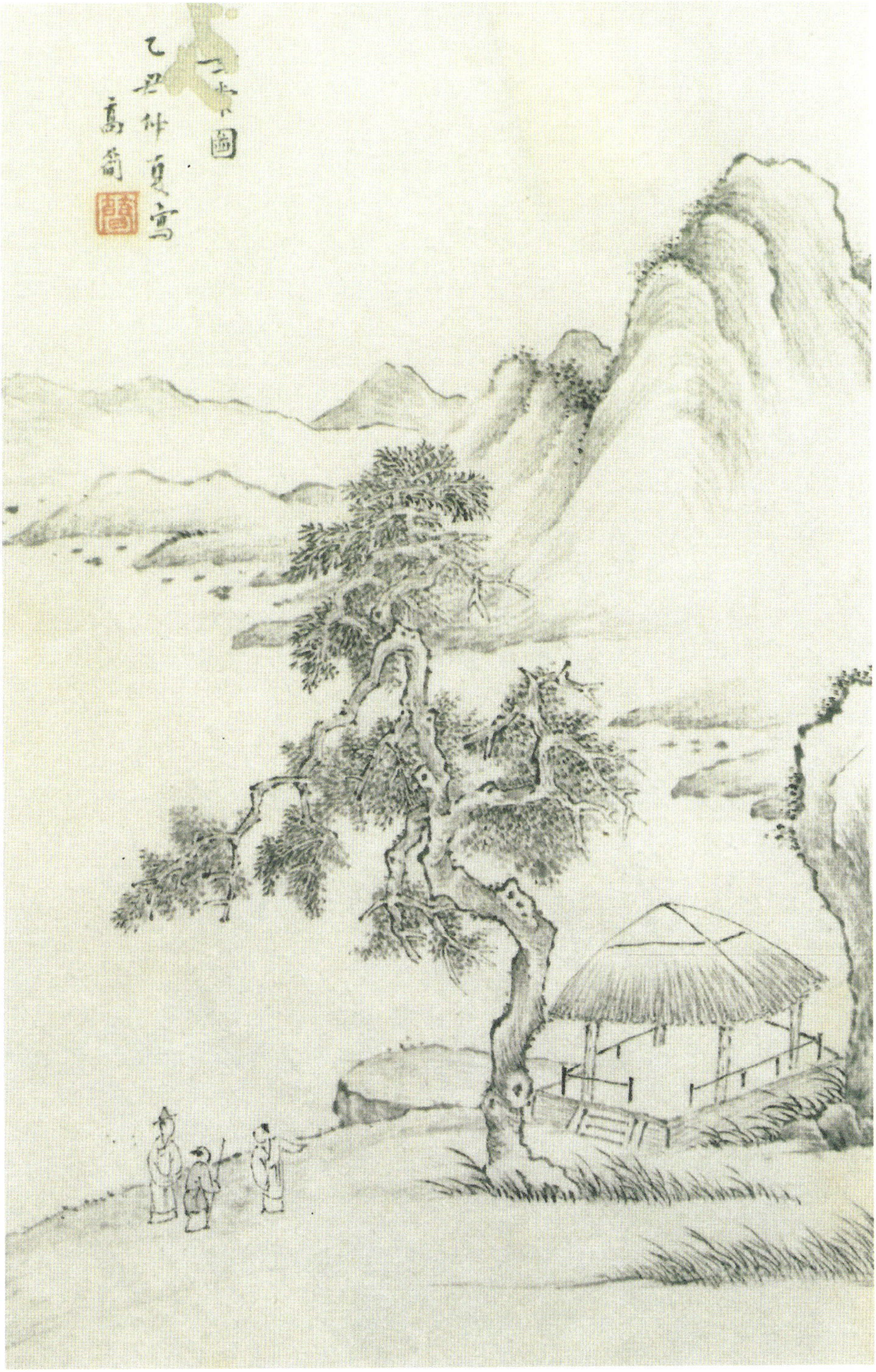
乙巳仲夏寫
高簡

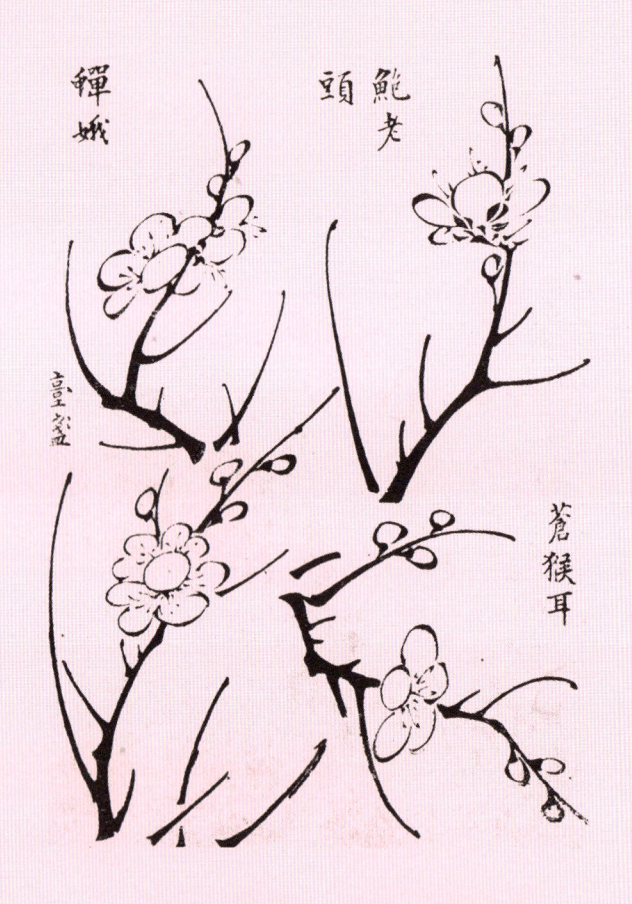

梅花图　《汪虞卿梅史》，明万历十六年汪栋刊

梅花消息[1]

今天从报上读到了一则很好的消息：在新年前夕的一天，北京、杭州、苏州、武汉和沈阳的一批园林工作者，在首都和中国园艺学会以及北京市的园艺学会，联合举行了一个"梅花学术讨论会"，目的是研究梅花的品种，改良种植方法，使它能适应严寒的天气，在南北各地一齐开花。

原来，梅花虽能耐寒，但是在黄河以北，不大可能在露天过冬，更不能开花。当地所有的全属盆梅，是放在地窖里催花，放在屋内过冬天的。现在则要想办法使它们能适应北方的气候，像江南一样，可以随便种在庭院或是山上，到时自己会开花，不用人工去催花。

梅花虽是南方的产物，但是种植最多的却在江南。就香港来说，要看梅花就不容易，只有沙田有几个私人的园林里有几株。在年宵的花市上，梅花的地位也完全被桃花抢去了。来香港这许多年，我就不曾买过一枝梅花。

---

[1] 编者注：本文原载于1962年1月5日香港《新晚报》。

在江南，苏州、无锡和杭州，都是梅花最多的地方，苏州的邓尉、无锡的梅园、杭州的孤山，都是看梅的胜地。其中以无锡梅园的梅花最多，但它是种在平地和人工园林里的，论气韵便及不上邓尉和孤山。尤其是孤山，有山有水，而且好在梅花不多。我并不喜欢林处士，但是在人工刻意布置的园林里"赏梅花"，也有点近于是煞风景的事。这就恰如到"菊花大会"去赏菊花一样，多得令你眼花缭乱，我想陶渊明是绝不肯去的。

对于梅花，古人所说的"踏雪寻梅"，我认为才是最好的赏梅方法。因为梅花一定要种植在山上，而且不能太多。太多便成了梅林，只可供青年男女在下面举行野餐会，不是诗人赏梅的地方了。

从前我在九江念书，学校后园毗连着荒山，一片绿竹成林，也不知是公地还是别人的私产，反正我们在里面乱闯乱玩，也从来没有人理会。在这荒山上的竹林深处，却有几棵梅花，每年到这样的时候就开花，开得并不多，苍劲屈折的树枝上往往只有几朵花，使得我们想去折花的人很失望，可是每年依然这么开下去。现在想来，这几株梅花的品格一定很高，可惜我们那时不懂得去欣赏。

据说我国的梅花一共有两百多种。撇开经济价值不说，我想最好品种的梅花，一定不是种在人家园林里，而是野生在山间水滨的，并且一定是着花不多的一种。"疏影横斜水清浅，暗香浮动月黄昏"，诗人所咏的一定就是这一种。

梅花　明黄凤池等辑《梅竹兰菊谱》

杜鹃　明黄凤池等辑《木本花鸟谱》

杜 鹃

杜鹃花毫无疑问是因杜鹃鸟而得名。此鸟即著名的子规，传说它日夜哀啼，血染花枝，遂成了杜鹃花，因此以殷红为贵。诗人李白咏杜鹃花云："蜀国曾闻子规鸟，宣城还见杜鹃花。一叫一回肠一断，三春三月忆三巴。"正是指此。

杜鹃俗名映山红，又名山踯躅。春天正是它开花的时节。香港的杜鹃开花更早，现在仅是二月初，已经灿烂枝头，一片锦绣了。国内的杜鹃则开花略迟，分布地域很广，东南和西南各省都有。

杜鹃除了红色的之外，更有白色、粉红色和紫色的。屈大均的《广东新语》记广东的杜鹃花云："杜鹃花，以杜鹃啼时开，故名。西樵岩谷间，有大粉、红、黄者，千叶者，一望无际。罗浮多蓝紫者、黄者，香山凤凰山有五色者。是花故多变，而殷红为正色。予诗：'子鹃魂所变，朵朵似燕支。血点留双瓣，啼痕渍万枝。'"

吊金钟　刘岘木刻

鼎湖吊钟

广东新年插吊钟花贺年，其俗不知始于何时，但这风俗形成为时一定不会过久，而且地方性甚浓。因为吊钟是岭南特产，我国那些著名的记载花木的书籍，如《花镜》《花历》，以及清代乾隆年间编撰的《广群芳谱》，对于我国各地花木记载甚详，皆无吊钟之名。此外如《南越笔记》《岭南杂记》等记载广东特产及岁时风俗之书，也不见谈及吊钟花和新年插吊钟花取吉祥之俗。甚至明末大诗人屈翁山的《广东新语》，这是叙述广东物产花木和时令风俗最详尽最好的一部著作，翻遍各卷，在有关花木、年俗及鼎湖山诸条下，对于吊钟花都只字未提，可知此俗之成，为时必定不久，否则诸书都不致毫无记载的。

但是清代嘉庆年间，扬州阮元修《广东通志》，则已经著录了吊钟花。据同治重刊本的阮修通志云："吊钟花出鼎湖山。此花并不折下，能耐久，腊尽多卖于街，土人市以度岁，取其置瓶中不萎也。"

鼎湖山即顶湖山，以山顶的龙湫湖[①]著名，是岭南名山之一，山在高要，是仅次于罗浮山的风景区。鼎湖山的吊钟出名的原因，是因为其地的吊钟开起花来，花朵比别处所产者更为繁密。《肇庆府志》云：

> 吊钟花，木本，花红白色，形如钟，无仰口者，簇生叶下，每簇九花，岭南处处有之，惟顶湖山所产，每簇十二花。

其实，吊钟花本是广东境内一种繁殖能力强的野生落叶灌木，并非鼎湖山一处所独有，别的地方也有。如烂柯山、清远的秦皇山、羚羊峡沿江两岸，以及四会、三水等县，皆盛产吊钟。就是香港和九龙的山上，也有不少野生的吊钟。《新安县志》（新安即今日的宝安，香港九龙一带原先都是属于新安县辖下的）云：

> 吊钟花，树高数尺，枝屈曲伛寒，正月初，先作花，后开叶，一枝缀数十小钟，色晶莹如玉，杂以红点，邑杯渡山极多。

[①] 编者注：鼎湖山顶的湖名为鼎湖、顶湖、天湖等。《鼎湖山庆云寺志》："峰顶有大龙湫，与雁宕争奇。"

杯渡山就是今日香港的青山。我们今日不仅在青山可以见到少数的吊钟，就是九龙其他各山，以及香港方面的赤柱、大潭笃、金马伦山等处，也有野生的吊钟。香港各山的野生吊钟，原本是很多的，后来由于花贩在岁暮斩伐了来应市，平时又不知补种，摧残过甚，因此一年比一年少了。目前仅存的那些野生吊钟，都是受到《保护野生花木法例》保护才幸存下来的。

吊钟花一向以每一簇开花最多者为名贵。每常一簇总能开出八九朵花，若是商店购买了一株吊钟，其中有一簇能开花至十余朵者，商人就要认为是吉兆，表示来年生意一定大佳，因此商店最喜欢用此花贺年。前面所说的鼎湖吊钟，特别受人重视，也就是为此，因为它往往一簇能开出十二朵花。在年宵花市上，花贩叫卖吊钟，不是鼎湖山来的，也要用"鼎湖"来号召。若是恰巧发现有一株已经一簇开出十二朵花，花贩便要在花上披红簪金，非重价不肯脱手。相传旧时广州有一家布店，过年时在西关浆栏路买得一枝吊钟，新正①时一簇竟开出十七朵花，一时传为盛事，该店曾经大摆筵席，并放鞭炮志喜，同行和亲友也纷纷向他们道贺哩。

---

① 编者注：即春节。

水仙花　沃渣木刻

漳州水仙

水仙也是岁暮年头,广东人最爱好的时花。水仙价钱不贵,养起来容易。只要一盆清水、几块石子就可以了,无论案头窗口,皆可供置,形象又雅致,香味又清幽。古人拟水仙花为月下美人,为凌波仙子,这不是没来由的。

据高濂《草花谱》所载,我国水仙花共有两种,"单瓣者,名水仙。千瓣者,名玉玲珑。又以单瓣者名金盏银台。因花性好水,故名水仙。单者,叶短而香,可爱,用以盆种上几。"

王世懋的《花疏》也说:"花重台者为贵,水仙以单瓣者为贵。短叶高花,最佳种也。宜置瓶中,其物得水则不枯,故曰水仙,称其名矣。前接腊梅,后迎江梅,真岁寒友也。"

我国水仙,一向以福建漳州所产的最有名。所谓"叶短花高,金盏银台",而且能够准时开花,具备水仙花最优秀的品格。漳州花农种水仙花的,不仅是专业的,而且是世袭其业的,因为种水仙花不仅要经验和专门技术,而且要许多年才有收获,不是像一般花草那样,下种后,几个月就可以开花,所以不是一般人随时可种的。

我们在过年时去花市上买回水仙花，有叶有花，这其实已是水仙花的最后阶段了。在达到这阶段之前，说来真有点令人不敢相信，它是已经经过了花农费几年心血培养过的。因为水仙花在原产地的漳州，未曾抽芽发叶时，起初的形状恰如芋仔或大葱头。这时种水仙花的花农，要将这些干花头先埋在沙土中，经过若干时候，掘起来风干，然后再埋到土中，再掘再埋，如是至少要经三年之久，花头才成熟到了可以开花的时期。这时始能够用浅水养在木盆里，待它抽芽发叶，然后才可以上市发售。因此从漳州运到外地来销售的水仙花，其实都是一颗一颗的干花头，一般人根本不认识这就是"水仙花"。

种植水仙花既然要花费许多时间，而且手续麻烦，同时要把握到它能如期抽芽发叶，以及开花的时间恰好在农历的新年，这就非要有丰富种植经验不可。这正是福建漳州的水仙成为扬名国内外名产，以及种植水仙成为许多漳州花农世代专业的原因。

漳州水仙所以有名，不仅因为它叶短花高，开花合时，而且还有许多有趣的传说。如福建莆田人传说，水仙花是八仙之一的铁拐李口水变成的，他吐了一口唾沫在水田里，就长出这种花来，所以称为水仙花。漳州的民间传说则更有趣，他们说，从前漳州有兄弟两人分家，哥哥欺负小兄弟，分家时将肥田都分在自己名下，分给弟弟的只是一些贫瘠的沙地。弟弟不敢争论，只好对着沙地痛哭，这时忽然有一个仙人出现，安慰他说："你不用哭，我教你一个方法，这些沙地可以种植一种人间所无的仙花。"

他说罢就掏出水仙花种来,插在沙地上,并且念了一道这样的咒语:"水仙水仙,种在沙田,根不着土,年年鲜妍,只许漳州栽种,不许别处繁衍!"

于是水仙花从此成为漳州的特产了。这是一个多么有趣的民间传说啊。

插图目录

不尽长江滚滚流
长江边上的夔府城门 / 1
巫山风光 / 3
长江风景 / 4
巫山神女 / 7
长江红船 / 9
赤壁怀古 / 11
白居易像 / 14
江州司马青衫泪 / 15
神话剧《白蛇传》剧本唱词选刊封面 / 18
甘露寺 / 19
李白像 / 22

题夏珪《长江万里图卷》
夏珪《长江万里图卷》之一段 / 24
民国年间九江江岸之风景 / 29

江·河·山·关
长城景色 / 30
渡黄河 / 32

泰山观景台处的悬崖 / 35

居庸关云台券洞 / 36

杭州西湖 / 37

寒夜卧游

峨眉山风光 / 38

庐山图 / 40

峨眉山全图 / 41

万里长城

万里长城 / 42

万里长城 / 44

砖墙石基 / 45

山海关 / 46

南口长城 / 49

孟姜女哭长城 / 52

塔的历史和传说

北京天宁寺塔 / 54

单层塔 / 56

河南登封嵩山嵩岳寺塔 / 59

浙江宁波阿育王寺 / 60

山西应县木塔 / 63

雷峰塔 / 64

《白蛇传》全景（局部） / 66

北京五塔寺五合一塔 / 69

岭南群塔

广州九层佛塔及街道 / 70

从光孝寺远眺六榕寺 / 72
广州六榕寺花塔 / 74

江苏之塔
上海龙华塔 / 76
江南报恩寺琉璃宝塔全图 / 79

记南京的"天下第一塔"
南京大报恩寺琉璃塔 / 80
明成祖朱棣像 / 82
明万历年间绘制的大报恩寺全图 / 84
荷兰文游记中有关大报恩寺的记述 / 85

有关南京琉璃塔的新发现
夕阳下的寺院宝塔 / 86
南京琉璃窑遗址出土文物 / 88
明初南京图 / 90

记甘露寺铁塔的被毁
《白蛇传》全景（局部）/ 92
镇江甘露寺内的宝塔 / 94

鸦片战争与江南文物的劫难
镇江西门激战 / 96
中国商船 / 99
明孝陵之华表 / 105
西方帝国在瓜分中国 / 108
英国侵略军遭受清军抵抗图 / 111
英国侵略军焚烧镇江城堞图 / 114

紫禁城史话
紫禁城天安门 / 116
北京宫城图 / 119
永定门 / 120
午门（五凤楼）/ 122
乾清宫 / 123
太和殿 / 123
中和殿、保和殿丹陛栏板 / 124
金水河玉带桥 / 125
紫禁城里金水河上的大理石桥 / 127

曲阜孔林
民俗画《孔林图》/ 128
曲阜孔庙大成殿 / 130

记唐代雕刻艺术杰作昭陵六骏
昭陵六骏之"飒露紫" / 132
金代赵霖《昭陵六骏图》/ 136

马可·波罗笔下的卢沟桥
《马可·波罗游记》中的卢沟桥 / 140
马可·波罗的家乡威尼斯 / 142
马可·波罗像 / 143
卢沟桥 / 144

牌楼
北京孔庙牌楼 / 146
牌楼 / 148

中国建筑的装饰物
《玄风庆会图说文》卷一滨都创观 / 150
北京故宫角楼外檐斗拱 / 152

中国建筑上的鸱尾和屋脊装饰
敦煌莫高窟第431窟壁画上的鸱尾 / 154
藏书票 / 156
绿釉鸱吻 / 157

"虎踞龙盘"的出典
金陵怀古 / 158
南京鼓楼 / 160

新洛阳访古
洛阳白马寺 / 162
佛堂装饰画像 / 165
门楣装饰画 / 168
皇帝三临辟雍碑 / 171

西安的碑林
朱黑奴造像碑 / 172
西安孔庙太和元气坊 / 175
大秦景教流行中国碑 / 176

宋王台沧桑史
九龙寨城附近的宋王台 / 178
香港九龙 / 182

宋王台与《宋台秋唱》
九龙宋王台 / 186
宋王台秋唱图 / 190
香港风景 / 192

龙年谈龙
北京北海公园九龙壁 / 194
保定一座寺庙门头的雕龙 / 196

叶氏龙谈
明代的龙纹琉璃砖 / 198
唐代龙凤纹琉璃璧 / 200

屈原·楚辞和民俗
屈子行吟 / 202
国殇 / 205
三闾大夫 卜居 渔父 / 206
人物龙凤帛画 / 211
玄鸟贻喜 / 212

端阳竞渡
端阳喜庆 / 216
端午 / 218

萧尺木的《离骚图》
东皇太一 / 220
云中君 / 222

重阳节的典故·风俗和意义
重阳 / 224
重阳节放风筝 / 227

古今中外的财神
文财神武财神 / 230
赵公明与燃灯道人 / 234
五路进财 / 238

三百六十行的祖师
三百六十行图 / 240
汉寿亭侯关羽像 / 242
鼓上蚤时迁 / 243

花蝴蝶的恋爱故事
梁山伯与祝英台 / 244
河梁分袂 / 248

古器释名
古器图册 / 252
壶 / 253
盘 / 253
鼎 / 254
簠 / 254
簋 / 255
爵 / 255
匜 / 256
卣 / 256
尊 / 257

觚 / 257

古玉图释
凤翔年画《拾玉镯》/ 258
玉璧 / 260

中国古俑精华
骆驼载乐俑 / 262
秦骑兵俑和陶马 / 265

我国佛教石窟艺术遗迹
麦积山雕塑供养者像头部 / 266
麦积山悬崖上的佛像 / 269
云冈石窟大佛 / 271

千佛洞及其壁画
五百盲贼得眼之修禅 / 272
千佛洞洞窟 / 274
九色鹿 / 276

永乐宫壁画的画家题名
玉女 / 278
天丁力士 / 281

五台胜迹
五台山东台之顶 / 284
五台山显通寺铜殿前象征"五台"的铜塔 / 286
五台山佛光寺大殿 / 287

慈悲妙相
观音经变图卷 / 288
苏州戒幢寺四面千手观音 / 290
吴道子白描观音像 / 291

十八应真罗汉像
十八罗汉图之第十三位罗汉因揭陀 / 292
贯休画十六罗汉像 / 294

五百罗汉
宋代周季常《五百罗汉图》/ 296
广州华林寺罗汉堂 / 299

读《光孝寺志》
风幡堂图 / 300
东铁塔图 / 303

石刻画像趣味
碑座画像 / 304
武梁祠画像孔子见老子 / 306
石窟天花 / 307

汉武氏祠画像石刻小传
武梁祠画像四足怪兽 / 308
武梁祠壁画县功曹向处士致敬画像 / 310

中国古镜鉴赏
中国美女 / 312
唐代铜镜 / 314

新莽王氏四神镜 / 315

从陈三谈到磨镜
陈三磨镜 / 316
潮州府审陈三 / 319

拓本——我国独有的艺术品
颜真卿争座位帖拓本 / 324
武梁祠画像拓本 / 326
观音像拓本 / 327
先师孔子行教像拓本 / 328

吴哥窟浮雕拓片和中国的拓印技术
吴哥窟浮雕拓本 / 330
吴哥窟浮雕拓本 / 333

年画与门神
门神 / 334
门神 / 336

新年画和旧年画
鱼乐图 / 338
百子图 / 341

桃花坞和杨柳青的版画
一团和气 / 342
关云长刮骨疗毒 / 345

剪纸
《中国剪纸》德文版 / 346
《中国剪纸》德文版 / 348
《窗花：民间剪纸艺术》/ 350

外国人与我们的京戏
京剧《活捉三郎》/ 352
《中国戏剧》The Chinese Drama 插图 / 354

过去的"梨园"时代
赵子龙 / 356
北京广和楼舞台 / 358
晚清时期的演剧 / 360

改七芗的《红楼梦》人物图
《红楼梦图咏》/ 362
通灵宝石　绛珠仙草 / 365

秘戏图说
洞房花烛 / 368
明代性爱色刷木版画册《风流绝畅》/ 371
绢本画帖 / 372

中国的雕板艺术
金刚般若波罗蜜经扉画 / 374
简牍及其加工工具 / 376
简牍及其加工工具 / 377
大隋求陀罗尼经咒 / 380
土山湾印刷厂内景 / 382

中国书籍装帧艺术
中华造纸艺术图谱 / 384
明版《春秋经传》 / 387
摆书图 / 390

《四库全书》与文渊阁
乾隆皇帝大阅图 / 394
文渊阁 / 397
文渊阁图 / 400

藏书票与藏书印
德国勃兰登堡（Brandnenburg）藏书票 / 402
祁承㸁藏书印 / 404
瞿镛铁琴铜剑楼藏书印 / 405
黄丕烈士礼居藏书印 / 405
东郡杨氏海源阁藏书印 / 405
徐乾学传是楼藏书印 / 405
天一阁藏书印 / 405
虞山钱曾尊王藏书印 / 405

脉望
三报恩传奇 / 408
状元图考 / 411

北京南苑的"四不像"
南苑皇家狩猎场全图 / 412
"四不像"Elaphure / 416

南山古木

甘棠 / 418

甘棠图 / 421

梅花消息

梅花图 / 422

梅花 / 425

杜鹃

杜鹃 / 426

鼎湖吊钟

吊金钟 / 428

漳州水仙

水仙花 / 432

后　记

叶灵凤藏西书多，读西书多，写西书多，已经广为人知，这也成为叶灵凤书话的一大特色。他于一九四七年出版的《读书随笔》，除了少量几篇回忆文字外，大半都是所谓"西书书话"，一九六三年出版的《文艺随笔》，则更为纯粹。叶灵凤爱讲西书故事，善讲西书故事，这是毫无疑问的，但若就此以为叶灵凤专吃"洋饭"，那就以偏概全了。叶灵凤自己在《文艺随笔》的《后记》中就曾说："我平时所读的书，并非仅限于这一个方面。这不过由于要编辑这本小书时，为了不想内容过于广泛和芜杂，这才选了一些全是谈外国作家和作品的，集在一起，成了这本小书。"在《文艺随笔》之外，叶灵凤生前还出版过一本《北窗读书录》，其中不乏《乡邦文献》《朱氏的〈金陵古迹图考〉》这样的篇什。不只是家乡南京，他也耽读有关中国的一切，在这本小书中，他就写到了方信孺的《南海百咏》、顾恺之的《列女传》、改七芗的《红楼梦人物图》、李福眠的《圣贤图》石刻，甚至外国人写的《中国医学史》、卡夫卡写的《中国长城》、《天方夜谭》里的中国，他都涉猎。三联书店版《读书随笔》以及香港出版的几种六人合集,也有一些此类文字。但这些仍属冰山一角,还有非常多的中国书写未及编辑,以致藏之名山难为人知了。

关于书写中国,叶灵凤是有一个宏大计划的。早在一九四六年元旦,他就在日记中列下了"计划中今后拟写的书",这就是:

河——以黄河为题材的传说,自然,文艺叙述。

江——以扬子江为题材,体裁如上。系包括自然史地与文艺描写混合而成。如凡龙所写各书。

城——以长城为题材。

山——以泰山为题材。

此外,以同样方法,可以写"湖""河"等等。

动手之前,要读一切有关之参考资料,要实地考察,并要搜集图片。中国目前无人能做这苦工。虽颇吃力,但值得一干。

又,中国的宝塔,也是极好的写作题材。

叶灵凤所说的凡龙,也就是亨德里克·威廉·房龙(Hendrik Willem Van Loon),这位荷裔美国作家,最大的魔力就是"将文学家的手法,拿来讲述科学"(郁达夫语),他的《文明的开端》《人类的故事》《人类的解放》《美洲的故事》《房龙地理》等书,行销巨万,以其平易近人、生动流畅的文笔,将高深、晦涩的历史知识和理解、宽容、进步的思想普及给了广大读者。叶灵凤的这个计划,显然是受了房龙的影响,倘能用"自然史地与文艺描写混合"的笔法书写中国的"河""江""城""山",定会是脍炙人口的佳构,只可惜未能如愿完成。一直到一九六六年,叶灵凤还在惦记着这一个愿望,在《江·河·山·关》一文中,他说:

> 我一向认为,中国的这些有名的江湖山河关城,不仅是我们的自然资源宝库,也是我们的历史文化宝库。任何一个地方,只要肯略下功夫去研究考察和搜集整理,就有足够的丰富资料可供我们写成百十万言的大著。我曾经读外国作者写的埃及尼罗河,欧洲的阿尔卑斯山,美国密西西比河的历史,都是将人文自然综合起来,用传记体裁来写的,读起来十分有趣。因此我想到我们有这许多好题材,一直还未曾有人动过。这一大片几乎未曾开垦过的写作上的处女地,若是有人有勇气和决心,组织起来去开发,一定可以像近年的"北大荒"由荒地变成粮仓一样,也可以供应我们大量的精神食粮。我自己一直有这样一个写作上的奢望。

不仅是叶灵凤自己,就是他的朋友们,也是为他的壮志未酬而深感遗憾的。叶灵凤去世后,黄蒙田曾在《小记叶灵凤先生》一文中说:"他有意写一部《三江记》,这本书的规模不能算小,内容是用文艺笔调写长江、黄河、珠江的人文和自然,是三江的历史。……由于临时写作任务繁重,他没有充分的时间条件把这件工作完成。"三苏在《悼叶灵凤先生》一文中也说:"他有一件心事至今未了。他要写一本大小说:《黄河》。资料已经搜集了过十年，至今大抵未成一字，这是他一辈子的心愿，现在他是无法实现了。'未到黄河心不死'，叶老在泉下有知，唯一抱憾的恐怕就只有这一桩事吧？"阮朗更是在《叶灵凤先生二三事》中感叹："现在是该由其他朋友去接过叶老这一'棒'了。"

遗憾是真的遗憾，但所幸的是也并非"未成一字"。黄蒙田在《小记叶灵凤先生》中曾透露："（二十世纪）五十年代初期，他为我当时编的一本书写了一篇长文《不尽长江滚滚流》，上面的计划就是那时候透露的。而这篇文章正是长江之部的一部分草稿。"黄蒙田所说的那本"书"，是《新中华画报》。正是靠着黄蒙田提供的这一线索，我找来了很多期的《新中华画报》，不仅有《不尽长江滚滚流》，还有《万里长城》《塔的历史和传说》《紫禁城史话》《宋王台沧桑史》《千佛洞及其壁画》《重阳节的典故·风俗和意义》《花蝴蝶的恋爱故事》《〈四库全书〉与文渊阁》《中国的雕板艺术》《中国书籍装帧艺术》等，都是颇费心力的长文。从《叶灵凤日记》的记载来看，虽然有些文章是编者点题，但更多的是叶灵凤按照自己的计划提出设想而写。例如，一九五一年十一月十二日至二十四日他说："黄茅李青请吃晚饭，并送来前此为《新中华画报》写的《林道乾兄妹故事》的稿费。又约定为第二期写一篇介绍我国文化的文章。我提出写关于中国的宝塔。这该是极有趣的一个课题。搜集材料自二十一日写至二十四日始成，共六千字。未能采用的资料还很多。关于中国的塔，这是可以写成一本专书的，并选了二十幅图给他们。"一九五二年六月十七日他说："晚间黄茅来报馆询问关于郎布朗一幅画的题名。顺便向他谈起，下期拟为《新中华画报》写一篇《万里长城》。"一九五二年九月四日他说："晚间与黄茅喝茶，决定写一篇关于长江的自然和人文史话，给下期《新中华》。这题目材料太多，也许一期写不完。"

《新中华画报》创刊前后，叶灵凤所供职的星岛日报社也创刊了一本《星岛周报》，叶灵凤是编委之一。这个新办的杂志给叶灵凤的中国书写提供了另一块园地。由于他负责周刊的画报，所以发表在这里的文字大多为篇幅短小的"图片说明"，但这些题目也称得上琳琅满目，比如，《曲阜孔林》《岭南群塔》《昭陵六骏》《牌楼》《中国建筑的装饰物》《中国建筑上的鸱尾和屋顶装饰》《龙年谈龙》《端阳竞渡》《古今中外的财神》《萧尺木的〈离骚图〉》《古器释名》《古玉图释》《中国古俑精华》《五台胜迹》《慈悲妙相》《十八应真罗汉像》《五百罗汉》《年画与门神》《南山古木》《杜鹃》等，单是标题，就非常吸引人。

二十世纪五六十年代，香港有两本行销香港和东南亚的杂志，一个是偏重文艺的《文艺世纪》，另一个是偏重民俗的《乡土》，叶灵凤都是它们的"台柱子"。他在这两个杂志发表的文章中，有不少就是有关中国传统文化的，比如《新洛阳访古》《西安的碑林》《屈原·楚辞和民俗》《记南京的"天下第一塔"》《鼎湖吊钟》《漳州水仙》等，不仅有惠于香港读者，更把祖国的消息传播到了海外华人。此外，他在《新晚报》长期经营的《霜红室随笔》专栏，也时常涉及中国文化，例如《外国人与我们的京戏》《过去的"梨园"时代》，就是在这个专栏刊出的。他自己曾在二十世纪四十年代末期为《星岛日报》主编一个《艺苑》双周刊,在这个园地中,他更倾向于写中国古代艺术与民间艺术,例如《汉武氏祠画像石刻小传》《中国古镜鉴赏》《藏书票与藏书印》《剪纸》等。他自己主编《星岛日报·星座》二十余年,发表的此类文章更是不胜枚举,由于是日报副刊,多属于与时令节气相关的"应时稿",例如《叶氏龙谈》《腊八与腊八粥》《灶神的民间传说》《卧看牵牛织女星》《重九集锦》《重九诗话》,可惜挖掘起来就不如期刊便利。

叶灵凤文章写得好,很大的一个因素是他博览群书,博观约取。当谈到《香港方物志》的写作时,他曾说:"自己当时为了尝试撰写这样以方物为题材的小品,曾经涉猎了不少有关这方面的书籍,从方志、笔记、游记,以至外人所写的有关香港草木虫鱼的著作,来充实自己在这方面的知识,在资料的引用和取舍方面都是有所根据,一点也不敢贸然下笔的。"这还是一本《香港方物志》的情形,面对博大精深、林林总总的中国古代文化,面对那么多跨学科的话题,要想讲出个子丑寅卯而又不说外行话,要下什么样的功夫可想而知。从《叶灵凤日记》来看,他的知识积累是非常了得的。例如,一九四六年六月三十日他说:"年来有意要将已出各种新史书及资料浏览一遍,已读过章嵚之《中华通史》、萧一山之《清代通史》、稻叶君山《清朝全史》译本。拟读者尚有郭廷以氏的《近代中国史》、蒋廷黻之《近代中国外交史资料》以及周谷城的《中国通史》。"一九四七年一月二十五日他说:"历代笔记小说,前此多随意翻阅,现发愿将手边所有者逐部重披阅一遍,遇有有关材料即随手摘出,这工作已进行半年多了。"一九五一年十月三十一日他说:"读刘子芬之《古玉考》。全部《美术丛书》,除所缺数册外,八十二册已快看完了。"不仅读万卷书,还要行万里路。尽管委身海隅,多有不便,但他还是利用珍贵的返乡观光机会,贪婪地多走多看。他写过《紫禁城史话》,非常全面得体,这恐怕得益于他的"三游故宫"。《新洛阳访古》和《西安的碑林》,也都是他在实地考察之后写出来的。为了写宋王台,他特意渡海到九龙,在柳木下陪同下故地重游一番。不仅纸上得来,他还不顾囊中羞涩进行力所能及的收藏。他说:"我很喜欢搜集石刻拓本,以画像为主。"在《叶灵凤日记》中,搜藏石刻拓本的记载俯拾即是。甚至还有"购铜镜三枚,一青盖镜,一龙氏镜,皆有款,另一天马方镜。"这也难怪他能写出《石刻画像趣味》《中国古镜鉴赏》这样颇具专业水准的文章。他坚持几十年订阅《文物》《考古》之类杂志,时刻追踪相关领域的最新发现和研究进展。他的观点识见丝毫不逊于专业人员,例如他在《有关南京琉璃塔的新发现》一文说:

  南京博物院的工作人员认为这些号字是记载这些琉璃砖是哪一座窑出品的。但是既有某层左右的字样,很有可能也是表示这些琉璃砖在这一层的塔上所应占的地位。关于永乐初年动工建造这座大报恩寺塔时,相传一共烧了三副全塔的砖瓦,用一副建塔,其余两副埋在地下,编好各层的号码,遇到塔砖有损坏时,即依号掘取一件来修换。关于这事,名人张岱在他的《陶庵梦忆》中回忆所见到的琉璃塔时,也曾提到了这事。

对于中华传统文化,叶灵凤是真心喜欢,自豪之情溢于言表。例如他在《中国的雕板艺术》一文中,就使用了"我们发明了雕板艺术"这样的小标题。在另一篇《唯一的一部世界木刻史》中,他说过这样的话:

当然,谈到木刻的历史,就无法不提到中国的。因为中国不仅是发明纸张和印刷(这是构成木刻的最基本的两种成分)最早的国家,同时现在世上现存最早的一幅木刻,也是中国的作品。这就是史坦因由我国敦煌盗去,现藏英国伦敦大英博物馆的那幅唐朝所刻的《金刚经》卷首佛像。这幅图像附有纪年的文字,说明刻于唐懿宗咸通九年,即公元八六八年。欧洲人自己现存最早的木刻,也是十五世纪之物。比起这幅《金刚经》的插图,整整要迟了六个世纪。

布利斯在这部木刻史的第一章"起源:纸张,宗教图和纸牌"里,就提到了这幅木刻,并且引用英国研究中国艺术专家罗伦斯·宾杨的话说:"中国的木刻艺术,即在九世纪时,已经并非初步状态了。"

作为一个版画爱好者,读到这一句,我们该感到多么光荣。就是为了这一点,也该将这部木刻史介绍给中国木刻家了,我又在这么鼓励着我自己。

外国侵略者对于中国珍贵文物的破坏与掠夺，也常常形诸叶灵凤笔端，愤慨之情溢于言表。其中较为集中的书写，是《鸦片战争与江南文物的劫难》。在此文中他说："南京是我的家乡，镇江是我少时游读之地，对于这两个地方的文物古迹，我一向最为关心，也最为熟悉。近来在灯下读当时侵略者在事后所写的作战和见闻的回忆，其中不少地方留下了破坏当地文物古迹的自供状，如镇江的焦山、金山、北固山，南京的明孝陵和琉璃塔，都不曾幸免，使我们明白后来所见到的这些名胜古迹的被毁坏情形，原来也是与这场侵略战争有关的。"这样的文字，自然地会使我们为我们珍贵文物的劫难而扼腕痛惜，同时更加明白"落后就要挨打"这一再简单不过的道理。

罗孚曾在《凤兮凤兮叶灵凤》一文中说："他虽然不写旧体诗（新体也不写），但对中国传统文化的东西并不缺乏研究""这不也正是他的一颗中国心在跃动么？""据说，中国的龙不同于西方的龙。如果凤凰也有中西之分，那就可以断言，叶灵凤是一只中国凤。"在香港写中国，叶灵凤无疑是在家山北望，寄托对祖国的相思。在叶灵凤的相思中，我们也增广了见闻，更加了解了这个古老国度所拥有的无比瑰丽的文化遗产。书写中国，寻古中华，叶灵凤并非第一个，更不是唯一的一个，但能将文学与文史水乳交融，娓娓而谈，春风化雨，他恐怕是最好的那一个。

为叶灵凤编辑这本《寻古中华》，也算是替他了一个未了的心愿。我记得他曾在一九四六年一月二十六日的日记中说："年来搜集琐碎资料颇多。有机会邀几位同好，办一个猎奇刊物，包含古今中外,图文兼收,篇幅要充实,图要精好,售价不妨贵点,甚至不公开发售,仅售预约,倒也是一件趣事。"除了搜集逸文,我做的最大的工作就是为这本书选配好图了,这也算喜好美图的叶灵凤先生另一个不曾实现的愿望。至于文字方面,除了个别字词以及引用古籍文献略有调整,其他一概保持原貌。至于不同文章之间出现不尽一致的说法,或者个别观点与最新研究成果不甚相符,也不予改动。

李广宇

二〇二四年九月九日